사랑의 기술 연애하듯 살아라

윤치영 지음

지테라그라피 김도이

사랑의 기술
연애하듯 살아라

초판 1쇄 발행 2022년 5월 1일

지 은 이 윤치영
발 행 인 권선복
편   집 권보송
디 자 인 박현민
전 자 책 서보미
발 행 처 도서출판 행복에너지
출판등록 제315-2013-000001호
주   소 (07679) 서울특별시 강서구 화곡로 232
전   화 010-3267-6277
팩   스 0303-0799-1560
홈페이지 www.happybook.or.kr
이 메 일 ksbdata@daum.net

값 20,000원
ISBN 979-11-5602-617-4 03810

Copyright ⓒ 윤치영, 2022

도서출판 행복에너지는 독자 여러분의 아이디어와 원고 투고를 기다립니다. 책으로 만
들기를 원하는 콘텐츠가 있으신 분은 이메일이나 홈페이지를 통해 간단한 기획서와 기
획의도, 연락처 등을 보내주십시오. 행복에너지의 문은 언제나 활짝 열려 있습니다.

사랑의 반대는
무관심이다
사랑은 관심
에서 시작된다

닮고 싶은 마음

- 윤치영 생각
도이다 옮겨쓰다 -

김도이 作

최석화
한국여성경제인협회 대전지부장,
석화건축디자인, 무대디자인, 스마트건설회사

저는 표현력이 부족해서 여러 사람 앞에서 말하는 것이 늘 두려웠습니다. 그런데 여성경제인협회 대전지회장을 맡게 되어 축사나 격려사 등 남들 앞에 서서 말할 기회가 많아졌습니다. 그래서 남들 앞에서 말을 좀 잘하고 싶은 생각에 YCY 윤치영 박사님을 찾아갔습니다. 윤 박사님이 강의하시는 YCY명사과정은 나에게 큰 행운이었습니다. 반복해서 발표하는 훈련을 받다 보니, 어느새 남들 앞에서 말을 하는 두려움이 사라지고 자신감이 채워졌습니다. 특히 '상대 중심의 화법'과 '세상 중심의 화법'은 나에게 큰 감동을 안겨 주었습니다. '상대의 입장에서 말하고 세상을 중심에 두고 생각하라'는 말씀은 말을 잘하는 기술이 아니라,

아름다운 인생을 경영하는 기술이었습니다. 그러다 보니 나도 모르게 긍정의 사고를 갖게 되었고 긍정의 가치로 세상에 다가서는 노력을 하고 있었습니다.

『사랑의 기술, 연애하듯 살아라』 책은 받는 것을 좋아하는 가벼운 사랑보다는 우정과 헌신으로 서로를 아끼는 진정한 사랑으로 삶에 온도를 높이고 세상에 영향력을 주는 인생을 살라는 가르침을 내게 주었습니다. 사랑기술은 자기를 개방하고 상대중심적인 사고와 완급조절과 밀당으로 세상과의 일을 주도할 수 있는 헤게모니(hegemony)를 만들어 힘의 균형을 잡아가야 한다는 깨우침을 주었습니다. 모쪼록 회원사들이 필요로 하는 것이 무엇인지 생각하며 서로 채워줄 수 있는 연애하듯 달콤한 관계를 만들어 가다 보면 인생은 좀 더 아름다워질 것이며 세상은 조금 더 밝아질 것이라 믿으며 이 책이 아름답고 건강한 사랑을 나누는 데 기여하기를 바라며 행복한 가정, 행복한 사회로 출산율까지 높이는 계기가 되었음 하는 바람입니다.

박화용
㈜디펠리체 대표
국제라이온스협회 356-B지구 총재

국제라이온스협회 356-B지구 총재 박화용 라이온입니다.

먼저 이번에 『사랑의 기술-연애하듯 살아라』란 43번째 출간을 진심으로 축하드립니다.

자신이 갖고 있는 가치관과 소신을 남에게 명확하고 진솔하게 전달하는 화법은 오늘날 중요한 삶의 도구이자 능력 평가의 바로미터가 되고 있습니다. 더구나 스피치커뮤니케이션분야에서 남다른 역량과 전문성을 겸비하신 화술경영 윤치영 박사는 그간 많은 저서와 수많은 강연활동을 통해 지역사회뿐 아니라 전국적으로 명성이 자자하신 분임을 알고 있었지만 선뜻 찾아 뵙지 못하던 차에 ㈜동광도시에너지 대표 김도영 교수의 추천으로 ㈜동양사업 대표 고긍호 사무총장과 함께 화술에 관한 강의를 듣게 되어 정말 유익한 시간을 보내고 있음에 감사를 드립니다. 연단 앞에 서면 '감사-완투쓰리-감사', '키 메시지로 눌러서 말하는 법'은 제가 리더로서 꼭 갖춰야 될 화법이란 것을 실감했습니다.

무슨 일이든 사랑으로 하면 잘됩니다. 화초를 가꾸는 일도, 관계도, 비즈니스도, 봉사도, 사랑으로 해야 합니다. 이 책에서 강조하는 '자기개방, 상대중심, 완급조절' 이 세 가지 사랑의 기술은 연인과의 관계뿐 아니라 일상을 살아가는 데 중요한 기술인 것을 알았습니다.

라이온스클럽의 표어는 '위 서브(We Serve)', 즉 '우리는 봉사한다'는 것이며 장애인과 소외계층을 위해 봉사하고, 재해지역 피해 복구를 돕기 위해 자금과 생활필수품을 지원하며 회원 간 친목을 도모하는 게 라이온스클럽의 공동체 정신입니다. 이번에 총재직을 맡으면서 진정성과 지속성을 바탕으로 지역사회를 위한 나눔 봉사를 이 책에서 배우고 익힌 것을 토대로 '사랑으로 연애하듯' 실천할 것입니다.

모쪼록 이 책이 저출산 고령화시대에 출산율을 높이고 행복한 가정을 꾸려 가는 데 도움이 되었으면 좋겠습니다.

추천사

제4장
사랑의 기술 뜨겁게 표현하라
성인이라면 알아야 할 육체적 친밀감(방중술)

에필로그

새콤달콤한 사랑하는 사이가 더 오래가기를 바란다면 상대에게 진심으로

우러나온 긍정적 표현을 가능한 한 많이 사용하세요.

단, 그 표현들은 진심이어야 해요. 그 사람의 뇌는 거짓말을 직감으로

간파하도록 설계되어 있기 때문이에요.

– 앤드류 뉴버그

짝. 그것은 우주의 조화다. 음양의 신비, 자연의 이치다

　남자들이 밤에 거리를 헤매는 것은 정서적 육체적 오락적으로 함께할 짝을 찾기 위해서다. 짝을 이루지 못하면 외롭고 불안하다. 짝을 찾은 인간들은 거리를 그렇게 헤매지 않는다. 이처럼 삼라만상은 음양이 조화를 이뤄야 안정을 찾는다. 이것이 우주의 신비함이다.

2

행복한 최고의 순간 – 연애하듯 살아라

인생을 살아오면서 가장 행복했던 순간이 언제였냐고 묻는다면 연애할 때이지 않을까? 앉으나 서나 그대 생각, 온몸의 세포가 오르가슴을 느끼듯 발기한다. 그 긴장감, 그 기대감…… 그리고 설레임과 그리움, 헤어지면 아쉬움이 남는다. 행복한 삶을 누리려면 연애하듯 살아라. 행복하기 위해 결혼을 한다. 하지만 모든 결혼이 행복을 보장해 주지 않는다. 어떡하면 행복하게 결혼 생활을 할 수 있을까? 모든 일을 연애하듯 할 수 있다면 행복한 성공을 누릴 수 있을 것이다.

옛날의 여성들은 고등학교 졸업하고 기다렸다가 좋은 남자 만나 결혼하면 장땡이었다. 결혼이 곧 평생직장이라는 개념을 가지고 있었기 때문이었다. 그런데 요즈음의 여성들은 달라도 많이 달라졌다. 고학력에 사회로 진출하고 직장을 갖고 각자도생하고 있다. 혼자 살아도 부족함이 없다. 굳이 결혼할 이유가 어디 있겠는가? 혼자가 오히려 편하다는 독신주의자들이 늘고 있다.

결혼 후에도 그렇다. 옛날의 여성들은 결혼하면 **뼈**를 그 문중에 묻어야 했다. 소박맞으면 인생 끝이다. 그래서 장님 삼 년, 벙어리

삼 년, 귀머거리 삼 년, 참아야 했다. 그런데 요즈음은 참을 필요가 없다. 그래서 수틀리면 바로 여성이 먼저 이혼장을 내민다. 마치 이혼녀들은 이마에 별을 단 것처럼 당당하게 사회생활을 한다. 오히려 모임에 나가면 우대받는 격이다. 두려울 게 없다. 하니 이혼율은 높고 출산율은 바닥이다. 자식을 낳아 보았자 키우느라 공생 무자식이 상팔자다. 가정은 이처럼 해체되어 가고 있다.

서로 다른 인격체가 만나 서로 이해하며 잘 살기 위해서 가끔은 인내와 희생을 필요로 한다. 결혼이란 인생에 있어 가장 아름답고 인간을 향한 끝없는 경건한 투신이지만, 그것은 동시에 인내와 희생을 요구하는 장거리 경주다. 독립성 중심의 남자에게 인정과 신뢰를, 친밀성 중심의 여자에게 관심과 이해를 줄 필요가 있다.

관계회복이 중요하다. 사랑이 회복되어야 한다. 그래야 가정이 살고 나라가 살고 인류가 산다. 그런 의미에서 사랑의 기술이 필요하다. 이 책이 그런 의미에서도 필요하다.

처세나 소통을 위한 스피치, 비즈니스나 인생이나 연애하듯 하라. 연애기술에는 세 가지가 있다. 그것은 상대중심, 자기개방, 밀당이다. 상대중심적일 수 있다면 이미 성공적이다. 이것을 관점전환능력이라 말한다. 고객중심, 상대중심, 세상중심으로 바꿔야 한다. 상대가 필요한 것을 채워줄 수 있다면 상대에게 만족과 감동을 넘어 감탄과 감격을 줄 수 있다. 하여 처세나 소통을 위한 스피치, 인생에 있어서 하이라이트인 박수를 받게 된다. 다음은 자기개방이다. 자기를 하나하나 열어놓는 과정이다. 내가 먼저 진정성을 보일 때 상대방도 진정성을 가지고 자신을 열어놓게 되어있다.

스스로에 대한 자신감이 없다면 결코 자신을 드러낼 수 없으며 솔직함(frank)이 있어야 자신을 열 수 있으니 가장 자기다운 모습(I'm I)으로 갈고 닦아 놓아야 한다. 처세나 소통을 위한 스피치로 말하자면Self application(자기적용)이다. 자기가 보고 싶고 느낀 경험을 말하라. 이를 InOut 스피치라 말한다. 마지막으로 밀당을 잘해야 한다. 처음부터 다 주지 말아라.

고마워하지 않는다. 밀고 당기는 완급조절이 최고의 연애 테크닉이다. 소녀경에서는 이를 구천일심(九淺一深 : 9번 얕게 1번 깊게), 좌삼우삼(左三右三 : 좌로 3번 우로 3번), 접이불루(接而不漏 : 사랑은 하되 사정하지 않을 수 있는 단계)란 테크닉으로 소개하고 있다. 접이불사(接而不射), 좌삼우삼(左三右三)은 사랑의 기본 테크닉이다. 연애기술은 자기를 개방하고 상대중심적인 사고와 행함, 완급조절과 밀당으로 세상과의 일을 주도할 수 있는 권력 또는 권한인 헤게모니(hegemony)로 힘의 균형을 잡아가야 한다. 모든 상황에 이 기술을 적용할 필요가 있다. 사용해봐야 그 기술이 는다. 用不用說이다. 用不用說은 진화론의 바탕이 되기도 한다.

우리가 알고 있는 고사성어 중에 '불가근불가원(不可近不可遠)'이란 말이 있다. 사람과 사람의 관계는 불가근불가원이어야 한다. 이를 혜민스님은 난로론으로 설명한다. 난로가 너무 가까우면 뜨겁고 너무 멀면 추우니 적당한 거리를 유지하는 것이 좋다. 사랑도 그렇다. 너무 뜨거우면 탈이 나고야 만다. 헤어질 때의 아픔이 너무 크다. 그리고 나 아닌 다른 누구에게도 쉽게 뜨거워질 수 있다는 반증이기도 하다. 그래서 불가에서는 이렇게 말한다. 미워하는 사람을 만들지 마라. 만날까 괴롭다. 죽고 못 사는 사람도 만들지 마라. 못 만나 죽는다. 사랑하는 관계도 마찬가지다. 매일 꼭 붙어있어서는 애틋한 맛이 없다. 가끔 떨어져 있어 보아야 귀한 줄 안다. 그리고 자신의 모든 것을 밝히기보다는 10%~20%는 비밀로 남겨둠으로 신비감을 유지할 수 있다. 다 말해 버리면 신비한 구석이 없어지게 되고 결국은 호기심마저 사라지게 된다. 사랑을 고무줄놀이라고 했다. 당기면 늘어지고 놓으면 다가오는 것이 사랑이다. 진정 위한다면 가끔 놓아 주어야 한다. 고무줄처럼……. 달아날 것 같지만 더 가까이 다가오기 마련이다.

쌀이 떨어진 흥부가 쌀을 얻기 위해 이른 아침에 놀부 집에 찾아갔다. 때마침 놀부 마누라가 주걱으로 아침밥을 푸고 있었다. 흥부가 자기 형수에게 꾸벅 인사하며 '저 흥분돼요.'라고 했다가 푸던 밥주걱으로 맞았다고 하는데 왜 맞았을까?

형수를 보고 흥분되면 콩가루 되도록 맞아도 싸다. 싸……. 옛날에는 연애하다 들키면 불붙은 부지깽이로 맞았는데……. 왜 연애를 하지 못하게 했을까?

김형석 교수는 100세가 넘었음에도 불구하고 다시 사랑이 찾아오면 그 사랑 마다하지 않겠다고 했는데 그 이유는 무엇일까?

첫 번째 질문의 답은 흥분은 아무데서나 하는 게 아니다. 흥분할 때서 해야지 헤퍼 보이지 않는다. 그만큼 값비싼 감정이다. 하하하…….

두 번째 질문의 답은 옛날 호랑이 담배 피던 시절에는 부모들이 불필요한 과거를 만들면 어쩌나 하는 노파심에서 막았던 것이었으나 요즘에는 권장사항 아닌가?

세 번째 질문의 답은 연애감정을 갖게 되면 생기가 샘솟고 장수의 비결이기 때문이요, 연애는 그만큼 활력을 주기 때문이니라.

연애하게 되면 흥분(excitation), 혁신(inspiration), 영감(innovation)……. 같은 단어를 좋아하게 된다. 흥분(exciting)된 상태에서 영감과 혁신이 떠오르게 마련이기 때문이다. 연애 감정을 한 단어로 표현하자면 흥분된 상태이지 않을까? 살아가면서 적당한 흥분은 우리의 삶에 필요하며, 적당한 흥분은 충분한 상태를 만들어 준다.

적당한 흥분과 긴장감으로 연애하듯 살 수 있다면 인생은 그야말로 지상낙원이요. 무릉도원이 될 것이다.

3

우주의 신비-음양의 조화

신비로운 우주는 음양으로 이루어져 있다. 자연은 음과 양이 결합하여 새로운 생명을 잉태시키고 소멸되어 가는 과정의 연속이다. 결국 짝을 찾아 떠나는 여행이다. 꽃을 보자. 땅이든 바위 틈이든 꽃밭이든 깊은 산속이든 꽃을 피운다. 꽃이 생존을 위해 필요한 것이 있다면 무엇일까? 달콤한 꿀을 지니고 있다. 그리고 짙은 향기에 강한 색깔로 벌과 나비를 유혹한다. 마음껏 꿀을 빨아먹고 나면 수술과 암술이 결합하여 씨앗을 만들고 그 씨앗이 다시 번식을 해 간다.

이처럼 자연에 있는 삼라만상은 음양으로 이뤄져 있다. 대자연을 가만히 들여다보면 종족보존을 위해 존재하고 살아감을 알 수 있다. 음양의 조화는 이처럼 위대하다. 자연을 지속하게 하는 힘이기 때문이다.

이 자연 속에는 식물이든 동물이든 암컷과 수컷이 있다. 이들은 사랑이란 이름으로 소통하고 생존하며 종족을 번식해 나간다. 그런데 사랑의 원리와 기술을 잘 모른다. 누가 가르쳐 주지 않아도 스스로 사랑하는 법을 터득하기 때문이다. 그러나 기본적인 원리가 있다. 그 원리를 깨우친다면 좀 더 아름다운 사랑, 좀 더 위대한 사랑을 나눌 수 있을 거라는 아쉬움을 갖는다. 하여 집필하기로 했다.

사랑은 정신적인 것으로도 이룰 수 있지만, 육체적 사랑도 있으며 오락적 친밀감으로 더 가깝게 더 아름답게 더 뜨겁게 나눌 수 있다. 하여 이 모두를 다루려 한다. 특히 육체적 사랑은 아직까지도 터부시되기 십상이다. 잠자리는 극히 프라이버시하기 때문이다.

필자의 저서 중에 『여자도 때론 본능적이고 싶다』(2000. 무한출판사) 책이 있다. 성을 주제로 쓴 책이다. 이 책을 쓴 이후 그 당시 모 방송에 출연하여 한번 방송으로 강연을 한 일이 있는데 3년간 반복적으로 방송된 일이 있어 속상했던 기억이 난다. 성을 다룬 책을 쓰고 성에 관한 강의를 TV에서 했던 용기를 되살려 꼭 알아야 될 성에 관한 기술과 상식을 다뤄보고자 한다. 많은 사람들이 이성과 사랑을 하고 섹스를 나눈다. 결국 사랑도 섹스도 대자연의 섭리인 종족보존의 원리가 숨어 있다는 사실뿐 아니라 인간의 욕구중 가장 강렬한 본능적 욕구이기도 한 것이기도 하다. 그럼에도 불구하고 '얼마나 잠자리의 기본을 알고 있을까?'란 생각에 웃음이 나왔다. 꼭 잠자리에서뿐 아니라 일상에도 필요한 기술인 '구천일심(九淺一深)', '약입강출(弱入强出)', '좌삼우삼(左三右三)', '접이불루(接而不漏)'까지 다뤘다. 그리고 올바른 아름다운 사랑을 위해서는 친밀감과 열정 그리고 그 사랑을 지키기 위해서는 책임감이 뒤따라야 한다는 것과 정서적으로, 육체적으로, 오락적으로 그 친밀감을 유지·지속시킬 수 있다는 것을 강조해 가고자 한다.

연애경험이 없는 청춘남녀 미혼들에겐 아름다운 사랑을 위해 필요하고, '나는 연애시절이 지나서 사랑기술은 필요 없다'고 생각하는 기혼자들은 기혼자대로 식어버린 열정을 되살리기 위해, 잊어버린 연애감정을 되살리기 위해 필요한 책이다. 출산율 저하로 한국의 미래가 어두운 시점에 이곳저곳에서 사랑으로 조국의 삶의 터전에 불꽃을 피우자.

4

연애하면 예뻐진다

사랑하면 안 먹어도 배가 부르고 어디엔가 부딪쳐도 아프지 않다. 또 사랑을 하면 예뻐진다. 사랑을 하면 엔도르핀이 분비되고 흥분을 일으키는 호르몬인 도파민이 분비되어서 긴장하게 되고 긴장하면 예뻐진다. 비단 호르몬의 작용뿐만 아니다. 실제로 사랑을 하면 내가 누군가에게 사랑받고 사랑을 주고 있다는 사실에서 자존감이 상승된다.

정신적으로 사랑은 살짝 흥분된 상태를 유지하면서 모든 세포들이 발기하여 최상의 상태를 유지하게 되니 힘이 나고 예뻐지는 것이다. 사랑에 빠지면 언제나 연인과의 만남에 대한 기대와 긴장으로 등도 꼿꼿하고 턱도 들어 올린 바른 자세로 다니기 때문에 아름답다. 그리고 사랑을 하면 눈가나 얼굴이 사랑의 기운으로 촉촉해진다. 또 실제로 사랑하는 사람을 보게 되면 동공이 확장되기 때문에 눈빛이 더 깊고 그윽해진다.

사랑은 정신적 사랑뿐만 아니라 육체적 사랑도 몸을 가뿐하게 하고 에너지가 솟는다. 왠지 몸이 뻐근하거나 정신적인 스트레스가 심할 때 멋진 섹스를 하면 기분이 전환되면서 상기를 되찾게 된다. 그래서 섹스를 자주 하는 부부는 같은 또래의 부부보다 더욱 젊어 보이고 건강해 보인다. 심지어 12년까지 젊게 보인다고 하니 젊어보이고 건강하게 장수하려면 섹스를 즐겨라. 사랑은 정신적으로든 육체적으로든 나를 사랑해주는 사람이 있다는 믿음과 확신을 줘 사람을 당당하게 하고 자신 있게 인생을 살 수 있도록 한다.

사랑하는 사람과의 달콤한 섹스는 육체적인 감각에 대한 흥분과 만족 외에 사랑 및 유대감의 확인이라는 면에서 정서적인 관계 맺기의 비중이 더 높다.

사랑과 배려가 바탕이 된 섹스는 파트너에 대한 신뢰와 자존감의 확인으로 인생을 멋지게 살 수 있는 에너지원이 되어 준다. 또한, 섹스는 더 좋은 관계를 형성하고 결국 부부간에 최상의 커뮤니케이션을 만드는 수단이 된다. 오랫동안 섹스리스로 살아온 이들은 눈빛도 긴조하고 얼굴에 윤기가 없으며 표정도 굳어 있다. 반면 금실이 좋은 부부는 표정도 부드럽고 눈빛도 촉촉하며 다정하다. 사랑을 하게 되면 그 사람의 분위기가 달라지는 것을 우리는 느낄 수 있다. 부드럽고 촉촉하고 섬세해지면서 온몸에 윤기가 흐른다고나 할까?

　결혼하고 더 예뻐지는 사람은 분명히 결혼 안에 사랑이 담긴 멋진 섹스가 있기 때문이다. 그런데 남녀 간에 사랑하는 방식이 조금 다르다. 남자는 육체적 사랑을 통해 정신적 사랑으로 갈 수 있고 여자는 정신적 사랑을 통해 육체적 사랑으로 이어질 수 있다. 다시 말해 남자는 몸이 가면 마음이 열리고 여자는 맘이 열리면 몸도 열린다. 남자들은 육체적인 사랑을 탐닉한다. 그런 남자들을 보고 여성들은 동물스럽다고 한다. 그러나 그렇지 않다. 부부간에 육체적 사랑이 순조롭고 만족스러우면 얼굴빛도 행동도 부드럽고 여유가 있어진다. 요즈음 독신주의자들이 늘어나고 출산율도 저조하다. 나라의 미래가 걱정된다. 그 결정적 이유는 경제적인 문제가 크다. 먹고 살기 힘든 마당에 아이를 낳으면 육아비와 교육비가 장난이 아니기 때문에 출산을 꺼린다. 혼자 살겠다는 독신주의자들이 늘고 있는데 진정 행복한 삶을 원한다면 결혼하라. 그리고 신이 부여한 사랑을 마음껏 즐겨라. 정신적으로든 육체적으로든 오락적으로든 사랑을 즐기는 것이 삶을 싱싱하게 건강하게 아름답게 만들어 준다. 이 책이 그 방법을 제시해 줄 것이다.

『사랑의 기술, 연애하듯 살아라』는 이 책은 영화 같은 사랑을 얘기하는 것이 아니다. 다만 연애기술로 좀 더 액티브하게 살아있는 듯 살라는 삶의 기술을 논하고 있으며, 사랑의 온도를 높이는 기술이다. 미적지근한 삶보다는 뜨거운 삶을 살기를 원하는 이들에게 전하고 싶은 메시지를 담았다. 집중할 수 있는 일과 함께 소통할 수 있는 사람들과 함께 연애하듯 뜨겁게 살자. 연애기술이란 자기개방, 상대중심, 밀당, 구천일심……. 육체적, 정신적, 오락적으로 입체적으로 액티브하게 사는 것이다.

연애경험이 없는 청춘남녀 미혼들에겐 아름다운 연애를 위해 필요하고, '나는 연애시절이 지나서 사랑기술은 필요 없다'고 생각되는 기혼자들은 기혼자대로 식어버린 열정을 되살리고 잊어버린 연애감정을 되살리기 위해 필요한 책이다. 출산율 저하로 한국의 미래가 어두운 시점, 이곳저곳에서 연애로 조국의 삶의 터전에 불꽃을 피우자.

아무쪼록 이 책을 통해서 독자여러분 모두 건강한 사랑으로 행복하고 달콤한 삶을 누리는 데 도움이 되기를 바라며, 국가적으로는 저출산고령화시대에 출산율을 높이고 행복한 가정을 꾸려 가는 데 도움이 되었으면 좋겠다.

2022년 봄
화술경영 윤치영 박사

찬란한 세상에는 사랑이 있어라

음양의 신비 - 짝, 그것은 우주의 조화다.
연애하듯 살아라.

연애경험이 없는 청춘남녀 미혼들은
아름다운 사랑을 위해 필요하고,
'나는 연애시절이 지나서 사랑기술은 필요 없다'고
생각하는 기혼자들은 기혼자대로
식어버린 열정을 되살리고 잊어버린 연애감정을 되살리기 위해 필요한 책이며
출산율 저하로 한국의 미래가 어두운 시점에 이곳 저곳에서 사랑으로 조국의
삶의 터전에 불꽃을 피우자.
사랑은 자기개방, 완급조절, 상대중심적일 수 있다면
그 사랑은 아름답게 피어날 것이다.

적당히 긴장하고, 적당히 빠져, 황홀한 기분으로 살 수 있다면
인생은 그야말로 지상낙원이요.
무릉도원이 따로 없을 것이다.

한 여인이 집 밖으로 나왔다. 여인은 정원 앞에 앉아 있는 하얗고 긴 수염을 가진 3명의 노인을 보았다. 그녀는 그들을 잘 알지 못했다. 그녀가 말하길

　"나는 당신들을 잘 몰라요. 그러나 당신들은 많이 배가 고파 보이는군요. 저희 집에 들어오셔서 뭔가를 좀 드시지요."

　"집에 남자가 있습니까?"

　"아니요. 외출 중입니다."

　"그렇다면 우리는 들어갈 수 없습니다."

　라고 그들이 대답하였다.

　저녁이 되어 남편이 집에 돌아왔다. 그녀는 남편에게 일어난 일을 이야기하였고 남편은 그분들에게 가서 내가 집에 돌아왔다고 말하고 그들을 안으로 모시라고 하였다. 부인은 밖으로 나갔고 그 노인들을 안으로 초대하였다. 그들이 대답하길 우리는 함께 집으로 들어가지 않는다고 하였다.

　"왜죠?"

　라고 그녀가 물었다. 노인 중 한 사람이 설명하였다.

　"내 이름은 부(富)입니다."

　다른 친구들을 가리키며,

　"저 친구의 이름은 성공이고, 다른 친구의 이름은 사랑입니다."

그리고 부연 설명하기를

"자, 이제 집에 들어가셔서 남편과 상의하세요."

"굉장하네."

남편이 말했다.

"그러면 우리 '부'를 초대합시다. 그를 안으로 들게 해 우리 집을 부로 가득 채웁시다."

부인은 동의하지 않았다.

"여보, 왜 '성공'을 초대하지 않으세요?"

그들의 며느리가 집에서 그들의 대화를 듣고 있었다. 그 며느리가 그녀의 생각을 내놓았다.

"사랑을 초대하는 것이 더 낫지 않을까요? 그러면 우리 집이 사랑으로 가득 차게 되잖아요."

"그럼 며느리의 조언을 받아들입시다."

라고 남편이 부인에게 말했다.

"밖에 나가 '사랑'을 우리의 손님으로 맞아들입시다."

부인이 밖으로 나가 세 노인에게 물었다.

"어느 분이 '사랑'이세요? 저희 집으로 드시지요."

'사랑'이 일어나 집안으로 걸어가기 시작했다. 다른 두 사람(부와 성공)도 일어나 그를 따르기 시작했다.

놀라서, 그 부인이 부와 성공에게 물었다.

"저는 단지 '사랑'만을 초대했는데요. 두 분은 왜 따라 들어오시죠?"

두 노인이 같이 대답했다.

"만일 당신이 부 또는 성공을 초대했다면 우리 중 다른 두 사람은 밖에 그냥 있었을 거예요. 그러나 당신은 '사랑'을 초대했고 사랑이 가는 어느 곳에나 우리 부와 성공은 그 사랑을 따르지요. 사랑이 있는 곳 어디에도 또한 '부'와 '성공'이 있지요."

부인은 집에 들어가 그들이 한 말을 남편에게 이야기했고 그녀의 남편은 매우 즐거워했다. 그 후 그 집은 사랑으로 가득 차며 부와 성공도 같이 따랐다.

모든 것을 사랑으로 해야 한다. 일도 사랑으로 하면 능률이 오르고, 꽃도 사랑으로 기르면 잘 자란다. 봉사도 사랑으로 하면 힘이 안 든다. 모든 것이 다 사랑인 것이다. 우리의 사는 날은 그리 길지만은 않다.

– 이중표의 《별세의 삶》 (창간호)중에서

사랑이야말로 존재 이유이며 살아가는 희망입니다. 용서와 화해와 새 출발의 에너지가 그 안에 있습니다. 사랑은 생명력이며, 사람을 살려내는 힘입니다. 그러나 애석하게도 사랑할 시간이 그리 길지 않습니다. 다시 태어나도 당신과 사랑할 것입니다.

사랑은 무엇일까요?

사랑은 신이 내려준 가장 위대한 선물이다. 사랑은 관용이며, 배려이며, '마음의 빛'이다. 이 사랑이 빛이 되게 하려면 밝고 고운 마음으로 사랑하는 사람들을 받아들이고 그들의 얘기에 귀를 기울여야 한다. 사람은 누구나 자신에게 관심을 가져주고 자신의 얘기를 진지하게 들어주는 사람에게 호감을 갖는다.

'사랑은 마주 보는 데 있는 것이 아니라 함께 같은 방향을 바라보는 데 있다.' 프랑스의 소설가 생텍쥐페리의 말이다.

옥분아!

꽃돼지는 가끔 옥분이가 그리워진다. 달밤에 학교운동장 끝 그네에서 만나 무슨 얘기인지는 모르지만 조잘거렸던 기억이 난다.

졸업 후 필자는 온양중학교에 입학했는데 옥분이란 아이는 진학을 못 하고 신창국민학교에서 선생님 돕는 일을 하게 되었다.

그 당시엔 어려운 아이들에게 강냉이죽과 옥수수빵이 무상 급식되었는데 가끔 그 빵에 설탕을 재워서 내 바로 밑 여동생에게 전달되곤 했다. 어머니가 그 빵을 펼쳐보시면서 '왜 이렇게 빵을 보낸다냐.' 하시면 내 얼굴이 화끈 달아오르곤 했다.

중학교에 진학하니 국민학교 동창끼리 모임을 만들어서 주기적으로 만났었는데 그때 대중가요도 알게 되었고 쌉쌀한 막걸리를 먹었던 기억이 난다.

하루는 옥분이가 학교 뒷산인 학성산 넘어 죽산리란 동네에 오배근이란 친구가 있었는데 우리(?)를 초대했다며 죽산리로 놀러 가자는 것이었다.

그래서 오후 3, 4시경 출발하여 죽산리 신창초등학교 57회 저녁 모임에 참석하여 후한 대접을 받고 늦은 밤 그 산을 넘어야 했다.

그날따라 달빛이 얼마나 밝던지 대낮 같았다. 산을 넘어 중턱쯤 오니 옥분이가 쉬었다가 가자 하길래 풀숲에 나란히 앉았다. 내 옆에 바짝 붙어 앉은 옥분이가 내 손을 꼭 잡는 것이 아닌가. 난 당황하여 달을 바라보며 한마디 했다.

'옥분아, 달이 밝다.'

'그래, 치영아 달이 참 밝지?'

아, 그리운 옥분이……

제주에서의 어린 왕자의 만남

　비행기를 타고 세계 일주를 하던 어느 비행사의 비행기가 사하라 사막 가운데에서 갑작스럽게 고장나 버렸다. 사막 한가운데에서 비행기를 고치고 있던 비행사는 어린 왕자를 만나게 된다.

　어린 왕자는 비행사에게 자신이 살던 별의 이야기를 해주었다. 어린 왕자가 살던 별에는 장미 하나가 있었는데 그 장미는 자존심이 아주 셌다. 그래서 어린 왕자는 장미의 오만함을 고쳐주려고 여러 별들로 여행을 떠났다. 첫 번째 별에는 권위적이고 높임 받길 원하는 왕이 살고 있었다. 두 번째 별에는 자기를 칭찬하는 말 이외에는 귀를 기울이지 않는 허영쟁이가 살고 있었다. 세 번째 별에는 술을 마신다는 것이 부끄러워 그걸 잊기 위해 술을 마시는 술꾼이 살고 있었다. 네 번째 별에는 우주의 5억 개의 별이 모두 자기 것이라고 되풀이하여 세고 있는 상인이 살고 있었다. 다섯 번째 별에는 1분마다 한번씩 불을 켜고 끄는 점등인 한 사람이 살고 있었다.

　여섯 번째 별에는 자기 별도 여태껏 탐사해보지 못한 지리학자가 살고 있었다. 일곱 번째 별은 지구였다.

　어린 왕자는 지구에서 지혜로운 여우 한 마리를 만나게 된다. 여우는 어린 왕자에게 '길들이다' 라는 것의 의미를 알려준다. 길들인 것에 대해여 소중함을 깨닫게 된 어린 왕자는 정원에 핀 그 수많은 꽃들이 자기의 장미와는 조금도 닮지 않았다는 것을 인식하게 된다. 그리고 그 장미들은 자기에게는 아무런 가치도 없다는 것을 느끼게 된다. 여우와 작별인사를 할 때 여우는 선물로 비밀을 하나 가르쳐준다.

"아주 간단한 거야. 잘 보려면 마음으로 보아야 해. 가장 중요한 것은 눈에는 보이지 않거든."

"네 장미가 네게 그렇게 소중한 것은 그 장미를 위하여 잃어버린 시간 때문이야."

"사람들은 이런 진리를 잊고 있어. 그러나 너는 그것을 잊어서는 안 돼."

"언제나 네가 길들인 것에 대해서는 책임을 져야 해. 넌 네 장미에 대해 책임이 있는 거야."

어린왕자는 지구에 떨어진 지 꼭 1년이 되는 날, 두고 온 장미를 책임지기 위하여 자신이 살던 별로 돌아갈 것을 결심한다.

지난 제주올레길 테마여행에서 렌터카로 이동 중 쉴 곳을 찾다가 눈에 띄는 카페에 들어갔다. 그런데 그곳에서 늘 동경하던 어린왕자를 만나고 말았다. 나에게 친근함과 깨달음을 주던 그 어린왕자를…… '바위에서 쉬다'라는 카페에서…….

그 카페 내부와 카페에서 보이는 바다, 그리고 그 주인이자 바리스타를 만났습니다. 그리고 바람처럼 구름처럼 새로운 나를 만났다. 벌써 또 다른 추억이 되고 말았지만…….

모두 기적과 같다…….

지구에서 경험했던 온갖 것들의 만남. 자신도 모르는 사이 길이 드리워지고 언젠가는 아스라이 멀어져 갈 추억이 될 것이다.

두고 온 장미를 책임지기 위하여 자기 별로 돌아갈 것을 결심한 어린왕자가 그리 커 보이는 이유는 무엇일까?

제주에서 도예가를 만난 꽃돼지

학원에 매달리랴 강연과 저술 활동에 눈코 뜰 새 없는 바쁜 나날들 속에 꽃돼지는 생일을 기념하기 위해 일주일간 제주올레길을 트레킹하게 되었다. 연속으로 사흘 동안 100Km 이상 걷다 보니 피곤이 누적되었을 뿐만 아니라 제주를 둘러보기엔 시간이 역부족하다는 생각에 렌터카를 임대해 성산일출을 보기 위해 해안도로를 따라 내려가다 어제 만난 이형기 도예가가 생각나 저녁을 함께하자고 제안했더니 흔쾌히 응수해 주어서 해안도로를 따라 이호태우 해변을 거쳐 곽지과 해변과 '바위에서 쉬다'란 커피숍을 거쳐 한림공원과 하얏트 호텔 주변의 제주올레 8코스를 걸었다. 오늘은 모든 일정이 저녁자리에 맞춰 움직이는 격이 되어 버렸다. 오후 6시에 월드컵 경기장 옆 이마트에 당도해서

"작가님, 이마트에 도착해서 시장을 보려고 합니다. 필요한 것 있으면 말씀하세요?"

"네, 치즈와 물만두 그리고 다리 없는 오징어를 사다주세요."

그렇게 해서 와인과 흑돼지 목살 그리고 다리 없는 오징어, 만두와 치즈 그리고 소시지 상추 고추 등을 준비해 당도하니 소박하지만 정갈한 밑반찬과 매운탕을 준비하고 있었다.

어제 작품에 몰입하고 있는 그의 거친 듯한 손놀림에서 강한 남

성성을 느낄 수 있었다면 오늘 음식을 만드는 그의 모습에서 여성성을 발견할 수 있었다.

작가는 꽃돼지를 보면서 타고난 쌍꺼풀눈과 피부는 여성성이며 강한 포스를 느끼게 하는 카리스마는 남성성이고 음양의 조화가 있기에 저술가로 강연가로 활동하고 있다는 것이라고 생각했다. 그러고 보니 두 사람은 닮은꼴이 많았다. 거기에 또 다른 공통점의 발견은 양손을 쓴다는 것이었다. 양손을 쓴다는 것 자체가 예술성과 창조성을 가졌다는 증거이기도 하다.

이형기 도예가는 광주에서 제주로 정착한 지 어언 오 년, 인간적 외로움과 소통의 갈증을 느끼고 있던 차에 필자의 예측되지 않은 재방문에 놀라워 하며 서로 마음의 문을 열게 되었다. 요즈음 눈이 쏟아질 정도로 작품에 몰입하고 있는 그는 클래식과 새소리가 꽃과 열매처럼 서로 빛을 발하게 하는 작업실에서 흙과 물을 안으면서 "여인을 안아야 하는데……."라는 해학적 유머를 발하면서 "육신이 지쳐올수록 내면은 고요해지고 있다"고 고백하고 있다.

그는 도예와 조각의 공통점을 불필요한 것들을 떼어내는 작업이라고 했다. 하지만 조각은 인위적이지만 도자기는 자연적으로 떨어져 나가는 것이 다르다며 정신과 육체가 진정 통할 수 있는 불 같은 사랑을 꿈꾸어보지만 절제된 생활 속에 오롯이 작품에만 그 에너지를 쏟아붓고 있다고 말한다.

또 그가 말하길, 역사는 팽팽한 삼각구도 속에 진보한다는 것이다. 중국과 미국 그 사이에 있는 한국, 한국과 중국 그 사이에 있는 북한이 바로 현 역사 속의 삼각구도의 증거이며 이 오묘한 삼각구도 속에 예술성과 창조성도 빚어진다는 것이다. 이 같은 삼각구도는 외설적으로 불륜이라고 표현되는데 이 같은 사랑과 욕망의 딜레마는 한쪽은 상처와 배신 다른 한쪽은 성장과 자아 발견으로 양면성을 지니고 있다며 열변을 토하였다. 그리고 보니 그의 작품에도 삼각관계의 오묘한 사랑이 꿈틀거리고 있음을 느낄 수 있었다.

도예는 흙(地)에 물(水)을 넣고 반죽(風)한 것을 공(空)의 경지에서 나오는 무심으로 빚어 불(火)로 도자기를 구워내는 우주의 근본 5 원소 '지수화풍공(地水火風空)'이 다 들어간 예술임을 강조하였다.

도예작품에 열중하고 있는 이형기 작가는 아무것도 바라지 않는 무주상보시(無住相布施)의 마음으로 작품 활동을 한다고 한다. '무주상보시'란 세 가지 상(相)에 얽매이지 않는 최고의 보시를 말한다. 보시가 성립하려면 '베푸는 자'와 '받는 자'와 '베푸는 물건'의 세 가지 요소가 있어야 하며 이를 삼륜(三輪)이라고 하는데, 보시바라밀에는 이것이 모두 공(空)하다는 자각이 함께 한다. 쉽게 말해서 내가 어떤 사람을 금전적으로 도와준다고 가정하자. 무주상보시란 '내가 도와준다'는 생각도 없고, '얼마를 도와준다'는 생각도 없고, '누구에게 도와준다'는 생각도 없는 그러한 보시를 말한다. 그러니까 내가 도와준다고 생색을 내지도 않고, 많이 도와준다고 자랑하지도 않고, 너에게 도와주니 나중에 은혜를 갚으라는 생각도 전혀 없이 도와주었다는 사실도 금방 잊어버리는 그러한 행동을 말한다.

사회생활을 하면서 '내가 먼저 상대를 인정했는데 상대가 나를 인정하지 않으면 어떻게 하지? 먼저 인정한 나만 손해 보는 거 아닌가?' 하는 두려움이 사람에게는 있다. 이것도 일종의 상을 짓고

머무르는 것이다. 나라는 상, 상대라는 상을 말이다. 내가 상대를 인정한다는 것을 의식하지 않으면(상을 짓지 않으면) 상대가 나를 인정하든 말든 그건 나와 상관없는 '그의 일'이고, 인정받고 말고 할 게 없는데 두려울 것은 또 무엇이겠는가? 자유로워지지 않겠는가? 해탈도 이 비슷한 것 아닐까 싶다.

이형기 작가가 아무것도 바라지 않고 작품에 임하는 무주상보시(無住相布施)의 철학이 곧 필자가 얻고 싶었던 비움과 해탈이었다. 이형기 작가를 만나 진정한 비움을 진정한 해탈을 깨닫게 되었다.

그렇다. 인간이기에 거부할 수 없는 고독과 외로움 그리고 그리움을 거부하지 말자. 그리고 진정한 비움이란 바로 무주상보시(無住相布施)이다.

작가가 작품에 몰입할 수 있는 에너지의 원천인 정신적·육체적으로 통할 수 있는 사랑을 꿈꾸어보지만, 현실적으로 이룰 수 없는 사랑이기에 작품에 쏟아붓고 있다는 그의 고백 속에는 강한 인간적 고독과 외로움 그리고 짙은 그리움을 읽을 수 있었다.

언제 행복하긴 지금 이 순간이지!

누군가가 물었다.

"어떻게 행복해지지……?"

"그냥 행복해……!"

행복은 조건이 있는 것이 아니다. 행복은 그렇게 되겠다고 결심하는 순간 굴러온다고 한다.

웃고 죽은 사람 3명이 있었는데 그들이 웃고 죽은 사연은 이랬다.

"첫 번째 사람은 일억 원짜리 복권에 당첨되어서 심장마비로 죽은 사람이다. 두 번째 사람도 심장마비인데 자기 자식이 일등을 했다고 충격받아서 죽은 사람, 세 번째 사람은 벼락을 맞아서 죽었다"는 것이다.

저승사자가 물었다.

"벼락을 맞았는데 왜 웃고 있어?"

"네~ 사진 찍는 줄 알고 그랬답니다."

"……"

'착한 여자는 죽어서 천국 가지만 나쁜 여자는 죽어서 아무 데나 간다.' 감성커피점 벽에 있는 글귀인데 볼수록 재미있다. '착한 남자는 죽어서 예쁜 여자 만나지만 나쁜 남자는 죽어서 아무 여자나

만난다면 당신은 어느 쪽을 택하겠는가?'

우리 인생에서 사랑이 없다면, 누군가를 생각하면서 눈물 흘리며 고통스러워할 일도 오늘 내가 이렇게 땀 흘리며 살아가야 할 이유도 없을 것이다. 사랑은 그래서 사람이 살아가는 데 제일의 요소가 되는 것이다. 아, 이 세상에 '사랑'이라는 것이 없다면 우리 감정 속에, 우리 몸속에, 우리 영혼 속에 '사랑'이라는 것이 끼어들 여지가 없다면 그것은 바로 암흑천지가 되지 않을까.

가장 행복한 순간!

사랑에는 에로스(Eros)적 사랑, 필리아(Philia)적 사랑, 아가페(Agape)적 사랑이 있다.

그 첫 번째로 에로스(Eros)적 사랑이다. 에로스(Eros)적 사랑은 이성 간의 사랑으로 종족번식을 위한 본능적인 모습의 사랑이다. 부부 사이는 우정으로만 지탱할 수 없으며, 에로스가 있어야 한다. 에로스는 관능적이며, 성적이고 선정적인 사랑으로 에로스의 사랑은 열정적으로 푹 빠지게 하는 사랑이다. 에로스의 사랑은 강하고 즐거운 것이다.

성경에서도 고린도전서 7장 5절에 '서로 분방하지 말라. 다만 기도할 틈을 얻기 위하여 합의상 얼마 동안은 하되 다시 합하라.'고 가르치기도 한다. 남녀 간의 에로스 사랑을 소홀히 한다는 것은 건강한 삶이 아니다. 세상의 어디에서도 경험할 수 없는 에로스는 깊고 아름다운 것이며, 성숙하고 온전한 관계 안에서 에로스의 사랑은 아름답게 유지될 수 있는 것이다.

"사랑만 가지고는 살 수 없다"라고 말할 때 "사랑이 밥 먹여 주냐"라고 말하는 경우가 있다. 이렇게 말하는 사람의 의도를 모르는 바 아니지만 나는 사랑이 밥 먹여 주는 것은 분명한 사실이며 진리라고 생각한다. 이 세상에 사랑이 먹여 주는 밥을 먹지 않은 사람은 아무도 없다. 우린 모두 부모로부터 사랑의 젖을 통해 사랑을 먹었다.

이 세상에 이것보다 더 흔하고 위대한 기적은 없다고 생각한다. 누군가 가르쳐 주지 않아도 우리는 사랑한다. 다만 그 정도의 차이가 있을 뿐이다. 아마도 이 사랑이 이미 우리 안에 있기 때문이 아닐까.

필리아(Philia)적 사랑은 우정(Friendship), 우애 등으로 번역될 수 있는 사랑이다. 상대방이 잘되기를 바라는 순수한 바람이 담긴 마음이랄까. 그런 순수한(?) 상호적인 사랑이다. 주고받는 사랑이다. 사랑이란 주고받으며 하는 것이다. 함께 오래 살다 보면 부부는 친구처럼 지내게 된다. 부부간에 오래 살다 보면 육체적인 사랑을 넘어선 깊이 있는 사귐을 가질 수 있다. 함께 있는 것 자체가 즐거워지는 관계다. 어쩌면 뜨거운 에로스(Eros)적 사랑보다 필리아(Philia)적 사랑이 뜨겁지는 않아도 더 아름다울 수 있다. 점점 깊어가는 우정은 달리 뭘 요구하지 않는다. 나이가 들어갈수록 서로에게 다른 어떤 것을 요구하지 않아도 그냥 좋고 편안한 관계, 때로는 우정에 금이 가기도 하고 말다툼을 하기도 하지만 시간이 지나면 다시 만날 수 있다. 지금 우리 부부가 그렇다. 뭘 바라지도 뭘 기대하지도 않는다. 지금 이대로 친구와 같이 만난다.

아가페(Agape)적 사랑은 절대적인 사랑을 뜻으로 한없이 자비로운 사랑으로 무조건적이고 일방적인 사랑을 가리키는 말이다. 기독교에서 말하는 하나님의 인류에 대한 사랑이다. 하나님이 우리에게 보여 주신 사랑을 "아가페"라고 한다. 요한복음 3장 16절의 "하나

님이 세상을 이처럼 사랑하사"라고 할 때의 사랑은 죄인 된 인간
을 위해 독생자를 아낌없이 내어 주신 사랑으로 그 사랑에는 이유
가 따로 없는 그런 사랑을 보여 주셨다.

사랑에너지

세상에 사랑이 빠지면 무슨 의미가 있을까? '사랑'이 있어야 세상을 살 가치가 있는 것이다. 인터넷에 떠도는 사랑– '애愛'의 파자해를 보면 마음– '심心' 자에 받을–'수受' 자이다.' 마음을 주고 받는 일', 그것이 '사랑'이다. 무슨 일이든 '사랑'으로 해야 한다. 화초도 사랑으로 가꾸면 잘 자란다. 그래서 책을 싸인해 줄 때 사랑 '애' 자를 쓴다. 이번에 나온 책『사람들 앞에서 당당하게 말하기』란 책에 싸인도 역시 사랑 '애'자로 시작한다.

한 시골 청년이 태어나서 처음으로 여자와 함께 레스토랑에 들어갔다. 여자가 스테이크가 먹고 싶다고 하자 청년은 스테이크를 주문했다. 그러자 웨이터가 물었다.

"손님 고기를 어떻게 해드릴까요?"

"마, 최선을 다해 주이소!"

'지'도 최선을 다하겠습니다.ㅎ

사랑은 생각하지 않는다.

저울질하지 않는다. 계산하지도 않는다. 이익을 찾지 않는다.

사랑하는 사람은 더 고민하거나 해석하지 않는다. 가치를 따지거나 더 판단하지 않는다.

사랑을 하는 사람이 도착했다.

- 피에르 프랑크, 마음으로 생각하기

사랑은 어떤 감정일까. 가슴이 두근거리고, 눈물이 날 만큼 보고 싶고, 몇 시간 동안 기다릴 수 있는 열정이 사랑일까.

과학적 의미에서 보면, 사랑은 호르몬의 왕성한 작용이다. 사랑에 푹 빠진 뇌는 이유 없이 히죽히죽 웃게 만드는 엔도르핀, 눈에 콩깍지를 씌우는 페닐에틸아민, 말할 수 없는 만족감을 주는 도파민 등 호르몬이 왕성하게 분비된다고 한다……

그런데 애석하게도 이 호르몬이 계속 분비되면 대뇌에 항체가 생성돼 화학 물질이 더 생성되지 않는다고 한다. 그래서 사랑의 유효기간은 18개월, 길면 3년에 지나지 않는다고 한다. 사랑은 정말 3년 만에 끝나는 화학 작용에 지나지 않는 것일까.

랭커스터 대학 캐리 쿠퍼 교수는 "사랑은 그저 단순한 열정이나 생리적 반응이 아니다. 관계 초반에는 그럴 수도 있지만 궁극적으로 사랑은 포용이다. 최악의 것도 받아들이고 상대방을 지지해주는 것, 자신의 몸을 던져 상대방을 구하는 것, 상대방을 진심으로 위하고 보살피는 것, 결국에 둘이 하나가 되는 것"이라고 정의한다.

그런데, 혹시나 사랑의 유효기간이 끝나면 열정이 식을까 봐, 사랑이 떠날까 봐 지금 이 순간 온전히 사랑하기를 두려워하고 있지 않는가?

사랑은 책임감이 동반되어야 한다. 그래서 사회적 구속력을 갖기 위해 결혼이란 제도를 만들었는지도 모른다. 이혼의 동기는 결혼 때문이란 웃지 못할 얘기도 있지만 만남과 사랑, 그리고 결혼이라는 이름 아래 책임감이 수반되어야 하는 것은 사실이다. 책임감이 없는 사랑이란 무모한 일시적 불장난에 불과하다.

사랑에는 또 열정이 수반된다. 사랑하게 되면 뵈는 게 없다. 온통 그 사람뿐이다. 그래서 그 사람에 몰입하게 되고 그래서 열정을 쏟아붓게 된다. 뜨겁게 불붙은 거다. 이 정도는 되어야 사랑한다는 표현이 거침없이 쏟아지게 된다.

다음으로는 친밀감이다. 친밀감에는 육체적·친밀감·지적·정서적 친밀감이 있으며 감성적 친밀감이라 표현해도 좋다. 마지막으로 오락적 친밀감이 있다.

인간은 사회적 동물로 관계를 통해 자기를 드러낸다. 그 사람이 그저 아는 사람인지 진정한 인간관계인지를 구분하는 기준은 친밀감이다. 물론 자주 보는 사람이 친밀감을 느낄 확률이 높다. 근접성 이론(proximity theory)에 따르면 친숙함은 긍정성을 높여주는 것이다. 누군가를 반복적으로 보기만 해도 그 사람이 더 좋아지는 것이다. 친밀감을 느끼는 순간은 자신이 원하는 일을 상대가 해주거나, 나의 심적 고통을 상대가 이해해 줄 때, 상대방의 친절함을 느낄 때, 상대방의 마음 씀씀이가 예뻐 보일 때, 말하지 않아도 상대방이 무슨 말과 행동을 하려 하는지 느낄 때 당신은 상대방에게 친밀감을 느낄 것이다. 상대의 기호나 관심사, 취미를 파악하고 관심을 가지는 것이다.

이는 성숙하게 자신을 드러내는 과정이고 육체적, 감정적 혹은 지적, 오락적 친밀감으로 나눠 볼 수 있다. 육체적 친밀감이란 악수, 미소, 입맞춤 등에서부터 시작한다. 그렇다고 육체적 결합이 꼭 친밀함과 동일하다고 할 수 없지만, 사랑하는 사이에선 결코 빠질 수 없는 도구일 것이다. 남자는 정서적 친밀감보다 육체적 친밀감이 먼저다. 남자는 몸이 가야 마음이 열린다는 말이 여기에서 나왔다. 여성은 반대다. 마음이 열려야 몸이 열린다.

정서적 친밀감이란 서로에 대한 존중, 사랑하는 마음, 능력을 발휘할 수 있게 돕는 마음 등이 작동한다. 이는 가장 나은 자신이 될 수 있게 서로 돕고자 애쓰는 마음도 포함된다. 친절과 정성이 담긴 마음 씀씀이는 여운을 남긴다. 공동의 취미나 즐거움 등 공동의 활동을 나누는 것이 관계의 토대가 되는 법이다. 정서적 친밀함은 세 가지 친밀감 가운데 가장 가치가 있고 형성되기 쉽지 않다. 정서적 친밀감이 있다면 육체적, 감정적, 지적 친밀감의 경험역시 동반 상승한다. 인간의 핵심은 영혼을 나누는 것이기 때문이다. 인생의 중대한 사건을 겪을 때마다, 아니 평소에 사회적 지지를 받고 싶은 게 인간 심리이다. 친밀감이란 다른 사람과 함께 보다 나은 나로 만드는 과정이다. 우리는 내 생각을 헤아려 줄 진정한 친구를 내 옆에 두고 싶도록 진화해왔기 때문이다. 이는 육체적 친밀감보다 시간이 더 걸리고 어려울 수 있다. 긍정적이고 건강한 방법으로 자신을 드러내는 것이 중요한데, 특정 상황이나 환경, 기회가 우리에게 어떤 기분이 들게 하는지, 눈과 귀와 마음을 열고 다른 이가 어떻게 반응하는지 보고 감정적 친밀감을 두텁게 할 수 있다. 대화를 통해 서로 다른 문화, 경험, 인생관을 공유하면서 형성된다. 지적 친밀감은 어떤 주제에 대해 상대가 무슨 생각을 가지고 있는지 아는 것뿐만 아니라 어떻게 생각하는지, 누구의 영향을 받고, 생각이 움직이는지 아는 것이다.

진화론의 핵심은 환경에 적응한 종이 살아남는다는 자연 선택론이다. 그런데 다윈의 진화론에는 성(性) 선택론도 있다. 암컷과 수컷이 서로의 마음에 들기 위해 노력하다가 진화가 이루어진다는 이론이다. 공작새는 자기 몸보다 더 큰 장식 깃털을 가지고 있고, 곤충과 새들은 자기가 어디에 있는지 알리기 위해 큰 소리로 울어댄다. 이런 것들은 생존을 우선시하는 자연 선택론으로는 해석이 어렵다. 하지만 다른 개체에게 인정을 받는 것이 중요한 성 선택론에서는 이런 동물들의 행위가 이해될 수 있다. 성 선택론은 동물이 먹고사는 데 도움이 되지 않는 비효율적인 행위도 실질적으로는 상당히 합리적인 행위라는 것을 보여 준다.

진화론의 성 선택론과 같은 역할을 하는 경제 이론이 '베블렌 효과'다. 다른 사람들에게 과시하기 위해 소비하는 현상으로, 비쌀수록 수요가 더 증가한다는 이론이다. 경제학에서는 사람들이 최대한 돈을 아끼고, 가장 효율적이고 생산적인 상품을 산다고 가정한다. 최소의 비용으로 최대의 효과를 내는 것을 목적으로 하고, 이런 의사결정을 하는 것이 합리적인 행위이다. 그런데 실제 사람들의 소비를 보면 그렇지 않다. 추위를 잘 막아주는 튼튼한 옷보다 예쁜 옷을 더 산다. 먹고 사는 데 아무 도움이 안 되는 보석과 시계에 오히려 더 큰 돈을 쓴다. 베블렌 효과는 이런 소비가 경제적 효율성을 추구하는 게 아니라 다른 사람에게 보여주기 위한 소비라는 것을 이야기한다.

　남자들이 밤에 거리를 헤매는 것은 정서적·육체적·오락적으로 함께할 짝을 찾기 위해서다. 짝을 이루지 못하면 외롭고 불안하다. 짝을 찾은 인간들은 거리를 그렇게 헤매지 않는다. 이처럼 삼라만상은 음양이 조화를 이뤄야 안정을 찾는다. 이것이 우주의 신비함이다.

　저녁에는 수요강좌가 있고, 내일 저녁은 돈 계모임이 있으며, 모레는 존경하는 총경님과 아우들과 저녁 모임이 있다. 토요일은 가장 바쁜 하루다. 개인 코칭에 토요 스피치 리더십 강좌가 있고 일요일은 교회 예배도 포기하고 개인 코칭으로 하루 종일 바쁘다. 그런 나에게 '왜 그렇게 사냐'고 묻지 마라. 일은 만드는 것이다. 만남도 관계도 만들어야 역사가 된다. 그리고 바빠야 넘어지지 않는다. 달리는 자전거가 넘어지지 않듯이……. 짝을 만나려면 움직여야 한다. 달리는 자전거처럼…….

삶의 팽팽한 긴장감

누군가를 처음으로 사랑하기 시작하였을 때, 바로 그 순간에도 긴장은 우리를 놓치지 않는다. 남녀 간의 사랑이 아름다운 것은 아마도 그 새로운 긴장감이 수많은 게으름뱅이를 변화시키고 둔재를 천재로, 절망을 희망으로, 부정을 긍정으로 바꿔 놓기 때문일 거다. 삶에 대한 긴장이 남아 있는 시간은 우리가 꿈을 꾸는 시간이다. 삶에 대한 꿈. 우리에게 보다 나은 내일에 대한 소망이 있을 때만이, 그 긴장감은 살아서 숨을 쉰다. 인생이란 그저 그런 것, 어제와 오늘이 별반 다를 것 없는 시간의 연속이라고 본다면, 우리에게 창조의 에너지를 제공하고 사람을 새롭게 변화시키는 힘을 지닌 삶의 긴장감은 우리를 찾아오지 않을 것이다. 삶의 팽팽한 긴장감이 얼마나 삶을 생기롭게 채워주는 것인가를 생각할 때, 그러한 긴장의 순간이 길면 길수록 우리의 삶은 보다 풍요로워질 것이다.

누구든 사랑을 하면 마음이 예뻐지고 눈이 멀어진다. 왜 사랑을 하면 눈이 머는 걸까. 사랑에 빠진 사람에게 연인의 사진을 보여주면 마치 불이 켜지듯 두뇌의 보상중추(補償中樞)가 활발히 반응한다. 보상중추란 음식이나 물 또는 금전적 보상이 주어질 때, 또는 성적(性的) 흥분이 일어날 때 활성화되는 영역이다. 흥미로운 사실은 보상중추가 활발히 작용하면 반대로 상대에 대한 부정적 판단을 하는 누뇌 기능이 감소한다. 일단 상대에 끌리기 시작하면 결실을 맺기 위해 성격이나 인간성을 평가하는 욕구보다는 서로에게 더욱 애착감을 느끼려는 본능이 강하게 작용해 연인의 웬만한 허물은 눈에 들어오지도 않게 되는 것이다. 사랑에 빠지면 뇌의 특수 시스템이 작동해 행복감, 현기증, 불면증, 기대감, 불안을 안겨준다. 뇌에서 화학 흥분제들이 분비되기 때문이다. 사랑을 느낄 때 뇌에서 도파민이라는 화학물질을 분비하는 신경세포들이 활성화된다. 도파민은 만족감과 즐거움을 느끼게 하는 물질로, 사랑이 강렬할수록 이 부위의 활동이 더 활발해진다.

사랑은 열정, 친밀감, 약속과 책임감의 변화와 조화

한 젊은이가 지혜를 얻기 위해서 유명한 현인을 찾아가 그의 제자가 되었다. 그런데 스승은 몇 달이 지나도록 제자에게 아무것도 가르쳐 주지 않았다. 불만에 찬 제자가 스승에게 물었다.

"스승님, 지금까지 저에게 왜 아무것도 안 가르쳐 주십니까?"

그러자 스승은 제자에게 질문을 하나 던졌다.

"저기 벽돌 뒤에 많은 금괴가 있다고 하자. 그런데 사방을 돌벽으로 막아두었다. 너는 어떻게 꺼낼 수 있겠느냐?"

제자는 망설이지 않고 대답했다.

"당연히 망치로 돌벽을 깨뜨리고 금괴를 꺼내면 됩니다."

"그래 네 말이 맞다. 그러면 하나 더 묻겠다. 여기 있는 이 닭의 알에서 생명을 꺼내려면 어떻게 해야 하지?"

제자는 잠시 고민하더니 이렇게 대답했습니다.

"알을 품어주고, 따뜻하게 해주고, 기다려 줘야 합니다."

그러자 스승이 제자에게 말했습니다.

"그래 잘 알고 있구나. 그렇게 품어주고 사랑해주면 그 안에서 생명이 자라서 스스로 껍데기를 깨고 나오게 된단다. 그러나 많은 사람은 망치로 껍데기를 깨는 줄 알지. 물론 망치로 껍데기를 깰 수는 있다. 그러나 망치로 깨서는 단 하나의 생명도 건질 수 없단다."

사람의 마음은 강압적으로 쉽게 얻을 수 있는 것이 아니다. 오랜 기간 따뜻하게 품어주고 사랑으로 기다려주어야 한다. 그러기에 상대를 좀 더 이해하고 좀 더 안아주고 좀 더 환하게 웃어줘야 한다. 그러면 어느새 그 안에 '사랑'이라는 '생명'이 꿈틀거릴 것이다.

「심리학자 에스더 M. 스턴버그는 사랑을 '열정, 친밀감, 약속과 책임감'으로 이루어진 삼각형으로 설명하고 있다. 그의 이론에 따르면 열정은 사랑이 시작할 때 가장 크게 작용하는 요소다. 그러나 시간이 흐르면서 가장 먼저 사라진다. 그리고 그 자리를 메워주는 것이 친밀감이다. 친밀감도 어느 정도까지만 증가한다. 어느 시점이 되면 역시 사라지거나 너무 익숙해서 숨어버리거나 한다. 그 대신 약속과 책임감이 그 자리를 메워준다.」

처음 사랑을 시작할 때 가장 중요한 요소는 물론 열정이다. 그러나 시간이 흐르면서 가장 먼저 사라지는 것도 이 열정이다. 그 자리를 메워 주는 것이 친밀감이다. 친밀감 역시 어느 정도까지는 증가하지만 그리 오래가지는 못한다. 어느 시기가 되면 사라지거나 너무 익숙해져서 숨어버리거나 한다. 그 후에 두 사람 사이를 이어주는 것이 약속과 책임감이다. 열정이나 친밀감은 감정의 문제이다. 그러므로 쉽게 변화하고(실제로 우리의 감정 중에 변화하지 않는 것은 아무것도 없다) 주변의 영향에도 민감하다. 약속과 책임감은 좀 더 다르다. 이것은 사랑하는 사람을 위해 헌신하고 노력하겠다는 생각이다. 따라서 감정처럼 쉽게 변화하지 않는다. 오히려 시간이 흐를수록 깊어질 수 있으며 노력과 학습 여하에 따라 발전할 여지도 얼마든지 있다.

더욱 중요한 것은 그런 노력과 학습이 사라지기 쉬운 열정과 친밀감을 지속시키는 데 커다란 도움을 준다는 사실이다. 사랑의 이 세 번째 단계는 얼핏 밋밋하고 재미없게 여겨질 수도 있다. 특히 미친 듯이 사랑의 열정을 탐닉하는 사람들에게 그것은 사랑의 종막으로 생각되기 쉽다. 그리하여 약물중독자들이 맨 처음 약물을 투여했을 때의 짜릿한 쾌감을 찾아 다시 약물에 빠지듯이 그들 역시 또 다른 뜨거운 사랑을 찾아 헤맨다. 이 세상의 모든 사랑이라는 것은 어차피 조금씩은 감각의 마취를 필요로 한다. 그러나 지나치면 진실을 외면하게 만드는 독이 되기도 하는 것이다. 이런 타입의 사람은 사랑에 있어서 여러가지 오류를 저지른다. 그중에서도 한 번 뜨거운 열정으로 시작된 사랑은 영원히 그 열정이 계속되어야 한다고 믿는 게 가장 커다란 잘못이다. 아무리 큰 열정과 광기로 시작했다 할지라도 언젠가는 반드시 풍화하는 때가 오는 것이 사랑의 유한성이다. 그러므로 때로는 밋밋하고 조금 지루할지라도 열정보다는 약속과 책임감이 사랑의 결속에 더 중요하다는 사실을 기억해야 한다.

좋아서, 사랑해서, 아침마다 민얼굴로 보고 싶어서, 매일 같은 곳을 바라보며 수다를 떨고 싶어서, 맛있는 음식을 함께 나누고 싶어서 그래서 합쳤다. 그러나 사랑에는 유통기간이 있다. 시간이 지나다 보면 장점보다는 단점이, 예쁜 짓보다는 미운 짓이 더 보이면서 권태기를 맞이하게 된다. 이때 필요한 것이 책임감도 열정도

제1장. 찬찬한 세상에는 사랑이 있어라

53

아닌 친밀감이다. 그 친밀감 중에도 오락적 친밀감이 최고다. 함께 시장 가고, 함께 여행하고, 함께 운동하고, 함께 취미 활동을 할 수 있는 것이 오락적 친밀감인데 필자는 남녀 간에, 부부간에 저녁 식사하면서 반주하는 문화를 권장하고 싶다.

저녁과 함께 반주를 하거나 아예 치맥을 나누다 보면 그간 없었던 대화가 이뤄지게 진다. 세상 사는 이야기, 아이들의 이야기 등 이런 저런 문제로 소통이 될 수 있게 되기 때문이다.

어디 부부나 연인 사이뿐이겠는가? 술자리는 비즈니스에서도 뺄 수 없는 코스이다. 접대하고 접대받다 보면 이뤄지지 않던 문제들이 문제없이 풀리는 경우가 많다. 맛있는 음식 앞에 정든다는 속담처럼, 음식을 나누면 식구(食口)가 되어버리기 때문에 부부간에 연인 간에 술자리는 꼭 필요할 듯하다. 그런데 술자리에서는 다 용서된다는 잘못된 생각은 지워주기 바란다. 술자리일수록 더 매너와 배려가 필요하다. 가까운 사이일수록 신비감이 있어야 한다. 절대로 함부로 굴지 마라. 다시 술자리를 할 수 있는 여지를 남겨 주어야 한다.

다시는 당신과 술자리를 하지 않겠다면 그 술자리는 잘못된 거다. 꿀 같은 자리를 위해 당신의 신비로움을 유지해 주시기 바란다.

행복하려면 사랑하세요 (사랑의 묘약 '도파민')

누구든 사랑을 하면 마음이 예뻐지고 눈이 멀어진다. 왜 사랑을 하면 눈이 머는 걸까. 사랑에 빠진 사람에게 연인의 사진을 보여주면 마치 불이 켜지듯 두뇌의 보상중추(補償中樞)가 활발히 반응한다. 보상중추란 음식이나 물 또는 금전적 보상이 주어질 때, 또는 성적(性的) 흥분이 일어날 때 활성화되는 영역이다. 흥미로운 사실은 보상중추가 활발히 작용하면 반대로 상대에 대한 부정적 판단을 하는 두뇌 기능이 감소한다. 일단 상대에 끌리기 시작하면 결실을 맺기 위해 성격이나 인간성을 평가하는 욕구보다는 서로에게 더욱 애착심을 느끼려는 본능이 강하게 작용해 연인의 웬만한 허물은 눈에 들어오지도 않게 되는 것이다. 사랑에 빠지면 뇌의 특수 시스템이 작동해 행복감, 현기증, 불면증, 기대감, 불안을 안겨준다. 뇌에서 여러 화학흥분세가 분비되기 때문이다. 사랑을 느낄 때 뇌에서 도파민이라는 화학물질을 분비하는 신경세포들이 활성화된다. 도파민은 만족감과 즐거움을 느끼게 하는 물질로, 사랑이 강렬할수록 이 부위의 활동이 더 활발해진다.

아버지, 어머니, 딸 이렇게 세 식구가 모처럼의 가족여행 중에 교통사고가 났다. 자동차가 언덕 아래로 구르는 큰 사고였다. 어머니만 상처가 가벼울 뿐 아버지와 딸은 모두 크게 다쳐서 병원에 입원해야 했다. 특히 딸은 상처가 깊어서 오랫동안 병원치료를 받았음에도 평생 목발을 짚고 다녀야 했다. 당시 사춘기였던 딸은 무엇보다도 마음의 상처가 깊었다. 친구들이 학교에서 체육을 할 때에도 딸은 조용히 그늘에서 그들을 구경만 했다. 그나마 같은 목발 신세인 아버지가 딸에게는 큰 위안이 되었다. 아버지도 지난 교통사고 이후 목발을 짚어야 하셨던 것이다. 딸이 투정을 부려도 그 처지를 누구보다도 잘 아는 아버지가 나서서 말없이 받아 주었다. 딸에게는 아버지와 같이 공원 벤치에 나란히 목발을 기대놓고 앉아 이런저런 이야기를 나누는 것이 유일한 행복이었다. 딸은 힘들고 어려웠던 사춘기를 잘 넘기고 대학을 입학하였고 그 입학식에 아버지도 참석해 주셨다. 그 해 어느 날이었다. 세 식구가 길을 가고 있었다. 마침 그 앞에서 작은 꼬마 녀석이 공놀이를 하고 있었다. 그런데 공이 큰길로 굴러가자 꼬마는 공을 주우려고 좌우도 살피지 않고 자동차가 오고 있는 큰길로 뛰어들었다. 이때 놀라운 일이 벌어졌다. 아버지가 목발을 내던지고 큰길로 뛰어들어 꼬마를 안고 길건너 쪽으로 달려가는 것이었다. 순간 딸은 자기 눈을 믿을 수가 없었다.

잠시 후 어머니가 딸을 꼬옥 안아주며 딸에게 이렇게 속삭였다.

"애야 이제야 말할 때가 된 것 같구나. 사실은 너의 아버지는 다리가 전혀 아프지 않으시단다. 퇴원 후에 다 나았거든. 그런데 네가 목발을 짚어야 된다는 사실을 알고 나신 후 아버지도 목발을 짚겠다고 자청하셨단다. 너와 아픔을 같이해야 한다고 하시면서 말이다. 이것은 아빠 회사 직원들은 물론 우리 친척들도 아무도 모르는 사실이란다. 오직 나와 아버지만이 아는 비밀이야."

딸은 길 건너에서 손을 흔드시며 어린아이처럼 해맑게 웃으시는 아버지를 보면서 오랜 시간 자신을 위해 말없이 가슴속에 품었던 아버지의 사랑에 하염없이 눈물을 흘렸다.

누구를 사랑한다는 것은 그를 존경한다는 것이다. 상대방을 알아가다 보면, 그가 내가 생각했던 것과는 여러 가지 면에서 다르다는 것을 발견하게 된다. 성격과 취미, 단점과 장점, 기호 등이 다르다. 존경한다는 것은 그 다른 것을 존중해주는 것이다. 상대방의 고유한 특성을 그대로 인정해 주는 것이다.

자기 속에 가두어 둔 사랑은 사랑이 아니다. 주지 않으면 힘의 근원이 될 수 없다. 바꾸어 말하면 사랑은 행동이다. 폭발의 힘으로 엔진을 움직이는 것처럼 사랑은 폭발적인 것이다. 폭발이 불완전하면 엔진이 시동을 못 하는 것과 같이 제약을 걸면 사랑은 꺼지고 만다.

사랑은 퍼 쓸수록 늘어만 간다. 사람에게 사랑을 주면 생각지도 못할 만큼 커져서 자기에게 돌아온다.

사랑을 가슴에 간직해 두면 아무 쓸모가 없다. 주지 않으면 사랑은 의미가 없다. 사랑은 인간에게 최대의 원동력이고 신앙은 모든 사랑의 원천이다.

사랑의 렌즈를 통해 인생을 보게 될 때 우리는 일상의 여러 제약에서 자유로울 수가 있다.

우리가 누군가를 사랑할 때 두 개의 생명이 구원을 받는다. 그중 하나는 사랑을 받는 사람이고 다른 하나는 사랑을 주는 사람이다.

그럼 진정한 사랑이란 과연 무엇인가? 그것은 일일이 판단하지 않는 태도이다. 우리가 어떤 상황에 처해 있건 어떤 도전을 받고 있건 이제 조건 없는 사랑을 실천해야만 한다.

사랑은 비난하지 않는 것이다. 비난을 해서는 아무것도 이룰 수가 없다. 비난은 우리에게 변할 수 있는 힘을 빼앗아 간다. 그것은 인생에서 아무 자리도 차지하고 있지 않다. 남을 비난하는 것은 자신을 비난하는 것이다. 책임감을 갖도록 하라. 비난은 잊도록 하라.

사랑은 시간과 공간을 초월한다. 사랑의 길은 우리를 폭력의 숲 속에서 빠져나오게 한다. 그것은 우리에게 행동, 태도, 언어, 습관, 그리고 생각들을 바꾸게 한다.

로미오와 줄리엣 신드롬

이 세상에서 가장 위험한 사람은 한 번도 역경을 통과하지 않은 사람이다. 역경을 통과하지 않은 사람은 한 번도 시험을 받아 본 적이 없기에 진정한 자아를 아직 발견하지 못한 사람이기 때문이다. 참된 자아는 번영의 때가 아니라 역경의 때에 발견된다. 번영은 우리의 눈을 어둡게 만들게 하고 영적 감각을 무디게 한다. 그러나 역경은 우리의 영혼에 빛을 준다. 영혼을 민감하게 만들어 준다. 자신 안에 있는 참된 모습은 시련의 때에 드러난다. 그리고 그 시련의 강을 통과하면서 우리의 자아는 새롭게 태어난다.

오랫동안 해로한 부부들에게 '언제 가장 행복했었느냐?'고 물으면 근근이 어렵게 살았던 때가 가장 행복했노라고 고백한다. 함께 어려움을 극복하면서 상대의 소중함을 알고 알알이 정이 들기 마련이다.

사랑-애(愛)

늘 자기는 행복하지 못하다고 생각하는 사람이 있었다. 아침에 일어나면 아이들이 시끄럽게 싸우고 직장에 나가면 상사에게 야단맞고 부인은 늘 잔소리뿐이고, 사는 게 너무 재미없었다. 그러던 어느 날 드디어 그는 길을 떠나 행복의 나라로 가기로 했다. 사흘을 걷고 걸어 드디어 행복의 나라의 중간지점까지 갔고, 이제 사흘만 더 가면 행복의 나라에 도착할 수 있었다. 그런데 그가 숲속에서 잠든 사이에 장난꾸러기 요정이 그의 구두코를 반대 방향으로 돌려놓았다. 아침에 일어나 구두코가 향한 대로 다시 사흘을 걸어간 그는 드디어 행복의 나라에 도착했다. 아니 사실은 자신이 떠난 곳으로 다시 돌아온 셈이다.

그리고 행복의 나라에는 건강하게 자라는 아이들이 있고, 아침에 나갈 직장이 있고, 늘 옆에서 지켜주는 아내가 있어 여생을 행복하고 기쁘게 살았다고 한다. 즉, 행복은 생각하기 나름이라는 메시지를 주는 이야기이다. 행복의 조건은 세 가지-사랑하는 가족이 있고, 희망이 있고, 무언가 내가 할 수 있는 일이 있는 것……

어떤 사람은 돈벌레로 살고~ 어떤 사람은 일벌레로 살고~

어떤 사람은 공부벌레로 살고~ 어떤 사람은 책벌레로 살고~

나에게 어떻게 살고 싶은지 묻는다면~?

나는 "헤벌레 웃으며 살고 싶다"고 대답할 것이다.

난, 난, 애벌레인데….

사랑–애(愛)!

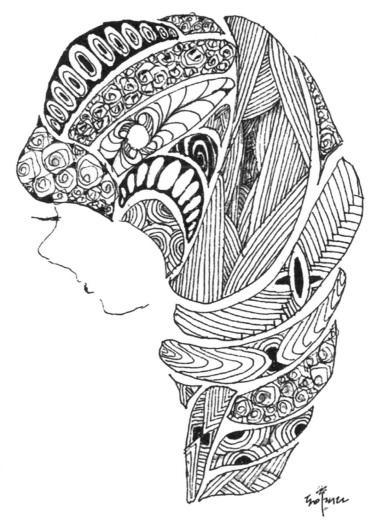

김도이 作

"사랑받고 싶다면 사랑하라,

그리고 사랑스럽게 행동하라."

어느 날 신문을 읽고 있었는데 아내가 내게 다가와서 물어보았다. "자기 나랑 결혼하기 전에 사랑하던 사람 있었어? 솔직히 말해줘."

그래서 내가 대답했다. "그럼 있었지."

그랬더니 아내가 하는 말이……. "저……정말? 사랑했어?"

그래서 내가 다시 대답했다. "흠!!……그러엄~ 엄청 사랑했지~"

그렇게 대답하자 아내가 점점 열 받은 목소리로 물어왔다.

"그……그럼 뽀뽀도 해봤어?"

"그럼, 해봤지……"

"그럼 그 여자를 아직도 사랑해?"

"그럼~ 당연하지……. 첫사랑인데……"

아내가 허거덕대며 어쩔 줄을 몰라 한다. 얼굴이 노래진 아내가 이를 갈며 크게 말했다.

"그럼 그년이랑 결혼하지 그랬어~?"

나는 껄껄거리며 아내에게 대답을 했다.

"그년이 당신이라고."

한 남자에게 너무나도 사랑했던 연인이 있었다. 어느 날 그 남자는 전쟁터에 가게 되었고 전쟁 중에 불행하게도 팔 하나와 다리 한쪽을 잃게 되었다. 그 모습으로 그렇게 마음으로 사랑했던 그녀 곁에 머물 수 없어 그녀를 떠나기로 마음먹었다. 그것이 자신만을 사랑했던 그녀에게 보여 줄 수 있는 깊은 사랑이라 생각했다.

시간은 흘러 그녀의 결혼 소식이 있다는 소식을 알게 되었다. 그남자는 한때 사랑했던 그녀의 결혼식이 열리는 곳으로 찾아갔다. 마음으로 진정으로 사랑했던 그녀의 결혼을 축하해주기 위해서였다. 먼발치에서 결혼식을 바라보던 그 남자는 그만 주저앉고 말았다. 그녀의 곁에는 두 팔과 두 다리가 없는 사람이 휠체어에 앉아 사랑했던 그녀와 결혼식을 하고 있었다. 그때서야 그 남자는 알게 되었다. 자신이 얼마나 그녀를 아프게 했는지……. 그녀가 자신을 얼마나 사랑했는지…….

사랑하는 사람의 건강하고 온전한 몸만을 사랑했던 게 아니라는 걸 깨달았다. 그래서 그 남자는 그녀를 위해 눈물 속에서 작곡을 했다. "아드린느를 위한 발라드"는 이렇게 탄생하였다. 숭고한 사랑의 힘으로……. 물론 원래는 작곡가의 둘째 딸이 태어난 것을 기념해 만든 노래로 이 이야기는 허구의 이야기다.

우리의 인생은 사랑을 하기에도 짧다. 가까이 있는 사랑하는 사람에게 있는 그대로를 사랑하고 존중하고 진심으로 사랑을 표현하고 행복과 기쁨이 충만한 하루 되시기 바란다.

'인간은 언제 가장 행복할까요?'란 질문에 대한 답을 알아내기 위해, 매트 킬링스워스가 Track your Happiness라는 불리는, 사람들의 행복을 실시간으로 보고할 수 있게 한 앱을 만들었다. 놀라운 결과 중 하나는 우리가 현재에 집중할 때에 가장 행복하다는 것이다. 반면에, 우리가 딴생각을 많이 할수록 불행해진다는 결과도 나왔다.

그래도 나에게 더 행복한 순간이 언제냐고 묻는다면 클래식 음악을 들을 때도 문학을 접할 때도 아니다. 사람이 가장 행복을 느낄 때는 좋아하는 사람과 맛있는 음식을 먹을 때이다. 디지털시대임에도 불구하고 뇌는 원시적으로 작동하나 보다.

사랑에 빠진 이들은 예쁘다. 사랑하는 사람끼리의 깊은 친밀감과 마법 같은 일체감, 사람이 긴 인생을 살 수 있는 것은 바로 그런 사랑의 감정이 있기 때문이다. 사랑이 없다면 인생은 얼마나 지루할 것이냐. 사랑하지 않는 순간은 손해다.

매슬로 욕구

사람이 가장 행복할 때는 언제일까? 뇌를 충족시켜 줄 때라고 한다. 뇌는 극히 원시적이라고 한다. 가장 기본적인 욕구를 충족시켜 줄 때 행복하단다. 맛있는 음식을 먹을 때 행복하다. 그것이 바로 생리적 욕구이다. 그 다음은 좋아하는 사람이나 행복한 사람과 함께 먹을 때이다. 그것은 소속감과 인정받고자 하는 사회적 욕구다. 그 다음은 맛있는 음식을 좋아하는 사람과 아름다운 풍경과 음악을 들으면서 먹을 때 극도로 행복을 느낀다. 그것은 바로 자존과 자율 그리고 자아실현 욕구인 것이다. 이것이 매슬로가 주장하는 욕구의 5단계 설이다.

욕구단계설의 첫 단계는 인간에게 있어 가장 기본이라 할 수 있는 생리적 욕구이다. 즉, 따뜻함이나 거주지, 먹을 것을 얻고자 하는 욕구이다. 인간은 빵만으로 사는 것은 아니지만, 정말로 굶주리고 있는 사람에게 있어서는 빵 한 조각이 전부다. 춥고 배고픈 문제가 해결되지 않는 한 다른 욕구는 모습을 나타내지 않는다. 대표적인 것이 식욕, 배설욕, 수면욕이다.

일단 생리적 욕구가 어느 정도 충족되면 안전의 욕구가 나타난다. 이 욕구는 근본적으로 신체적 및 감정적인 위험으로부터 보호되고 안전해지기를 바라는 욕구이다. 매슬로우는 안전 욕구에 대

제1장. 찬찬한 세상에는 사랑이 있어라

65

해 다음과 같이 말했다. "어떤 사람이 극도로, 또 상시 안전을 추구한다면 그런 인물이야말로 안전만을 위해서 삶을 영위한다고 할 수 있다."

일단 생리적 욕구와 안전 욕구가 어느 정도 충족되면 소속감이나 애정 욕구가 지배적인 것으로 나타나게 된다. 한마디로 집단을 만들고 싶다·동료들로부터 받아들여지고 싶다는 욕구이다. 인간은 사회적인 존재이므로 어디에 소속되거나 자신이 다른 집단에 의해서 받아들여지기를 원하고 동료와 친교를 나누고 싶어 하고 또 이성 간의 교제나 결혼을 갈구하게 된다.

인간은 어디에 속하려는 그의 욕구가 어느 정도 만족되기 시작하면 어느 집단의 단순한 구성원 이상의 것이 되기를 원한다. 이는 내적으로 자존·자율을 성취하려는 욕구(내적 존경 욕구) 및 외적으로 타인으로부터 주의를 받고, 인정을 받으며, 집단 내에서 어떤 지위를 확보하려는 욕구(외적 존경 욕구)이다.

일단 존경의 욕구가 어느 정도 충족되기 시작하면 다음에는 "나의 능력을 발휘하고 싶다", "자기계발을 계속하고 싶다"는 자아실현 욕구가 강력하게 나타난다. 이는 자신이 이룰 수 있는 것 혹은 될 수 있는 것을 성취하려는 욕구이다. 즉, 계속 자기발전을 통하여 성장하고, 자신의 잠재력을 극대화하여 자아를 완성하려는 욕구이다.

누구나 특별한 존재감으로 인정받고

사랑받고 싶어 한다

어느 강가에 오래된 식당이 하나 있다. 허름한 간판 아래 메기 매운탕을 파는 식당으로 사람들의 발걸음이 끊이지 않는다. 마당에 아주 큰 느티나무가 있고 그 아래 여러 개의 평상이 놓여 있어서, 사람들이 음식을 먹으면서 강가나 산을 구경하며 쉬어가곤 한다.

이 식당이 처음부터 장사가 잘되는 집은 아니었다. 식당 주인은 서울의 한 골목에서 메기 매운탕 집을 오랫동안 운영했는데 생각처럼 잘되지 않았다. 아무리 생각하고 노력해도, 자기 집 음식과 옆집 음식이 별 차이가 없는 것 같은데 사람들이 옆집에는 많이 가고 자기 집에는 파리만 날렸다. 식당 주인은 화도 나고 '나는 장사하고 인연이 없나 보다' 하며 낙심한 채 시간을 보냈다.

그러던 어느 날, 식당 주인이 무엇인가 결심한 듯 비장한 표정으로 음식을 아주 맛있게 한다는 진달래 식당을 찾아갔다. 식당 주인과 이런저런 이야기를 하면서 살펴보니, 그 식당 주인은 손님들이 음식을 편안하게 먹을 수 있게 해주었다. 또, 계절에 맞게 음식에 조금씩 변화를 주고 있었다. 진달래 식당 주인은 무엇보다 중요한 것은 손님들이 식당에 왔다가 돌아갈 때 '내가 참 좋은 식당에 왔다 가는구나, 내가 특별한 음식을 먹었구나'라며 마음에서 선물을 받고 가는 느낌이 들게 하는 것이라고 귀띔해주었다.

메기 매운탕 식당 주인은 오랫동안 식당을 운영하면서 '이 정도면 괜찮겠지'라고 생각했는데, 자신이 매운탕을 먹는 손님의 입장으로 생각한 적이 없다는 사실을 알았다. 무엇보다 메기탕을 특별하게 만들기 위해 노력하지 않았다는 사실을 알게 되었다. 그때부터 '어떻게 하면 사람들이 메기탕 요리에 매력을 느낄 수 있을까?' 하고 고민했다. 메기를 양식하는 사람들을 찾아가 이것저것 물어보며 메기에 대해 열심히 공부했다. 손님들의 마음을 먼저 헤아리지 않으면, 특별한 음식을 만들지 못한다는 사실을 알았기 때문이다.

이후, 주인은 서울 식당을 접고 어느 강가로 식당을 옮겨가 새로 시작했고 사람들이 식당에 몰려들기 시작했다. 식당 벽에는 메기와 관련된 전설, 메기와 사람의 관계, 그 강에 사는 메기의 특별함 등이 적혀있었다. 손님들이 메기탕을 주문한 뒤 기다리면서 그것을 읽다 보면 '메기를 그냥 민물고기라고만 생각했는데 이 메기가 보통 물고기가 아니구나. 기력이 없는 사람들의 기력 회복을 위해서 하늘에서 내려준 특별한 선물이구나.'하며, 메기에게서 특별함과 매력을 느꼈다.

"메기는 흔한 물고기가 아닙니다. 이 강에 메기가 살고 있는 것은 이곳이 살기 좋은 곳이기 때문입니다. 저희는 매일 일정한 양의 메기만 잡고 있습니다. 여러분은 특별히 선택받은 사람이기 때문에 이 메기를 드실 수 있습니다. 깨끗한 강에서 사는 이 메기를 드시면 병이 낫고 새 힘을 얻을 것입니다."

이런 글을 곧이곧대로 믿는 사람은 거의 없겠지만, 글을 읽고 '내가 좋은 식당에 왔구나, 특별한 곳에 왔구나'라고 생각하면서 메기탕을 먹으니 보통 메기탕보다 훨씬 맛있게 느껴졌다.

또 식당 벽에 "이 메기탕은 여러분이 먹으면서 '이 메기 정말 맛있다! 최고의 맛이야!'라고 표현하면 열 배는 더 맛있어지는 특별한 메기탕입니다."라고 적혀있어서, 메기탕을 먹는 사람들이 여기서도 "진짜 맛있네!" 하고 저기서도 "진짜 맛있네!" 하며 먹었다. 그러다 보니 모든 사람이 아주 기분 좋게 메기탕을 먹었다.

많은 손님이 식당에 찾아와서 메기탕을 맛있게 먹고 가는 것을 보면서 주인은 생각을 좀 더 했다. '메기탕을 더 특별한 것으로 만들고 싶다.' 그때부터 VIP 손님을 위한 황금 메기탕과 붉은 메기탕이 등장했다. 식당 주인은 고급 차를 타고 오는 손님들에게 이렇게 제안했다.

"우리 식당에는 두 가지의 메기 매운탕이 있는데, 어떤 것을 드시겠습니까? 하나는 보통 메기로 끓인 매운탕입니다. 다른 하나는 백년에 한 번 잡힐까 말까 하는 메기, 바로 황금 메기로 끓인 매운탕입니다. 황금 메기탕을 먹으면 머리가 맑아져서 긍정적인 사고와 창의적인 생각을 할 수 있습니다. 그래서 하는 일이 꽉 막혀 있으면 뻥 뚫립니다. 또한, 사람들과 잘 교류할 수 있는 넓은 시야를 가지게 되어 주변 사람들과의 관계도 좋아집니다. 이런 까닭에 옛 선인들도 백 년에 한 번 있을까 말까 하는 황금 메기를 먹기 위해 여러 곳을 찾아다녔습니다."

그러면 돈이 있는 손님들은 "그래요? 내가 어디에서도 황금 메기를 먹어 본 적이 없는데 이번에 한 번 먹어봅시다." 하고 황금 메기탕을 주문했다. 주인이 메기를 가져와서 보여 주는데, 정말 황금색을 띠고 있었다. 주인이 그 자리에서 메기를 잡아 요리해주고, 보통 메기탕보다 아주 비싸게 음식값을 받았다.

스스로를 평범하다고 여기는 사람은 정말 자신의 말처럼 살아갈 것이다. 하지만 그들 중 어떤 이들은 주위 사람들의 눈을 빌려서 자신 또한 특별한 점이 있음을 발견하게 되고, 그 특별함을 조금씩 키우면서 살아 간다.

사람들은 특별한 것을 먹었기 때문에 자랑하게 되고, 더 많은 사람들이 그 식당을 찾아왔다. 또 최고급 차를 타고 오는 손님에게는 식당 주인이 이렇게 제안했다.

"우리 식당에 오신 것을 진심으로 환영합니다. 우리 식당에는 아주 특별한 메기가 있습니다. 용이 되기 직전에 잡힌, 천 년에 한번 잡힐까 말까 하는 메기입니다. 이 메기를 먹으면, 옛날로 말하면 정승도 될 수 있고 왕도 될 수 있는 아주 특별한 메기입니다. 전설에 의하면 이성계나 왕건도 붉은 메기를 먹고 왕이 되었다고 합니다. 천 년에 한 번 잡힐까 말까 하는 메기가 얼마 전에 잡혔는데, 이걸 어떻게 할까 생각하다가 손님에게 보여드립니다."

손님이 이야기를 듣고 놀라며 그 메기를 보니까 색깔이 정말 붉었다.

"거무튀튀한 메기만 보았지 붉은색 메기는 처음 봅니다. 이 메기로 요리해주십시오."

주인이 정성껏 메기탕을 끓여서 주자 사람들이 국물 하나 남기지 않고 먹으면서, "이제 우리 집안이 운수 대통하겠네. 갓 입사한 우리 아들이 그 회사 사장이 되겠네." 하며 즐거워했다. 아주 맛있게 먹은 뒤 큰돈을 내고 만족스러워하며 돌아갔다.

이따금 아주 좋은 차를 타고 오는 손님이 있으면 식당 주인이 말한다. 황금 메기가 있고, 붉은 메기가 있다고. 사람들은 그 식당에서 메기 매운탕을 먹고 잊을 수 없는 좋은 추억을 마음에 담고 돌아가 주위 사람들에게 전했다.

식당 주인은 메기에 대해 깊이 공부하면서, 메기에게는 카멜레온처럼 생존을 위해 몸의 색을 바꾸는 특별한 기능이 있다는 사실을 알았다. 메기를 황금색 통에 넣어두면 몸이 황금색으로 변하고, 붉은 통에 넣어두면 붉은색으로 변하는 것이다. 그가 자신이 요리하는 메기탕을 평범하게 생각했을 때에는 그런 사실을 알 수도 없었다. 특별한 메기탕을 만들겠다고 마음먹은 뒤부터 메기가 새롭게 보이기 시작했고, 메기에 대해 알아가는 만큼 메기탕을 특별하게 만들 수 있었다.

식당 주인이 메기를 특별하게 바라보기 시작하면서 평범했던 메기탕 식당이 특별한 식당으로 변했다.

이처럼 사람들은 누구나 특별한 대접을 받고 싶어 한다. 당신이 나에게 특별한 사람이라는 느낌을 줄 수 있다면 당신이 꿈꾸는 사랑을 얻을 수 있을 것이다.

한 유대인 어머니가 결혼을 앞둔 딸에게 보내는 편지다.

"사랑하는 딸아. 네가 남편을 왕처럼 섬긴다면 니는 왕이 될 것이다. 만약 남편을 돈이나 벌어오는 하인으로 여긴다면 너도 하인이 될 뿐이다. 네가 지나친 자존심과 고집으로 남편을 무시하면 그는 폭력으로 너를 다스릴 것이다. 만일 남편의 친구나 가족이 방문하거든 밝은 표정으로 정성껏 대접하라. 그러면 남편이 너를 소중한 보석으로 여길 것이다. 항상 그가 네 머리에 영광의 관을 씌워줄 것이다."

상대방에게 문제가 있다고 생각한다면 당신에게도 문제가 없는지 살펴볼 일이다. 상대방이 당신에게 힘들게 한다면 당신도 상대방에게 힘들게 하고 있다는 증거일 수 있다. 사람과 사람의 모든 관계는 상대적이니까…….

사마천이 역사서에 남긴 말

'선비는 인정해 주는 사람을 위해 목숨을 바치고 여자는 사랑해 주는 사람을 위해 (   )한다.'

"사위지기자사(士爲知己者死), 여위열기자용(女爲悅己者容)" 남자는 인정받기를 원하고, 여자는 사랑받기를 원한다는 것이다.

남자는 인정해 주어라. 어떤 여자가 남자에게 인기 있는가. 인정 잘해주는 여자, 감탄 잘하는 "대단하다", "너밖에 없어", "네가 하니까 힘이 돼", "너는 없어서는 안 될 존재야" 이런 말이 입에 붙은 여자는 뭇 남자들의 사랑의 표적이 된다.

반면에 여자는 사랑해줘야 한다. 여자들은 일 잘한다고 아무리 칭찬해줘도 무언가 만족하지 못한 표정을 짓는다. 여자에게 일 잘한다고 칭찬하면 나중에는 일만 시킨다고 짜증을 낸다. 봉사하는 여자에게 "야, 너는 힘도 세고 일도 아주 잘하는구나."라는 말을 해 보라. 그 다음부터 사는 데 애로사항이 많게 될 것이다. 여자에게는 인정해 주기보다는 사랑의 표시를 해야 한다.

"너는 일하는 모습도 사랑스러워.", "사랑해!"

이런 말이 그녀를 잠 못 들게 만드는 말이다. 또한 꽃송이와 정성스런 카드 한 장이 백 번의 인정보다 더 효과적이라는 것을 잊지 말사.

　인정과 사랑이 메말라버린 사회에 인정의 포만감과 따뜻한 사랑의 바람을 불게 하자. 서로 인정해 주고 서로 사랑해주자. 노래하지 않는 것은 시(詩)가 아니고 표현하지 않는 것은 사랑이 아니다.ㅋ

제2장

아름다운 음양의 조화

무슨 일이든 사랑으로 하면 다 잘됩니다.

남자들은 군대에서 사격연습할 때 귀가 따갑도록 들었던 얘기가 있다.
'애인 앞가슴 만지듯 방아쇠를 당겨라.'...
사랑의 기술은 우리의 일상을 행복하게 성공적으로 이끌어 줄 것이다.
연애하듯 살 수 있다면 하루하루가 축제가 될 것이다.
사랑이 사랑에게 말한다.
'오늘도 오롯이 사랑하라'고...

신의 축복

윤치영

그대는

전생에 무슨 죄를 지었기에

한몸에 음과 양을 가지고 있으면서

그리움 설레임 아쉬움을 모른단 말인가?

인간만이 언제 어디서든 마주 보고

사랑을 나눌 수 있으니 이것이

축복이지 않겠는가?

마음껏 사랑하라

다시는 사랑하지 못할 것처럼…

그처럼 아름다운 꽃으로도

근심 걱정 없는 소와 돼지로도

태어나지 않은 당신은

천상천하 유아독존 만물의 영장이라…

당신이 꽃이라면 난 나비가 될래요 / 겸재 윤치영

꽃은 짙은 향기와 색깔을 지니고 있다

꽃이 없으면 꽃이 아니라네

암술과 수술의 만남을 위해

준비된 신의 섭리다

움직일 수 없기에 당신을 부르고파
좀 더 예쁘고 좀 더 현란하고 좀 더 달콤하게 피어 있는 네 모습이
가상하구나

결국 사랑도 우주의 음양의 조화로다
새와 매미의 울음소리도, 산속에 핀 들꽃들도
하늘에 흐르는 햇빛과 바람과 그리움까지
종족보존을 위한 자연의 치열한 모습이로다.

좀 더 아름답게, 좀 더 향기롭게, 좀 더 달콤하게

　우주와 자연은 거대한 물결에 의해 움직인다. 참 신비롭다. 그런데 알고 보면 음양의 조화 속에 운행되고 있다는 것이다. 꽃이 피면 벌 나비가 찾아든다. 달콤한 꿀을 먹기 위해서다. 그 벌 나비를 끌어들이기 위해 짙은 향기와 아름다운 자태를 뽐내고 있다.
　아름다운 자태와 향기를 찾아 벌과 나비가 찾아든다. 매미나 정글의 짐승들이 소리내어 우는 것은 암컷을 부르기 위함인 것처럼 세상의 사람들은 짝을 찾아 헤매인다.

사랑은 움직이는 것?

갓 결혼한 젊은 부부가 달밤에 벤치에 앉아있었다. 여자는 남자의 어깨에 머리를 대며 물었다.

"자기, 내 눈이 저 별 같아?"

"응? 응."

"내 머리카락은 달빛 같아?"

"응, 응."

"내 입술은 달고 향기로워?"

"응, 응."

"어쩜, 자기는 정말 시적이야."

결혼 초에는 애틋한 말과 행동으로 애정을 나누던 부부가 결혼 생활이 길어지면 길어질수록 사랑의 불꽃이 시들어버리기 십상이다.

오죽하면 "남자가 아내를 위해 차 문을 열어준다면 둘 중의 하나이다. 차가 새 것이거나, 아내가 새 것이거나……."라는 유머가 생겼을까.

이혼율이 나날이 증가하고 있다. 더구나 상황이 이혼보다 더 심한 상태에 있는 부부도 있다. 겉으로만 부부인 척 실제로는 각방을 쓰는 새로운 유형의 '요새 가족(fortress family)'이라 한다. 요새 가족이라 함은 문자 그대로 밖에서 보기엔 철통같은 방패막을 친 채 자신들의 문제를 결코 외부로 노출시키지 않는 가족을 의미한다. 이들은 자신이 아무리 불행해도 정상 가족의 틀만큼은 절대로 깨뜨리지 않겠다는 신념하에 남들 보기에 평온한 가족을 유지해간다. 가족을 깨뜨리지 않는 저마다의 사연이야 다양하겠지만, 이혼으로 인한 희생을 감수하거나 재혼의 부담을 지기보다는 무늬라도 부부를 유지하는 것이 한결 낫다는 생각에서이다.

부부갈등을 풀기 위해선 상대방의 부족한 점, 다른 점을 당연한 것으로 이해하는 것에서부터 출발하라.

부부의 "감정 은행"에 많은 애정을 저축해 놓아야 한다. 배우자에 관해 많이 알고, 또 자신에 대해 많이 알려주도록 노력하라는 것이다. 함께 즐거워하는 시간을 많이 갖고 틈틈이 사랑을 표현하는 것이 "애정 마일리지(MileaGe)"를 축적하는 길이다.

남자와 여자들의 착각

남자들이 여성을 볼 때 세 가지 기준이 있다고 한다. 첫째, 예뻐야 한다. 둘째도 예뻐야 한다, 셋째도 당연히 예뻐야 한다는 것이다.

'상위 1% 금수저 커뮤니티'를 표방한 회원 수 13만 명의 데이팅 앱이 있다고 한다. 명문대 졸업장, 전문직 면허증, 강남 부동산 등기 등을 가입 조건으로 요구했던 곳이다.

2018년 4월 서비스를 시작한 골드스푼은 '의사·변호사 등 전문직 종사자, 연 매출 50억 원 이상의 사업가, 명문대를 졸업한 현직 장·차관 자제 등이 모인 엘리트 사교 공간'을 표방해왔다. 슈퍼카 등록증, 시세 20억 원 이상 아파트 등기, 의사·변호사 등 전문직 면허증, 연봉 1억 원 이상의 원천징수 영수증, 가족 자산 100억 원 이상 증빙 등 구체적인 가입 조건을 내걸었고 이 가운데 최소 1가지 이상을 제출해야 가입이 가능하다. 남자 이용자들이 증빙 서류를 낼 때마다 회사는 '전문직' '고액 자산' '금수저 집안' 등 인증 배지(badge)를 추가로 부여했다. 남자 이용자들은 자신의 프로필에 이런 배지를 더 많이 붙이기 위해 각종 개인 정보를 자발적으로 전송한 것으로 알려졌다. 반면 여성 회원은 오직 외모만으로 가입이 가능했다. 마지막이 반전이다. 여자는 예쁘면 다 통한다.

성형외과 전문의들에게 어떤 여자가 예쁜 여자인지, 미인의 기준은 무엇인지 묻는 질문을 많이 받는다고 한다. 그 대답이 재미있다. '예쁘게 생겼지만, 본인이 예쁜 줄 모르는 여자가 가장 아름다운 여자라는 것이다. 그 다음 예쁜 여자는 못생겼지만 스스로 못생긴 걸 잘 아는 여자, 세 번째는 본인이 예쁜 걸 너무도 잘 알고 있는 예쁜 여자, 맨 마지막은 못생겼으면서 자기가 예쁜 줄로 착각하고 있는 공주병 환자다. 성형외과에는 못생긴 여성들만 오는 것이 아니라 누가 보아도 잘생긴 여성들이 훨씬 더 많이 온다는 것이다. 그것은 애석하게도, 예쁜 여자들은 대부분 지나치게 예쁜 값을 하는 흠이 있다. 한마디로 얼굴값을 하는 것이다. 남자들은 술만 먹으면 조는 여자도 예쁜 여자 축에 낀다는 소문(?)이 있다. 그러나 뭐니 뭐니해도 예쁜 아줌마보다 성격 좋은 아줌마가 장땡이다.

반면에 여자들은 낯선 남자들과의 대화에서 자신을 더 웃긴 남자를 다시 만나고 싶어 했다는 연구결과가 있다. 여성은 유머 감각이 있는 남성에게 본능적으로 끌리게 된다는 것이다.

처음 만난 사람이라도 재미있는 농담을 잘 구사하면 서먹서먹한 느낌이 금방 사라져 친해지기 쉽고, 상대방에게 좋은 첫인상을 남기게 마련이다. 유머 감각이 있는 이들은 사람들로 하여금 자신에게 주목하게 만들고, 부지불식간에 모임의 분위기를 주도해 무리의 리더 노릇을 하는 경우가 많다. 직장에서, 친구들과의 만남에서, 연애할 때, 혹은 부부지간에도 유머 감각이 있는 사람은 단연 돋보이는 존재이며, 인간관계를 수월하게 만들어나간다.

'잡아 놓은 물고기에게는 먹이를 주지 않아도 된다'는 착각이 남성들의 대표적인 착각이다. 잡아 놓은 물고기도 먹이가 필요하다.

"여전히 예쁘다"고 "당신이 최고"라고 칭찬에 인색하지 말아야한다. 밖에 나가면 칭찬을 잘해주는 남자들이 즐비하기 때문이다.잡아 놓은 물고기를 놓치지 않으려면 관심과 칭찬과 격려에 인색하지 말아야 한다.

카사노바의 유혹의 기술 중 하나는 칭찬에 능하다는 사실이다.

필자만 보면 장가 보내달라고, 좋은 분 있으면 소개해달라는 분들이 가끔 있는데 미인을 얻으려면 능력이 있든 힘이 세든 해야 한다. 거기에 늘 관심과 칭찬으로 정성 들여 봐라. 그러면 원하는 여성을 만날 수 있다.

'예쁘면 다 통한다'는 생각이 여성들의 대표적인 착각이다. 그렇다. 남성들이 여성들을 만날 때 보는 것이 첫째는 미모다. 둘째는예쁘냐가 관건이다. 셋째는 외모의 아름다움이다. 그러나 그것은철없을 때의 기준이다. 남성들은 살다 보면 여성들의 외모보다 성격이 중요하다는 것을 깨닫게 된다. 외모는 밤에 불을 끄면 보이지않지만 불을 꺼도 보이는 것은 성격이기 때문이다. 내숭 떨고 치장하고 변장한 모습은 바로 들통나버리고 만다. 진정성을 가지고 상대를 위해주고 아껴주는 성격 좋은 여성이 진짜 깡순이다.

여성들은 '와이파이'와 같다. 그녀는 사용한 모든 기기를 둘러보다가 가장 강력한 기기와 연결하기 때문이다. 미인을 얻으려면 용기가 있어야 한다. 그 용기는 능력과 힘이 있어야 낼 수 있다. 여성은 소개받는 물건이 아니다. 스스로 찾아오기 마련이다. 동물적 감각으로 강력한 기기에 달라붙는다.

반면 남성들은 블루투스와 같다. 그는 가까이 있는 기기와 연결되고 멀리 있으면 다른 기기를 검색한다. 그래서 사랑은 자주 만날

수록 영글어가기 마련이다. 아, 너무 자주 보니까 싸우고 싫증이 난다구요? 사랑받고 싶다면 옆에서 쫑알거리며 애교를 부려야 한다. 대접만 받으려는 여성은 남성들로부터 따돌림 당하기 십상이다. 예쁘면 예쁠수록 젊으면 젊을수록 먼저 섬기고 베푸는 여성이 사랑받는다. 골프를 치다 보면 맛난 음식을 바리바리 싸 오는 여성들이 있다. 다 자기 하이힐 탓만 한다. 그런데 골프채 받아 차에 실어 주고 들어준 거 가지고 캐디피 그린피 내 주길 바라면 머지않아 동행대상에서 제외된다는 걸 알아주길 바란다.

남녀의 심리 차이를 이해하라

남자

1등급 = 능력도 있다

2등급 = 인물은 있다

3등급 = 돈은 있다

4등급 = 성질만 있다

여자

1등급 = 마음도 곱다

2등급 = 얼굴은 예쁘다

3등급 = 요리는 잘한다

4등급 = 바람만 들었다

'자기 방식'만 밀어 붙이지 말고 상대의 심리를 이용하라.

설교시간에 목사님께서는 아담과 하와의 탄생에 대한 얘기를 했다. 예배를 마치고 교회를 나오면서 아내가 남편에게 궁금하다는 듯이 물었다.

"여보 하나님은 왜 남자를 먼저 만들고 다음에 여자를 만들었을까?"

얘기를 듣고 난 남편이 한심하다는 듯이 대답했다.

"그거야 당연하지. 여자를 먼저 만들었어 봐. 남자 만드는 것을 보고 있다가 '여기를 이렇게 해 달라, 저기를 저렇게 해 달라'며 잔소리가 심할 텐데 얼마나 귀찮으셨겠냐?"

미혼 남녀 간에 여성의 전화번호 정도는 알고 있지만 쉽게 전화하기 힘든 사이일 때 남자는 대개 작전상 미주알고주알 어느 정도 스토리를 정해서 전화통화를 하게 되는데, 오히려 이러한 경우는 상대에게 부담을 주게 된다.

상대 여성에게 산뜻한 느낌이 드는 전화를 해보자. 그러기 위해서는 기분을 정리하고 평소 좋아하는 음악을 듣고 전화를 건다. 그리고는 이러한 음악을 듣다가 생각이 나서 전화했다는 이야기를 하며 별일은 없는지 가볍게 물어 보도록 하고 끊는다.

또 다른 방법으로는 수첩을 뒤적이다가 문득 생각이 나서 전화를 했다고 하면 된다. 중요한 것은 여성에게 자신의 이미지를 일정한 부분에 남기는 것이다. 여성은 반복적인 것들을 좋아하기 때문이다.

몇 개월 동안 아무런 연락이 없다가 불쑥 나타나서 사랑타령을 하는 것보다는 간단한 안부 전화를 자주 하는 것이 훨씬 좋은 방법이다. 그러다가 그 여성에게 처음으로 전화로 데이트를 신청하려 할 때 만나려는 날짜를 정해서 '이번 주 토요일 만났으면 합니다' 하고 이야기를 하는 것은 좋은 방법이 아니다. 왜냐하면 여성이 남성에게 좋은 감정을 가지고 있다면 별반 문제가 없지만, 그렇지 않다면 거절당하기 쉽기 때문이다. 그렇다면 거절당하지 않기 위한 방법은 무엇일까?

전화를 걸어서 대략 3일 정도 날짜를 골라서 선택을 하도록 하면 된다.

"이번 주 금, 토, 일 중에서 편하신 날짜를 정하세요." 하고 묻는다면 여성도 요목조목 핑계를 대기가 어렵게 되기 때문이다.

무엇보다 마음속으로 자기 규제를 어떻게 하느냐 하는 내용적 차이가 남성과 여성의 행동 원리의 차이를 낳는 큰 원인이 된다. 남성은 양심을 행동의 기준으로 삼아 가책을 느낄 만한 일을 하지 않는 한 떳떳하게 살아가겠다는 신념을 가진다. 양심의 가책을 느끼는 일을 하게 되면 죄책감 때문에 마음대로 행동할 수 없다. 그런 죄의식이 남성의 행동을 속박한다는 의미이다.

그러나 여성의 행동 원리는 죄의식보다는 수치심에 있다. 그렇다고 여성에게는 양심과 죄의식이 없다는 것이 아니라 수치심에 더 큰 비중을 두는 경향이 있다는 것이다. 예를 들어 정숙해야 할 장소에서 아이들이 시끄럽게 떠든다면 어머니는 "창피하지도 않아. 사람들이 욕해. 그만둬!"라고 하면서 수치심을 자극하여 아이를 꾸중한다. 그러나 아버지는 "다른 사람에게 폐가 되잖아!"라고 꾸중하면서 아이에게 죄의식을 심어 준다.

남자는 상대방에게 꼭 필요한 사람이라는 것을 느낄 때 비로소 자신감을 얻게 되지만, 여자는 누군가를 사랑하고 그로부터 사랑을 받으면 그 자체에서 생활의 활력을 얻는다. 여성의 행동 원리인 수치심은 주위 사람들로부터 사랑을 잃지 않을까 하는 실애공포(失愛恐怖)를 말한다. 그래서 다른 사람을 지나치게 의식하게 되어 타자 지향적이게 된다. 이처럼 수치심은 다른 사람이 자신을 어떻게 보느냐 하는 의식에서 싹튼다.

옷을 곱게 차려입은 한 부인이 일곱 살쯤 되어 보이는 아들의 손을 잡고 미술품 전시장에 관람하러 왔다. 부인의 모습이 어찌나 우아하던지 미술관에 온 사람들의 시선을 끌었다. 부인은 아들과 함께 작품 한 점 한 점을 천천히 감상하며 어떤 작품 앞에서는 미소를 짓기도 하고 또 어떤 작품 앞에서는 살짝 고개를 끄떡이기도 하는 모습이 부인의 기품을 더욱 자아내었다.

그런데 부인의 손을 잡고 있던 아들이 어찌나 짓궂던지 작품에 함부로 손을 대고 다녔다.

부인은 그럴 때마다 나직한 소리로 아들에게 말했다.

"애야, 작품에 마구 손을 대면 안 돼요. 조용히 눈으로 보고 마음으로 느껴야 하는 거예요."

아이를 타이르는 부인의 태도에 많은 사람들은 크게 감동을 하였다.

얼마 후, 미술관에 있던 사람들이 점점 빠져나가고 부인과 그 아들 둘만이 남게 되었다. 아들이 도자기 진열대 앞에서 자기 머리 위에 있는 도자기에 손을 대자 재빨리 전시장을 둘러본 부인이 전시장에 아무도 없는 것을 확인하고 아들에게 무섭게 꾸짖었다.

"이 새끼야, 도자기가 떨어지면 대가리 깨진단 말이야 알았어?"

사랑하는 남편을 불시에 잃은 아내가 장례식 날 아침에도 머리를 빗고 얼굴을 가다듬는 모습에서 여성의 이런 심리를 엿볼 수 있는 좋은 예가 될 수 있다. 여성의 이런 행동 원리가 여성다움을 유지하는 힘이 되는지도 모른다.

문제를 해결하는 순서에 있어서도 남자는 여자와 상당한 차이를 보인다. 여자는 화가 나면 우선 그 상황에 대해 남에게 이야기하면서 자신의 감정과 생각을 보다 확고히 한다. 그래서 여자는 남자에게 고민이 생기면 마치 자신의 일처럼 다가가 그 문제에 대해 같이 머리를 맞대고 상의하고 싶어 한다. 그러나 남자는 혼자서 문제를 정리하고 싶어 하며, 문제가 잘 안 풀려도 다른 사람들과 대화하기보다는 스포츠나 취미 활동 등으로 몸을 움직이면서 스트레스를 풀려고 한다.

남성	여성
• 독립적 · 경쟁적 · 목표 지향적 • 죄의식 · 시각 지향적 • 시공간 능력 · 공격적 • 활동을 함께하는 친구 • 사물을 논리적으로 깊이 생각함 • 유행에 무관심 · 추리적, 이성적	• 의존적 · 수용적 • 인격적 욕구지향적 • 수치의식 · 청각지향적 • 언어적 능력 • 양육적 · 감정을 나누는 친구 • 타인의 암시나 시사에 의해 결정 • 유행에 민감 · 직관적, 감정적

심리학자들의 말에 의하면 남성은 한쪽 뇌의 발달이 느려 한꺼번에 두 가지 일을 할 수 없다고 한다. 따라서 남성은 깊이 있게 한 가지를 연구하는 일에는 적합하지만 여러 가지 일을 한꺼번에 처리할 능력이 없는 반면 여성은 왼쪽과 오른쪽 뇌가 고르게 발달해 한꺼번에 여러 가지 일을 할 수 있으며 들을 수도 있다고 한다. 따라서 여성은 '라디오에서 흘러나오는 음악을 들으면서 아기도 보고 다리미질을 할 수 있는 것이다.

이것을 모르는 아내는 지친 몸으로 퇴근해서 저녁 밥상 앞에서 신문을 보고 있는 남편에게 이것저것 물어보려고 하니 남편이 '당신은 몰라도 돼!'라며 짜증을 내고 만다. 아내는 남편을 대화로 끌어내기 위해서는 이야기를 집중할 수 있는 분위기를 조성한 다음 화두를 꺼내는 것이 좋다. 그러면 남편도 아내의 얘기에 관심을 갖고 대화에 응하게 된다. 이처럼 남녀 간의 성적인 차이나 심리를 파악하고 있으면 원만한 관계를 유지하고 이야기를 끌어나가는 데 도움을 준다. '자기 방식'만 밀어붙이지 말고 상대의 심리를 이용하라.

남자와 여자의 본능 차이

♥ 여자는 옷을 벗을수록 시선이 집중된다. 남자는 옷을 입을수록 시선이 집중된다.

♥ 여자가 짝사랑을 하면 보고도 못 본 척한다. 남자가 짝사랑을 하면 목소리가 커진다.

♥ 여자는 증명된 사랑에도 불안해한다. 남자는 작은 사랑의 증거에도 용기를 얻는다.

♥ 여자는 자랑할 일이 생기면 친구를 찾아간다. 남자는 괴로운 일이 생기면 친구를 찾아간다.

♥ 여자는 자기보다 예쁜 여자와 같이 다니지 않으려 한다. 남자는 자기보다 돈 없는 남자와 같이 다니지 않으려 한다.

♥ 여자는 허영심을 위해 무언가를 들고 다닌다. 남자는 자존심을 위해 무언가를 들고 다닌다.

♥ 여자는 수다로 남자를 질리게 한다. 남자는 침묵으로 여자를 오해하게 만든다.

♥ 여자는 성공을 위해 남자를 고르기도 한다. 남자는 여자를 위해 성공하기도 한다.

♥ 여자는 호기심 때문에 사랑을 한다. 남자는 소유하기 위해 사랑을 한다.

♥ 여자는 과거를 파헤치고 산다. 남자는 미래를 이끌기 위해 산다.

♥ 여자는 기다리다 기다리다 찾아 나선다. 남자는 방황하다 방황하다 정착하게 된다.

♥ 여자는 몰라도 되는 일에 지나친 관심을 보인다. 남자는 꼭 알아야 할 일에 전혀 관심이 없다.

♥ 여자는 우월감이 생기면 상대를 칭찬한다. 남자는 상대를 존경하면 칭찬한다.

♥ 여자에겐 사회는 사회, 사랑은 사랑이다. 남자에겐 사회 안에 사랑이 있다.

♥ 여자는 싸우면 남자가 끝을 말할까 걱정한다. 남자는 싸우면 자신을 속 좁게 볼까 봐 걱정한다.

♥ 여자는 돈이 생기면 쓸 일에 신경을 쓴다. 남자는 돈이 생기면 모을 일에 신경을 쓴다.

♥ 여자는 남자의 허풍에 속는다. 남자는 여자의 외모에 속는다.

♥ 여자는 남자의 감정을 느낌만으로 알 수 있다. 남자는 여자의 감정을 말해 줘야 안다.

♥ 여자는 남자를 잡기 위해 껴안으려 한다. 남자는 여자를 감싸기 위해 껴안으려 한다.

♥ 여자는 사랑하는 사람을 독점하기 위해 노력한다. 남자는 사랑하는 사람의 수를 늘리기 위해 노력한다.

♥ 여자는 무드에 약하다. 남자는 누드에 약하다.

♥ 여자는 자신을 위한 남자의 노력에 감동한다. 남자는 자신을 위한 여자의 희생에 감화된다.

♥ 여자는 사랑을 받아야 사랑을 보여 준다. 남자는 사랑을 못

받으면 더 사랑을 주려 한다.

♥ 여자는 아이를 보면 과거의 자신을 생각한다. 남자는 아이를 보면 미래의 자식을 생각한다.

♥ 여자는 위로받기 위해서 눈물을 흘린다. 남자는 다시 울지 않기 위해 눈물을 흘린다.

♥ 여자는 남자 자체보다는 평판에 이끌린다. 남자는 여자 평판 보다는 외모에 이끌린다.

♥ 여자는 칭찬을 받으면 여왕처럼 된다. 남자는 칭찬을 받으면 어린애가 된다.

♥ 여자는 옷을 어떻게 입을까 고민한다. 남자는 그 옷을 어떻게 벗게 할까 고민한다.

♥ 여자는 아름다움으로 남자를 지배하려 한다. 남자는 그 아름 다움을 지배하려 한다.

♥ 여자는 애교와 주접을 혼돈한다. 남자는 터프와 괴팍을 혼돈 한다.

♥ 여자는 해선 안될 사랑을 호기심으로 시작한다. 남자는 해선 안될 사랑을 이기심으로 시작한다.

♥ 여자는 더 사랑해 주는 남자에게 끌린다. 남자는 더 말 잘 듣는 여자에게 끌린다.

남자는 인정, 여자는 사랑

결혼 후 나이들음에 여자는 점점 강하고 당당해지는데 남자들의 목소리는 작아진다. 멀쩡하게 일을 잘하던 남자들도 "도대체 내가 이 일을 하는 의미가 무엇인가?" 하면서 회의를 갖기도 한다.

여자는 그 반대다. 결혼 초에는 남편이 몇 시에 들어오는지, 요즘 사랑한다는 말을 몇 번 했는지, 나를 몇 번 만져줬는지에 관심을 집중하고 살다가 나이가 들면서는 점점 자기주장이 강해진다. 좋게 말하면 독립적이고 뒤집어보면 공격적이다. 그래서 이때 남자들은 전보다 강해진 아내에게 약한 남자로 비치며 비난을 당하기 쉽다.

고단한 세상살이에 지친 남자들은 자신에게 공감적이고 인정해주는 따뜻한 아내를 기대하고 집으로 들어가지만, 남자가 남자다움의 굴레를 벗고 싶은 그 시기에 여자도 여자다움의 굴레를 벗으려 한다.

한 남자가 자주 가는 술집 아가씨에게 2장짜리 팬티 세트를 선물했다. 손님을 모시고 가면 늘 잘해준 것이 고마워서였다. 술집 아가씨는 선물을 받고는 "어머, 부장님 고마워요~ 이거 너무 예뻐요~"라면서 연신 감탄을 한다.

순간 그는 아내에게 미안한 마음이 들어 속옷가게에 가서 더 화려하고 비싼 무지개 빛깔 팬티를 무려 7장이나 사서 호기롭게 아내에게 내밀었다.

"아니, 내가 이런 걸 어떻게 입는다고 사 와요. 얼마 주고 샀어요? 어디서 샀어요? 가서 바꿔오세요."

아내에게 무지개 팬티를 입혀보고 싶었던 그의 마음은 구겨진 휴지 뭉치같이 되었다. 밖에서 만나는 여자들은 작은 일에도 고마워하고 감탄할 줄 안다. 그래서 그런 여자와 같이 있을 때 남자는 "나도 진짜 멋있는 남자일지도 몰라" 하는 자신감이 생긴다.

그러한 인정이나 칭찬의 파급효과로 인해 실제로 더 능력 있고 멋진 남자가 된다는 것이 심리학에서 말하는 "피그말리온 효과"의 원리다. 남자들이 외도를 하는 이유는 무엇인가. 많은 사람들이 생각하듯 성적인 욕망에 사로잡힌 사내들이 신선하고 자극적인 젊은 여자에게 눈 돌리는 한눈팔기 같은 것일까? 천만의 말씀~ 만만의 콩떡이다~ 대부분의 남자가 외도에서 찾는 것은

"여자"가 아니라 "인정받고 싶은 마음"인 것이다.

남과 여의 원초적 차이

어느 할아버지 할머니가 부부싸움을 했다. 싸움을 한 다음 할머니가 말을 안 했다. 때가 되면 밥상을 차려서는 할아버지 앞에 내려놓으시고 한쪽에 앉아 말 없이 바느질을 했다. 그러다가 할아버지가 식사를 마칠 때쯤이면 또 말없이 숭늉을 떠다 놓기만 했다. 할아버지는 밥상을 사이에 두고 마주 앉아 도란도란 이야기를 나누던 할머니가 한마디도 안 하니 가슴이 답답했다. 할머니의 말문을 열어야겠는데 자존심 때문에 먼저 말을 꺼낼 수는 없는 노릇이다. 어떻게 해야 말을 하게 할까, 할아버지는 한참 동안 곰곰이 생각했다. 빨리 할머니의 침묵을 깨고 예전처럼 다정하게 지내고 싶을 뿐이다. 잠시 뒤 할머니가 다 마른 빨래를 걷어서 방안으로 가져와 빨래를 개켜서 옷장 안에 차곡차곡 넣었다. 말없이 할머니를 바라보던 할아버지는 옷장을 열고 무언가 열심히 찾기 시작했다. 여기저기 뒤지고 부산을 떤다. 처음에 할머니는 못본 척 했다. 그러자 할아버지는 점점 더 옷장 속에 있던 옷들을 하나둘씩 꺼내놓기 시작했다. 할머니가 가만히 바라보니 걱정이다. 저렇게 해놓으면 나중에 치우는 것은 할머니 몫이기 때문이다. 부아가 난 할머니가 볼멘 목소리로 물었다.

"뭘 찾으시우?"

그러자 할아버지가 빙그레 웃으며 대답하셨다.

"이제야 임자 목소리를 찾았구면"

".........."

당신 주위의 사람들과 더불어 화목한 삶을 유지하는 일처럼 중요한 것은 없다.

프랑스에 이런 한 토막의 이야기가 있다. 어린 여자 아이에게 종이로 포장된 초콜릿을 두 개 내어놓고 질문을 해보았다. "두 개 모두 종이를 벗기면 인형 모양의 초콜릿이 있단다. 이쪽 것은 사내 아이고 이쪽 것은 여자 아이란다. 넌 어느 쪽을 갖겠니?" 그 아이는 잠시 생각하다가 "저는 사내 아이 쪽이 좋아요" "왜 그렇지?" 그 여자 아이는 모든 것을 다 알고 있다는 듯이 서슴지 않고 "저…. 초콜릿이 그것만큼 더 붙어 있지 않겠어요?"

남녀의 차이 영원한 흥밋거리다. 사실 심리학에서도 남녀의 차이에 대해서는 별로 이야기하지 않는다. 하지만 남녀 간의 차이는 분명히 있다.

남녀 간의 차이는 유전자 및 뇌의 호르몬, 뇌세포, 신경전달물질 등에서 기인하고, 이 차이가 남녀의 행동 및 심리차이를 만들어 낸다. 남녀의 행동차이가 사회화에 의해 만들어질 수도 있지만,(환경론적 인 차이) 더 기본적인 것은 앞에서 말한 생물학적 요인에 의한 차이다.

미국여자가 쓴 책에서 보니까 여자아이는 젖을 먹을 때 한 번 먹고 엄마 한 번 쳐다보고 오랫동안 먹지만, 남자아이는 그냥 젖을 죽죽 빨리 다 먹고 잠을 잔다고 한다. 유아시절부터 이런 차이가 난다.

남성들은 모노형이고 여성들은 멀티형이다. 아침에 남성들은 식사하면서 신문을 뒤적인다. 이때 여성들은 이것저것 궁금한 것을 묻고 이렇게 해라 저렇게 해라 주문을 하려 한다. 그때 '알았다니까, 그만 얘기해!' 하며 남성들은 대개 짜증을 낸다. 왜일까? 아침밥을 먹으며 신문을 보기 때문이다. 두 가지를 동시에 하고 있는데 또 대화를 하자고 하니 머리가 한계를 느낀다. 남자들은 모노형으로 태어났기 때문이다. 반면에 여자들은 멀티형으로 태어났다. 주방에 냄비에는 찌개가 끓고 있고 손은 다리미질로 분주하다. 그러면서 이것저것 다 참견해 댄다. 동시에 여러 가지 일을 다 해 버리는 놀라운 능력을 가지고 태어났기 때문에 가능하다. 그래서 4차 산업혁명 시대는 여성들이 더 대우받는다. 동시에 여러 가지 일을 해낼 수 있을 뿐만 아니라 감성능력이 남성보다 훨씬 뛰어나기 때문이다. 지능형 로봇을 이길 수 있는 힘을 여성들은 태어날 때부터 신으로부터 부여받았다.

여자아이들은 언어능력이 뛰어나고 남자는 공간지각력이 뛰어나다. 여자의 언어기능은 두뇌의 좌뇌에 주로 위치에 있는데, 우뇌에도 이보다 기능이 떨어진 언어기능이 위치해 있어 이 둘이 서로 합작하여 여자의 뛰어난 언어능력을 설명해준다. 따라서 여자가 대화에도 뛰어나고 언어 관련 직업에 많이 종사한다. 그런데 남자의 뇌에는 이런 언어기능을 담당하는 부위가 잘 발달되어 있지 않다. 대신에 남자는 공간지각력이 뛰어나다. 남자의 우뇌 앞쪽에 공간지능을 담당하는 부위가 네 군데나 있다. 반대로 여자는 그 부위가 잘 발달되어 있지 않다. 따라서 남자들은 공간과 관련된 직업(건축, 수

학, 물리)이나 스포츠에 뛰어나다. 공간지능은 머릿속에서 물건의 형체, 차원, 좌표, 비율, 움직임, 자리 등을 상상하는 능력이다.

남자아이는 사물(일)을 좋아하고, 여자아이는 사람을 좋아한다고 한다. 그러니까 인간관계적 일(서비스, 인문사회)에는 여자가 적성에 더 맞고, 덜 인간관계적 일(컴퓨터나 공학)에는 남자가 더 적성에 맞다.

남자는 길을 뱅뱅 돌고 여자는 길을 묻는 것도 다 생물학적 차이에 기인한다. 남녀의 이런 차이는 진화론에서 기인하는데 남자는 사냥꾼적 원거리 터널 시야를 가졌다. 즉 사냥감에 집중해서 계속 추적하는 것이다. 사냥감 외에는 주변 사물에는 별로 신경 쓰지 않는다. 남자는 사냥을 잘해야 아내나 주위 사람들한테 인정을 받았던 것이다. 남자가 TV를 보고 있을 때 아내가 말을 해도 별로 들리지 않고 남자아이가 장난감을 조립할 때는 엄마가 밥 먹으라고 해도 들리지 않는다.

여자는 대신 방어적 주변 시야를 가졌는데 그녀는 둥지 수호자의 역할을 해야 했다. 여자는 뒤에도 눈이 있다는 말이 있는데 두 눈으로 볼 수 있는 폭이 남자보다 넓다는 의미다. 원거리는 남자가 잘 보고 주변은 여자가 잘 보는 것이다. 아이 양육자로서의 여자는 주위에서 위험의 기미를 빨리 알아차려야 했고, 아이와 어른의 표정에서 그들의 기분을 재빨리 알아차려야 했던 것이다. 그래서 오늘날도 여자가 다른 사람의 감정에 민감하고 잘 알아차린다. 이런 여자만이 남자한테 인정을 받았다. 이런 자기 성 역할을 잘하는 사람만이 진화의 과정에서 살아남았고, 이런 것이 유전자에 각인되었다. 우리는 그들의 자손인 것이다. 오늘날 남녀의 차이가 흐려지고 양성적 역할이 나타난 것은 50년이 채 되지 않는다. 그러나 진화의 과정은 40억 년 50억 년이지 않은가.

성의 문제에서도 있어서도 일부일처제는 비교적 최근에 나타난 현상이고, 일부다처제가 기본이었다. 남자가 바람피우는 이유도 여기에 있다. 남자들은 자기의 자손을 퍼뜨리고 싶은 욕구가 있다는 것이다. 사랑의 목적도 다른데, 여자는 로맨스나 대화, 남자는 섹스가 목적이라고 한다. 따라서 남자는 모르는 여자와도 단기간의 사랑을 할 수 있지만, 여자는 자기가 마음을 허락하는, 장기간 만나는 남자하고만 사랑을 한다.

실애공포증과 허세 콤플렉스

남성들은 허세 콤플렉스를 가지고 있다. 예로부터 남자는 어릴 때부터 남자아이가 울면 "뚝 그치지 못해! 사내아이가 왜 그렇게 잘 울어."라는 꾸중을 듣게 된다. 이러한 교육을 받으며 자라 왔으므로 자연히 허세 콤플렉스에 빠지게 된다. 강인한 체력을 가진 남성이 여성에게 나약한 모습을 보인 것은 더할 수 없는 수치로서 자아의 중핵을 위협당하는 일이다. 육체적 강인성에 따르지 못하는 정신적 나약성은 남성에게 더 많은 정신적 압박감과 스트레스를 가져다준다. 특히 아내로부터 "그래도 당신이 남자예요?"라는 말을 들을 때는 거의 이성을 잃을 정도의 정신적 혼돈 상태에 빠지게 된다.

남성들의 허세가 강하다. 사랑을 두 시간 했다는 둥, 오르가슴을 7번 느끼게 했다는 둥 허세가 이만 저만이 아니다. 알고 보면 옷 벗는데 1시간 55분 걸렸고 본격적 사랑은 고작 5분안팎인 것을 아는 데도 자신이 강하다는 허세를 부리곤 한다. 왜 일까? 남자는 강해야 한다는 강박관념 때문이다.

남자들의 그 허세를 식당에서 가끔 목격한다. 음식을 먹고 나올 때 계산대에서 서로 가슴을 밀치는 광경이다. 이유인즉 내가 계산하겠다고 가슴을 밀치며 싸움을 벌이고 있는 것이다. 그때 테이블에서 아직 일어서지 않은 친구가 뒷 호주머니에서 지갑을 꺼내서

카운터에 던지며 하는 말, '오늘은 내가 계산한다'라고 외친다. 어떤 이는 식당에 들어오면서 '오늘 저녁 술값은 내가 계산합니다.'라면서 허풍을 떨어 놓고 술에 취해 나오면서 그냥 바람과 함께 사라지는 사람도 있다. 때론 음식 먹고 나오면서 구두끈을 매면서 시간 끌기 하는 파렴치한 남성들도 없지 않다. 호주머니에 돈은 없고 그렇다고 계산대에서 물끄러미 바라보기엔 쪽팔리고……. 모두 다 허세 콤플렉스 때문이다.

그래서 남자는 말이 많아도 안 된다. 턱에 수염도 안 난다고 겁을 주었기 때문에, 남자는 함부로 무릎을 꿇어서도 안 되고 용서를 구해서도 안 된다고 했다. 왜냐면 남자니까…….남자는 강해야 하니까…….

반대로 여성들을 실애(失愛)공포증을 가지고 있다. 실애공포증이란 사랑을 잃으면 어쩌나 하는 염려에서 나온다. 그래서 연애 중에도 남자에게 확인한다.

'자기야, 나 사랑해?'하고 묻곤 한다. 그럴 때마다 남자들의 반응 또한 웃긴다. '보면 몰라, 그걸 말로 표현해야 해?!'라고…….

그렇다. 사랑은 표현해야 한다. 사랑한다고, 좋아한다고, 없으면 죽을 것 같다고…….

결혼생활 10여 년을 했어도 뜬금없이 자기 남편에게 묻는 말이 있다……. "자기야 나 사랑해?" 그러면 대개 남편들의 반응이 '점심에 뭐 먹었냐'라며 뚱딴지같은 소릴 한다고 퉁명스럽게 핀잔을 준단다.

한번은 필자는 강의장에서 실제로 실험을 해 보았다…….

여러분, 사랑하는 남편에게 '사랑해'라고 핸드폰으로 문자를 넣어

주세요. 그리고 쉬는 시간을 주었더니 아니나 다를까… 조금 후에 한 여성이 이곳으로 오는 것이 아닌가.

"제 남편은 반응이 없을 줄 알았어요……. 그런데 이렇게 문자가 왔네요."

"그래요. 어디 봅시다."

핸드폰을 열어 보니 이렇게 적혀 있었다…….

"여보, 미안하고요. 평소에 사랑한다는 표현을 못 하고 살았구료……. 나도 당신을 사랑해."라고 말이다. 이미 그 여성의 눈에서는 감격의 눈물이 글썽이고 있었다……. 그 차에

"저도 왔어요."라고 외치며 달려오는 여성이 있었다.

"그래요, 축하합니다. 어디 봅시다."

그 핸드폰의 문자를 보는 순간 웃음이 확 터지고 말았다…….

"무슨 일 있나?"였기 때문이다…….

더 심한 문자는 "어떤 놈한테 보내려던 문자를 잘못 보낸 거야……?" 하면서 화를 내는 남편도 있다는 웃지 못할 얘기가 있다.

한 여성이 자기 남친에게 애교 있는 목소리로 묻는다.

"자기야 이 세상에서 가장 차가운 바다가 뭔지 알아?" "응, 썰렁해" "그래 맞았어. 그럼 따뜻한 바다는?" "사랑해지"…….

이 모습을 지켜보던 한 여성이 질투가 나서 자기 남친에게 다가가서 묻는다.

"자기야 따뜻한 바다는 뭐야?" 바로 대답을 하지 않자 재촉하여 묻는다. "따뜻한 바다가 뭐냐니까?" 그러자 참지 못한 듯 하는 말, "열바다지… 뭐냐!"…….

남편이 퇴근하면 아내들이 "여보! 별일 없었소?"라고 물어보면 눈

치 없는 남편들은 "아니, 없었는데……."라며 어리둥절한다. 사실은 아내가 물어본 의도는 '여보! 이야기 좀 합시다'는 초대의 말이었는데 남편들은 마치 무슨 정보를 캐묻는 냥 착각하고 만다. 아내들의 관심은 남편의 사랑을 확인하고 미주알고주알 말 좀 하자는 것인데 남편들은 결론적인 말만을 하려 한다. 사실 대화란 것이 거창한 것이 아니다. 미주알고주알 늘어놓는 살림 이야기나 직장에서의 해프닝도 서로를 이해하는 기초가 되는 것이다. 남편들은 아내가 무슨 말만 할라치면 "결론이 뭔데? 결론만 말해봐." 그러나 아내들은 어디 그런가? 오순도순 다정하게 시시콜콜한 이야기를 정답게 나누기를 원하고 있다. 아내들은 어떻게 이야기를 결론만 말하고 하는지 이해가 가지 않는다. 이야기는 결론이 아니라 과정이지 않은가? 결론만 말하라고 닦달하는 남자치고 가정적인 남편은 없다. 남편들이여 밖에서 무슨 일이 있었던지 집에 들어가면 자상해져라. '표현하지 않는 것은 사랑이 아니다.'란 말을 실천에 옮기는 일이 가정에 화기를 돌게 하는 지름길이다.

"당신 아직도 너무 매력적이야."

"여보! 당신은 나의 행복이요."

"자기! 자기는 나의 기쁨입니다!"

울리지 않는 종은 종이 아니요, 부르지 않는 노래는 노래가 아니요, 표현하지 않는 사랑은 사랑이 아니다. 라는 멋있는 말이 있다. 사랑하는데 무슨 말이 필요해? 꼭 말로 표현을 해야 사랑하고 있는 줄 아는 거야? 그렇게 내 마음을 몰라? 표현은 안 해도 내 마음이 네 마음이고 네 마음이 내 마음이잖아. 어떻게 쑥스럽게 사랑한다고 대놓고 말하니? 그거야 그냥 마음으로 아는 거지? 그래요. 사랑한다고 표현하지 않아도 사랑하는 사람은 느낄 수 있죠. 하지만 사랑한다고 표현해 준다고 해서 그 사랑이 반감되거나 줄어드는 것은 아니죠. 사랑한다고 말해 주고 표현을 해줄 때 사랑은 배가 되고 더욱 커져 충만하게 되는 거죠. 사랑하는 이가 있다면 사랑한다고 말해 주세요. 그러면 상대방은 더욱더 행복해할 거니까요. 울리지 않은 종은 종이 아니고 표현하지 않는 사랑은 사랑이 아니라고……

악기 중에 색소폰이란 악기가 있다. 이는 '색스' 라는 독일 사람이 만들어 '색소폰'이라 명명되었는데, 사람들은 흔히 '섹스폰'이라고 잘못 부르고 있다. 모 음악단장이 이 소리를 들으면 "섹스 폰은 밤에 내는 소리라고요"라며 놀라 자빠진다. 여기서 웃고 넘어가자. '섹스'는 영어의 8품사 중에 어디에 속할까? 동사, 동명사…… 아니다……. 섹스는 '관계사'라나? 하하하……. 그럼 '키스'는 무슨 품사일까??? 동사??? 아니다……. 접속사란다. 그럼 이 둘을 합쳐 놓으면 무슨 품사가 될까??? '감탄사'란다…….

우리가 "사랑합니다."라고 말할 때, 관계가 달라진다. 비록 내가 누군가와 싸웠더라도, 화가 났더라도 제가 그를 찾아가서 "죄송합니다. 제가 잘못했습니다." 하고 나서 "전 정말 당신을 사랑합니다."라고 한다면 왜 서로가 변하지 않겠는가? 사랑을 표현하자. 우리에게 진정한 사랑이 있다면 우리는 그것으로 족하다고 생각해서는 안 된다. 사랑은 "표현되기까지"는 사랑이라고 할 수 없다. 사랑은 "확증"되어야 하는 것이다. 사랑은 '표현'되기 까지 사랑이라고 말할 수는 없는 것이다. 어머니가 방을 둘러보시고 나가실 때, "어머니!" 사랑합니다." 아! 이 말이 얼마나 귀한 말이었던가? 얼마나 낯선 말이었으면, 이리도 힘들었던 말이다. "사랑합니다" 그 한마디는 사람의 관계를 바꿔 놓는다. 가족들에게 "사랑한다"고 말해본 것이 언제였던가? 시도해 보자. 지금 당장 내 남편에게, 내 아내에게, 내 아이들에게……

남성과 여성의 대화 목적 차이

　남성과 여성은 같이 대화를 나누지만, 대화의 목적이 크게 다를 수 있다. 죤 그레이나 데보라 테넌의 의견을 따르면, 남성은 대화를 하는 데 있어 문제의 해결에 주안점을 두고, 여성은 대화를 나누는 데 있어 상대적으로 문제의 해결보다는 그 문제에 관해 상대 남성이 공감해 주기는 바란다는 것이다.

　•남성: 대화를 나누는 내용에 대해서 해결하는 것에 가장 큰 목적을 둔다.

　•여성: 누구와 함께 대화를 나누면서 공감하는 것에 가장 큰 목적을 둔다.

　남자는 결과중시형 대화법, 여자는 과정중시+감정중시형 대화법이다. 남자는 대화를 할 때 이런 말을 많이 한다. "그래서? 그 다음에 어떻게 되었어?" 여자는 대화할 때 그 당시의 감정, 느낌, 그 과정을 묘사하는 데 초점을 둔다. 그래서 일일드라마가 아침저녁으로 아주머니들에게 인기 있다. 대화에서 엇갈리는 게 여기서 나타난다. 여자가 자기 얘기를 계속한다. 학교에서 이러저러했고 오늘 뭐 먹었고 그거 맛있었고 집에 올 때 힘들었고 공부할 때 이러저러한 상황에 있었는데 재밌었고 등등……

　물론 남자가 여성의 특유의 감성적인 대화법을 알고 과정을 따라가면서 그때마다 감정을 캐치하고 "어땠어? 재밌었어?" 이렇게 대화하면 문제는 없다.

남녀의 대화 스타일에 차이가 있다. 예를 들면 남성은 보고하는 식의 전달 방식이지만 여성은 상대방과 교감하는 스타일이다. 남성은 경쟁적인 말투인데 반해 여성은 협조적이다. 남성은 해답을 모색하는 식의 대화를 주로 하는 반면 여성은 상대방과의 감정적 교류를 강화하거나 상호 관련성을 모색하는 대화를 한다. 남녀의 이런 대화 방식의 차이가 대화에서 말썽을 일으킨다.

일반적으로 여성의 대화 스타일은 남성보다 감성적이다. 여성은 대화 상대와의 감정을 공유하거나 그것을 강화하려는 방향으로 말한다. 반대로 남성은 파워나 신분 등에 초점을 맞춘다. 남성의 이런 대화 모습은 눈앞의 문제를 해결하기 위한 목적으로 직설적인 언급이 이뤄진다. 여성은 그러나 다정한 관계를 조성하기 위해 관심과 애정을 표현한다. 여성의 대화 내용은 다분히 경쟁적이라기보다 상호 협조적이다.

남성은 업무 추진 스타일의 언행을 보이는 일이 많다. 즉 아는 척하면서 정보를 제공하거나 해답이나 직설적인 반대 의사 등을 표현하는 편이다. 남성은 자신이 문제를 해결할 능력이 있다는 점을 과시하면서 자신의 경쟁력이나 우월감을 맛보려 한다.

남성은 문제에 대해 대화할 때 해결책을 내놓으려 서두른다. 이는 자신의 능력을 과시하려는 욕구 때문이다. 반대로 남성이 문제 해결을 다른 방향으로 이용할 때도 있다. 즉 문제에 대한 해답을 찾는 식의 대화를 하면서 친분 관계를 강화하거나 상대방이 겪는 어려움을 분담하는 것과 같은 분위기를 연출한다.

남녀의 대화 차이는 언어로 하는 대화와 표정 몸짓으로 하는 비

언어적 대화에서 발견된다. 언어적 대화는 말하는 모습이나 목소리 등으로 특성이 나타나고 비언어적 대화는 손의 움직임이나 표정의 변화 등으로 의미를 전달한다.

실제 연구 결과 남성은 남녀가 섞여 있는 그룹에서는 여성보다 더 말이 많다. 이는 여성이 남성보다 더 수다스럽다는 상식과 다르다. 여성이 억울한 점이 또 하나 더 있다. 여성은 남의 말을 가로채는 경향이 많다고 여겨지지만, 이 또한 연구 결과와는 다르다. 남성이 여성보다 남의 말을 가로막는 일이 더 많다는 것이다. 이처럼 일반 상식에 어긋나는 연구 결과에 대해서 연구 방법이 잘못되어 그런 결과가 나왔다는 등의 반론이 제기되고 상식이 아니라 편견이었다는 말이 나오면서 논란이 지속되고 있다.

언어를 사용하는 의사표시에서 남자의 경우 상소리, 공격성, 말 가로채기, 혼자 떠들기 등이 포함된다. 한편 여성의 경우는 상냥하고 비전투적인 언어 사용을 하는 것으로 여겨진다. 그러나 흥분 상태가 되거나 격론이 벌어지게 되면 남녀 구별 없이 평상시와 다른 대화 패턴을 나타낸다. 이는 남녀 대화 차이가 성별 차이의 결과라기보다 대화 당시의 외부 상황의 영향 때문인 것으로 인식된다.

• 여성은 관계를 맺고 유지하기 위해 대화한다. 여성은 상대방의 견해에 긍정적 반응을 보이고 동조적이다. 대화를 유지하기 위해 노력한다. 반대로 남성은 문제를 풀거나 자신의 지배력을 유지하기 위해 대화한다. 따라서 남성은 긍정적 반응을 적게 보이며 대화는 추상적인 면이 강하고 자신에 대한 내용은 적다.

• 여성은 대화 속에서 자신의 사생활에 대해 많은 것을 드러낸다. 즉 한 주제에 오랫동안 집중하거나 다른 사람을 자신의 이야기

속으로 끌어들인다. 반면에 남성은 개인 관계나 감정적인 것보다 토론하기를 좋아한다. 그리고 수시로 주제를 바꾼다. 대화의 주도권을 쥐려 한다.

- 여성은 대화의 주도권을 행사하지만, 그것은 자신의 권력이나 사회적 위상보다 우정에 바탕을 둔다. 남성은 대화에서 경쟁하거나 통제하려 하고 자신의 우월한 위치를 유지하려 한다.

- 남녀는 일정한 규칙과 대화에 대한 해법을 통해 담소를 하게 된다. 남성은 사회적 지위나 독립성을 강조한다. 여성은 개인적 친밀감이나 연대감을 강조한다. 이런 차이는 남녀 간 대화에 문제가 생기게 한다. 즉 남녀 대화는 마치 문화가 다른 지역 사람 간의 대화와 같아서 흔히 말싸움을 벌이기 마련이다.

남녀의 성적 차이

　이혼한 부부들에게 왜 이혼했느냐고 물어보면 성격(性格)차이라고 말하지만 실은 성적(性的)차이로 이혼하는 예가 많다. 남자와 여자는 서로 다른 성적 견해를 가지고 있다. 한 연구 결과 남성은 자신의 파트너가 다른 남성과 성적으로 열정적인 밤을 보냈다는 상상에 더 많은 질투를 느꼈으며, 여성은 자신의 파트너가 다른 여성과 정서적으로 깊은 애정을 가졌다는 상상에 더 많은 질투를 느꼈다고 한다. 또한, 남성은 여성이 성적 관계를 거절하면 정서적인 사랑이 없는 것으로 판단하는 반면, 여성은 남성이 정서적인 교류를 거절하면 성적인 거절로 받아들인다.

　이러한 견해 차이는 왜곡된 성적 의사소통을 야기한다. 많은 남성이 여성의 "노(No)"는 암묵적인 허락의 의사를 내포하고 있다고 생각하며, 여성의 수치심과 분노를 실제보다 더 약하게 지각한다.
　여성의 언어적 거절뿐 아니라 사소한 행동에 대한 해석에 있어서도 남녀 간에 차이가 있다. 미소, 눈 마주침, 상대와의 대화에서 긍정적인 반응을 보이는 것, 가벼운 신체적 접촉은 성적인 끌림을 느끼는 상황에서뿐만 아니라 플라토닉(platonic)한 우정의 상황에서도 이루어지는 행동 유형이다. 그러나 남성은 여성의 이러한 우호적이고 친근한 행동을 성적인 관심이나 의도가 있는 것으로, 그리고 남성에게 성적 행동을 허용한 것으로 잘못 해석하는 경향이 있다. 한 심리학 실험에서, 처음 만난 남녀의 대화를 남녀 대학생들에게 관찰하도록 하고 대화 내용을 분석하게 했다. 그 결과 남성의 대화에 대해서는 남녀 대학생 모두 성적인 내용이 없다고 평가했다. 반면, 여성의 대화에 대해서 여학생들은 성적인 내용이 없다고 평가했지만, 남학생들은 성적인 것이 포함돼 있다고 평가했다. 즉 남성은 여성의 자연스러운 표현과 행동을 성적인 의도를 가진 것으로 해석하는 성향이 있다.

남자와 여자의 근본적인 관심사가 다름을 알아야 한다. 여자는 관계 지향적이라서 남편의 관심과 삶을 원하며 대화하는 시간을 기다리고 남자는 성취 지향적이기 때문에 하는 일에 관심이 많으며 성공을 위해 모든 것을 바친다.

남성에게는 '동료 의식'이 있다_ 남성이 남성으로서 성장하기 위해서는 남성끼리의 교제가 무엇보다 필요하다. 그러나 아내는 남편이 남성끼리 교제를 갖는 것을 달가워하지 않고 싫어하는 기색을 노골적으로 피력한다. 게다가 자주 전화로 불러내어 남편과 술을 하는 친구는 아주 몹쓸 사람으로 낙인찍는다. 간혹 남편을 불러내어 술 한잔하면서 남편의 넋두리를 들어주는 친구야말로 남편의 스트레스 해소에 도움을 주는 진정한 친구라는 것을 아내는 모른다.

여성은 암시에 걸리기 쉽다_ 여성은 다른 사람으로부터의 평가에 민감해 다른 사람에게 뒤처지고 싶지 않은 마음이 남성보다 강하다. 이런 여성의 기분이 암시 효과를 높이는 것이다. 자기 평가가

낮은 사람은 암시에 걸리기 쉽다. 자기 평가는 다른 사람이 자기를 높이 평가하면 할수록 높아진다. 그러므로 상대방의 자기 평가를 높여 주고 유혹하면 속이기 쉬워진다. 예를 들면 "나는 매력이 없으므로 나에게 접근해 오는 남자 한 사람 없어." 하면서 비관하는 여성에게 "당신처럼 아름다운 여성은 지금까지 본 적이 없습니다. 결혼해 주십시오."라는 말을 하면 그대로 속아 넘어가고 만다. 플레이보이는 먼저 여성을 칭찬하면서 부추긴다. 그것을 그대로 믿을 여성은 없겠지만 가면 효과_(假面效果)가 작용하여 '어쩌면 그가 말하는 대로인지 모른다.'는 생각을 갖게 되어 그의 말에 따르게 된다. 또 동조성이 높은 사람도 암시에 걸리기 쉽다. 주위 사람들의 의견이나 행동에 자기를 맞추는 것이 동조성이다. 동조성이 높은 사람은 다른 사람이 하는 대로 따라간다.

여성은 다른 사람으로부터 칭찬 받으면 즐거워하는 경향이 있지만, 남성은 다른 사람으로부터 과장된 칭찬을 받으면 오히려 불쾌감을 느끼는 경향이 있다. 여성은 쉽게 자존심을 만족시킬 수 있는 반면, 자존심이 상할 때에는 몹시 화를 내는 면도 있다.

여성은 자신의 행동을 '자기 합리화' 하려는 경향이 강하다_ 자기 합리화란 핑계나 알리바이로 자신의 행동을 정당화시키는 것을 말한다. 사람은 확실히 자기 잘못이 있어도 후회하거나 반성하기 전에 먼저 자기 입장을 정당화하려고 변명한다. 잘못을 그대로 인정하면 자기에게 오는 정신적 고통이 크기 때문이다. 그래서 무의식중에 자기 행동을 합리화할 수 있는 이유를 찾아내어 후회나 불안에서 벗어나려고 한다.

여성들은 몇만 원짜리 원피스를 사려고 백화점에 갔으나 결국은 충동구매로 훨씬 비싼 옷을 사고 말았다고 치자. '너무 비싼 것을 사지 않았나'하고 후회하기 시작한 그녀는 지하의 식품 판매장에서 평소 남편이 좋아하던 갈비를 사 가지고 간다. 그날 저녁 식사 때 "오늘은 어쩐 일로 내가 좋아하는 갈비가 있소. 역시 비싼 고기는 다르군."하고 기뻐하는 남편에게 미안한 마음을 억누르면서 그녀는 "때론 분수에 넘치는 것도 해볼 만해요."하면서 회심의 미소를 짓는다. 이것은 사람은 분에 넘치는 일을 하고 나면 마음이 불안해진다. 그렇게 되면 그런 마음을 달래려고 안정을 찾으려 하는데, 그 방법의 하나가 자신 호사의 일부를 다른 사람에게 나누어주는 것이다. 그것도 모르는 남편은 자기 아내의 배려에 고마워한다.

남녀 간 대화방식의 차이_ 부부가 모처럼 공원 벤치에 앉았다. "여보, 달도 밝지요?"(정서), "그럼 밝지, 오늘이 보름이잖아?"(정보) 남편이 퇴근해서 집에 들어온다. (아내): "오늘 별일 없었어요?", (남편): "응. 별일 없었는데, 무슨 일 있었나?" 이처럼 남자들은 대화를 하면서 결론을 찾지만, 여자들은 대화 자체에 의미를 둔다. 말을 하면서 긴장을 해소하고 스트레스도 풀게 된다. 남자들은 백마디 말을 줄여서 한마디로 말하는 반면 여자들은 백 마디를 늘려서 말하는 경향이 있다.

남자들은 하루 평균 25,000마디의 말을 하고, 여자들은 조금 더 말이 많아서 하루 평균 35,000마디 말을 한다고 한다. 여성들은 대화하는 재미로 살고 친밀감을 갖는다고 한다.

남녀의 친밀감의 차이를 이해하라

사랑의 3가지 중심요소는 친밀감, 열정, 헌신이다. 친밀감은 상대방에 대한 친근함과 관련된 정서적인 측면이며, 열정은 성을 포함한 육체적 접촉에 대한 욕구인 생리적 측면이다. 의지는 한 사람이 다른 사람을 사랑하고 그 사랑을 유지하고 싶다는 것을 인식하는 인지적 요소이다. 친밀감(intimacy)이란 사랑하는 사람과 가깝게 연결되어 있고, 결합되어 있다는 느낌을 말한다. 따뜻함, 행복, 정서적 지지 등이 포함된다. 친밀감이야말로 관계의 핵심이다. 성경이 말하는 친밀감의 원어적 의미는 '머리를 맞대고 의논할 정도로 아주 가까운 사이'를 말한다. 친밀감을 영어로 은밀함(secret) 또는 우정(friendship)으로 표현한다. 즉, 서로 비밀을 나눌 수 있는 친구와 같은 관계인 것이다. 친밀하다는 말은 서로의 허물이나 약점이 결코 문제되지 않는 관계를 의미한다. 오히려 그 약점들 때문에 서로 존재해야 할 이유가 생기는 것이다. 그런데 그 친밀감은 정서적, 육체적, 오락적 친밀감으로 나눌 수 있는데 삶을 나눈다는 것은 자신을 드러내어 상대에게 자신을 보여주는 행동으로서, 자신의 참모습을 볼 수 있는 특권을 상대에게 주는 것이다. 자신의 가치관이나 생각(자신의 잘못된 생각이나 의심, 염려까지도), 느낌(긍정적이든 부정적이든)을 포함한 서로의 삶을 나누는 것이다. 그런데 친밀감에 대한 갈망은 모든 사람들 안에 있음에도 불구하고 많은 사람들이 친밀감에 대한 두려움을 가지고 살아가고 있다. 살아오면서 우리는 가까운 사람들로부터 상처를 받거나, 기대했던 사람들로부터 실망하게 됨으로 말미암아 친밀해지면 또 상처를 받게 될 것이라고 여기며 항상 거리를 두고 뒤로 물러서게 되는 것을 종종 볼 수 있다. 정서적 아픔과 상처는 내적치유를 통해 회복이 가능하지만, 정서적 굶주림과 결핍은 누군가의 도움과 관심과 사랑이 필요하다. 여성들은 관심을 가지고 대화를 해주는 것만으로도 사랑을 느낀다. '여자는 자기를 사랑해주는 남자와 결혼해야 행복하다'의 진정한 의미는 바로 이 정서적 친밀감에서 비롯된다고 하겠다. 가끔 언론에 보도되는 일례로 완전히 성 능력을 상실한 남자와도 한평생을 행복하게 살아가고 또 그런 사람과 한평생 같이 살겠다고 결혼하는 것을 볼 수가 있다. 그만큼 여자는 육체적인 것보다 정신적인 사랑이 훨씬 큰 비중을 차지한다. 여자들은 정신적인 만족만 있다면 결코 육체적으로 성적 만족이 없어도 평생을 살 수 있다. 그렇다고 정신적인 사랑만 해주라는 뜻이 아니고 그런 성 의식을 갖고 준비하라는 것이다. 반면에 남성들은 '몸 가는 데 마음 간다'고 할 만큼 성적인 행위를 사랑 그 자체로 착각하기도 한다. 사랑하는 정도만큼 육체적인 결합을 원한다.

그것이 바로 육체적 친밀감인데 몸이 기억하는 사랑이 있다.

그게 꼭 섹스를 의미하는 것은 아니다. '삽입'을 하기 전에 탐험가처럼 내 몸을 구석구석 탐험하던 남자의 터치라든지, 밤새 안고 잔 따뜻한 기억 때문에 누군가를 그리워한 적이 있을 것이다. 사랑하는 사람과의 스킨십은 연인이 가장 은밀하고 친밀하게 몸으로 하는 '대화'다. 엄마와 스킨십을 하면서 모유를 먹고 자란 아이와 소젖을 먹고 자란 아이는 정서적으로 다르다고 하지 않나. 연인과의 행복한 스킨십은 분명히 연애에 득이 된다. 사실 여자는 '섹스'보다 '스킨십'을 좋아하는 경우가 더 많다. 남자는 스킨십을 섹스에 이르기 위한 준비 운동, 전채 요리 정도로 생각하는 경향이 짙다. 이런 서로 다른 생각 때문에 스킨십은 연애에 득이 되기도 하지만 종종 독이 되기도 한다. 그렇다면 과연 연애에 효과적인 스킨십은 어떤 것일까?

스킨십이야말로 정신적 유대감을 갖는 것과 마찬가지로 서로를 더 친밀하게 느끼게 해주는 수단이다. 남성들은 함께 땀 흘리며 활동하는 가운데 사랑을 느낀다.

언제부터인지 모르나 이름뿐인 부부로 사는 가정이 늘고 있다. 누가 몇 퍼센트 더 잘못인지 정확히는 알 수 없으나 어찌어찌하다 보니 같은 집에서 생활한다는 것 말고는 있으나 마나 한 남과 같은 사람들로 살고 있는 부부들. 마음이 닫힌 채 일상의 대화마저 단절되어 어느 것 하나 눈에 거슬리지 않는 것이 없다.

조사에 의하면 다른 방에서 자는 일이 많다거나 항상 다른 방에서 잔다는 중년이 13.7%로 10명 중 1명이 잠자리를 함께하지 않고 있다. 자면서 다리가 얽히거나 살이 닿거나 뒤척거리다 차 버린 이불을 덮어 주면서 사랑은 그럭저럭 유지한다. 그러나 아예 이불을 각자 쓰거나 방을 각자 쓴다면 그럴 기회가 없을 뿐 아니라 사랑은 폐업하기 십상이다. '아웃 오브 사이트, 아웃 오브 마인드'라고 했다. "나는 남편이 코를 너무 골아서 잠을 못 자거든. 신혼 때는 참고 잤는데 이젠 그러기도 싫어졌고 각방 쓴 지 오래됐어. 필요할 때 아주 가끔 왔다 갔다 하는데 신통치 않아." "그 전부터 어른들

말씀이 부부는 아무리 싸워도 꼭 한 방에서 자야 한다고 그랬잖아. 그래서 우린 쓰던 침대 버리고 방바닥에다 이불을 따로 깔고 자. 얼마나 편한데." 이는 육체적 교통 두절 상태다.

통신이 마비된 부부 관계는 고장 난 시설을 점검하여 재 교통시키려는 의지와 노력이 있어야 하는데 누구도 자존심상 먼저 요구하지 않는다. 중년이 되면서 부부간의 정서적 친밀감이 떨어지는 것은 육체적 허기 등 성생활로 인한 마찰일 수 있다. 스킨십이나 섹스 같은 육체적 접촉으로 애정은 더욱 확대되고 다져지는 것이다. 부부가 적극적인 노력으로 원만한 성생활을 영위한다면 이를 통해 부부간의 친밀감은 더욱 향상될 수 있다. 특히 발기 부전은 남편의 삶에만 지장을 주는 것이 아니라 아내와 가족 전체의 삶을 삭막하게 만든다. 잠자리에서는 어린애들처럼 유치해질 필요가 있다. 부부는 한 지붕 한 이불 속에서 홀라당 벗고 꼭 끌어안고 잘 때 제일 친밀감을 느낄 수 있다.

다음은 오락적 친밀감이다_ 사람들은 즐거움 앞에서는 거부할 수 없게 마련이다. 사랑하는 사이일수록 함께 즐길 수 있는 취미나 레저 활동이 있어야 한다. 이 친밀감을 만들어 놓지 않으면 부부 사이에 권태기가 오면 극복하기 쉽지 않게 된다. 저녁마다 늘 텔레비전 앞에 앉아 있는 것을 빼고는 같이할 것이 없다고 생각되는 부부는 부부간에 함께 할 수 있는 오락적인 공통분모를 만들어야 한다. 저녁 준비도 부부의 놀이처럼 만든다면 그것도 오락적 친밀감에 도움이 될 것이다. 저녁밥을 먹을 시간이 되면 아내는 늘 불 앞에 있기만 하고 남편은 텔레비전 앞에서 꼼짝도 하지 않는 경우가 대부분인데 맞벌이 부부라면 여자는 퇴근해서 저녁을 준비하느라 바쁘니 이중 노동에 시달리게 된다. 하루종일 집안일에 시달린 아내라면 퇴근해서 돌아와 손가락 하나 까딱하지 않는 남편이 눈엣가시처럼 보일 수도 있다. 이럴 때는 남편을 싱크대 앞으로 끌어들이면 어떨까?

사실, 많은 남자들은 마음이 없어서 안 한다기보다 어떻게 해야 할지 몰라서 돕지 못하는 거다.

사실 신혼 초에는 정말 많이 도우려 한다. 그런데 채소 다듬는 것을 도와달라고 해서 감자 같은 걸 썰어놓으면 '이렇게 두껍게 썰어서 어디다 쓰겠냐'고 잔소리만 하고, 설거지를 해놓으면 밥풀 눌어붙은 것이 그대로 있다는 둥 씻은 그릇을 겹쳐놓으면 언제 마르겠냐는 둥 끝없이 잔소리를 하게 되니 결국 남자가 한 것은 다 마음에 들지 않아 결국 아내가 다 하고 만다. 그 다음부터는 함께 집안일을 하고 싶은 마음이 싹 가시게 된다.

남자가 집안일에 서툴고 그가 해놓은 일이 성에 차지 않는다 하더라도 그가 한 일의 단점만을 나열하지 말고 잘한 것부터 칭찬해 주면 된다. 일테면 찌개를 함께 먹으며 '자기가 썬 대파 때문에 맛이 확 살았네'라고 말하는 것이다.

남편이 집안일에 손도 대지 않을 때는 잔소리로 느껴지게끔 계속 불평하거나 명령조로 하라고 윽박지르는 것도 바람직하지 않다. '설거지 좀 해줘'라고 애교를 부려보자.

또 요리 준비라는 게 꼭 거창할 필요도 없다. 삼겹살과 쌈 채소만 준비한 다음 식탁이 아닌 바닥에 상을 펴고 전기 그릴을 올려놓으면 된다. 아직 아이가 없는 부부라면 저녁상을 간단하게 차려

침대 위에서 먹어볼 수도 있다.

다 먹은 저녁상. 그릇을 그냥 식탁 위에 둔 채 텔레비전 앞에 앉아서 '일일 연속극만 보고 설거지 할래'라며 설거지를 뒤로 미룬 적이 있지 않았나? 어차피 뒤로 미룰 설거지라면, 일일 연속극을 보는 대신 자신이 드라마의 주인공이 되는 것은 어떨까.

먹고 난 그릇을 싱크대에 담가두고 남은 음식을 냉장고에 넣은 다음, 와인을 따서 남편과 함께 와인 한 잔을 즐기는 것이다. 초에 불을 붙이고 분위기 있는 음악을 틀어놓으면 더 좋겠다. 당연히, 매일 이렇게 할 수는 없다. 날마다 설거지를 미뤄둘 수도 없는 노릇이고, 매일 와인을 마시다가는 가계부에 구멍이 나는 것은 물론 부부가 함께 알코올 의존증에 걸릴지도 모른다. 일주일에 한두 번이면 충분하다. 한두 번 집에서 와인 데이트를 즐기는 데에는 많은 돈이 들지 않는다.

바로 이것이 '와인 타임'이다. 이럴 때는 힘들었던 하루 일도 편하게 이야기할 수 있다. 일방적인 불평이나 하소연이 아니라 정말 상대의 이해를 구하고 상대의 의견에 귀를 기울일 수 있는 대화를 나눌 수 있는 것이다. 말하는 사람뿐 아니라 듣는 사람도 충분히 마음을 열고 상대의 말을 귀담아들을 수 있다.

대화란, 말 그대로 '서로 나누는 이야기'다. 일방적인 전달이나 한쪽에서 다른 쪽으로 흐르는 말이 아니다. 그리고 이야기를 나눌 수 있으려면 그만큼 서로 편하게 말할 수 있는 감정의 교류가 있어야 하며 분위기도 만들어져야 한다. 그러므로 가끔씩 그런 분위기를 만드는 것은 결코 사치가 아니다. 부부가 서로 대화할 수 있는 분위기를 집에서 꾸미는 것은 밖에서 분위기를 잡는 것보다 훨씬 경제적이다.

반드시 와인이어야 하는 것은 아니다. 칵테일이나 조금 특별한 맛의 맥주도 좋다. 브뤼 치즈나 카망베르 치즈 같은 부드러운 치즈, 열대과일, 작은 조각 케이크 같은 특색 있는 안주를 장만해두는 것도 좋겠다.

'사랑은 마주 보는 것이 아니라 한 곳을 나란히 보는 것이다'라는 말이 있다. 옳은 말이다. 하지만 텔레비전을 나란히 보는 것은 이 말에서 완전히 예외이다. 저녁상을 물리고 부부가 함께 있는 시간에는 텔레비전을 치워버려라. 항상 텔레비전 앞에 있었다면 텔레비전을 끄고 난 뒤 대체 두 사람이 함께할 수 있는 일이 무엇이 있을까 막막하겠지만 조금만 생각을 바꾸면 두 사람이 같이 할 수 있는 놀거리는 아주 많다. 함께 사진 앨범을 정리하거나, 부부가 함께 쓰는 다이어리를 꾸며 볼 수도 있다. 음악을 좋아하는 부부라면, 좋아하는 노래들로 MP3 플레이어 재생 목록을 만드는 일을 함께할 수도 있겠다. 잠자기 전에 갖는 섹스도 좋다. 잠들기 전 두 사람이 열정적인 섹스는 칼로리도 소모되고, 몸의 면역 체계도 더 활발해진다. 두 사람이 육체적으로 가까워지는 것은 물론 감정적으로도 더욱 가까워질 수 있어 일석이조다. 이처럼 몸의 건강과 마음의 건강에 모두 좋은 것이 섹스이며, 잠자리에 드는 시각을 한 시간이라도 앞당기면 이 좋은 섹스를 가질 기회를 더 자주 가질 수 있다.

남녀가 사랑에 빠지면 때로 이성적인 판단이 흐려지거나 매우 감정적이게 된다. 바로 몸속 호르몬 상태가 변하기 때문이다. 오랫동안 연애를 하는 연인도 많지만, 의학적인 기준에 따르면 남녀의 사랑이 지속하는 데는 정해진 수명이 있다고 한다. 사랑에 관여하는 호르몬에 대해 알아본다.

 남자와 여자가 사랑하면 우리 몸에서는 각종 호르몬이 분비된다 도파민과 엔도르핀이 대표적이다. 도파민은 신경전달물질의 하나로 뇌 신경 세포에 흥분을 전달한다. 도파민은 이성과 지성을 조절하는데, 도파민이 분비되면 지적인 사랑을 느끼게 된다. 엔도르핀은 뇌하수체에서 분비되는 호르몬으로 기분을 좋아지게 한다. 미국 인디애나 메모리얼병원의 연구에 따르면 15초 동안 웃으면 엔도르핀과 면역세포가 활성화돼 수명이 2일 늘어난다고 한다. 사랑에 빠지면 감정적으로 이어지고 흔히 상대에게 '눈이 먼다'고 하는 이유는 페닐에틸아민 때문이다. 페닐에틸아민은 각성제 역할을 해 중추신경과 교감신경을 흥분시켜 감정을 극대화한다. 육체적인 사랑을 느끼게 하는 호르몬은 옥시토신이다. 사랑 호르몬이라 불리는 옥시토신은 성욕을 느끼게 하는데, 스트레스 호르몬을 줄이고 몸의 통증과 긴장을 완화하는 효과가 있다.

 이러한 사랑 호르몬의 수명은 보통 2년 정도이다. 남자의 경우 여자보다 호르몬의 수명이 더 짧다고 한다. 신체·정신적 스트레스를 받으면 사랑 호르몬의 분비도 줄어 수명이 더 짧아진다.

 사랑 호르몬의 원료가 든 음식을 먹으면 몸속 호르몬의 분비를 늘릴 수 있다. 페닐에틸아민은 초콜릿에 많이 들어있다. 실제로 초콜릿은 사랑 고백에 많이 쓰이는 음식이기도 하다. 또 단백질이 풍부한 콩·육류도 도움이 된다. 이에 든 아미노산인 페닐알라닌은 몸속에 흡수돼 페닐에틸아민으로 변한다.

예쁜 여자보다 성격 좋은 아줌마

몇일 전 세계 여성의 날이였다. "전쟁을 시작한 자는 남자지만, 전쟁을 끝낸 사람은 여성들이었다."라고 베트남이 자랑하는 세계적 소설가 바오닌은 말했다. 여성은 위대하다. 그 중에도 아줌마들은 더 더욱 그렇다. 대한민국에는 깡순이 같은 아줌마들이 있어 든든하다. 어려울 때일수록 아줌마들의 역할이 크다. 억척스럽고 투박스러워 보이지만 누구보다도 눈부시고 빛나는 그들은 세상에서 가장 아름다운 사람들이다.

남자들이 여성을 볼 때 세 가지 기준이 있다고 한다. 첫째, 예뻐야 한다. 둘째도 예뻐야 한다, 셋째도 당연히 예뻐야 한다는 것이다. 성형외과 전문의들에게 어떤 여자가 예쁜 여자인지, 미인의 기준은 무엇인지 묻는 질문을 많이 받는다고 한다. 그 대답이 재미있다. '예쁘게 생겼지만 본인이 예쁜 줄 모르는 여자가 가장 아름다운 여자라는 것이다. 그 다음 예쁜 여자는 못생겼지만 스스로 못생긴 걸 잘 아는 여자, 세 번째는 본인이 예쁜 걸 너무도 잘 알고 있는 예쁜 여자, 맨 마지막은 못생겼으면서 자기가 예쁜 줄로 착각하고 있는 공주병 환자다. 성형외과에는 못생긴 여성들만 오는 것이 아니라 누가 보아도 잘생긴 여성들이 훨씬 더 많이 온다는 것이다. 그것은 애석하게도, 예쁜 여자들은 대부분 지나치게 예쁜 값을 하는 흠이 있다. 한마디로 얼굴값을 하는 것이다. 그러니 예쁜 아줌마보다 성격 좋은 아줌마가 장땡이다. 이호남 복뎅이아줌마도 그렇다. 성격이 호쾌해서 모든 사람이 좋아한다. 일머리를 알아 일사불란하게 일을 정리하고 처리한다. 경우에 빠지지 않는다. 사람을 보는 촉이 있어 사람을 잘 분별한다. 솔직해서 믿음이 간다.

단 돈 만 원도 헛되이 쓰지 않고 결산이 투명하고 정확하다. 회식자리 앞에는 노래와 춤으로 분위기를 리드할 줄도 안다. 잘 추는 춤도 아니고 잘 부르는 노래는 아닌데 분위기를 잡는 기술은 어디서 나올까? 자존감이라기보다는 자신감과 순발력 그리고 솔직함에서 나오는 에너지가 아닌가 한다.

현재 퀸입주이사청소 대행업을 하고 있는데 일머리가 깔끔하다. 암팡지게 뽀드득 뽀드득 광이 날 정도로 청소를 하니 만족도가 높다. 성격대로 맺고 끝는 것이 확실해서 벌써 입소문이 났다. 대전, 청주, 세종, 천안, 서산 동서남북에서 일이 폭주하고 있다. 모든 청소뿐 아니라 줄눈, 탄성 등 마루, 상판코팅까지 책임 시공한다고 한다. 이 아줌마 별명이 복덩이다. 이 아줌마에게 이사 입주 청소를 맡기면 복이 덩굴째들어 온다고 해서 붙여진 별명이다. 직업도 투잡이다. 틈틈이 농협생명FC로도 활동하며 꼭 필요한 보험을 설계해서 미래와 사고에 대비해 주기도 한다.

예쁜 여자보다 성격 좋은 아줌마가 일도 잘한다. 그럼 성격이 좋다는 뜻은 무엇일까? 우연을 가장한 필연이랄까? 7년전 YCY대전 스피치면접교육원 산하에 산악회 총무를 맞았다. 나이가 많으면 곧바로 오라버니, 언니고 어리면 말을 놓는 친화력이 대단하다. 내숭 떨지 않는다. 솔직하다 못해 직구형에 가까워 거침이 없다. 개중에는 상처를 입는 사람도 없지 않은 듯하지만 곧바로 풀어 버린다. 그래서 살짝 무서워하는 사람도 있는 듯하여 일처리에 딴지를 걸지 못한다. 원칙과 경우에 빠지지 않기 때문이다. 그런 성격이 좋은 성격이지 않을까? 그렇다고 밉상도 아니다. 얼굴은 작고 예쁜 편이나 몸매는 선머슴아 같다. 그래서 이름이 '호남'인가보다. 일을 잘하다 보니 바로 YCY교육포럼의 중책을 맡았다. 그것도 없는 자리 만들어서 총괄위원장이다. 솔선수범 궂은 일을 마다치 않고 하니 자리가 스스로 확고하다. 어느 모임이든 손님처럼 대접을 받으려는 사람들이 있다. 소위 공주병 왕자병 환자들이다. 처음에는 대접을 받을지 모르지만 시간이 지날수록 냉대 받는다. 스스로 챙겨서 섬기고 봉사하면 오히려 대접받고 결국 그 모임의 살림을 좌지우지하는 주인 행세를 하게 된다. 당신은 만년 손님행세를 하는 Out sider인가? 늘 챙기고 보살피는 주인행세를 하는 In sider인가?

제3장

표현하지 않는 사랑은 사랑이 아니다

새콤달콤한 사랑하는 사이가 더 오래가기를 바란다면
상대에게 진심으로 우러나온
긍정적 표현을 가능한 한 많이 사용하세요.
단, 그 표현들은 진심이어야 해요.
그 사람의 뇌는 거짓말을 직감으로 간파하도록
설계되어 있기 때문이에요.

– 앤드류 뉴버그

천생연분 Vs 천생웬수

모 방송의 프로 중에 시골 할머니 할아버지를 모시고 꾸미는 소박한 프로가 있는데 사회자가 할아버지에게 카드를 보여주면 그 카드에 적힌 단어를 보고 열심히 설명하여 할머니가 맞추는 게임을 하고 있었다. 그 카드에는 '천생연분'이란 단어가 적혀 있었다.

할아버지는 열심히 자기 아내인 할머니에게 설명하기 시작했다.

"여보…… 있잖아……. 당신하고 나 사이의…… 관계……. 그게 뭐지……?" 하고 설명하자 할머니는 좀 생각하는 듯하더니

"으응……. 웬수?" 하고 대답하는 것이 아닌가!

당황한 할아버지는 "아니……. 그런 거 말고 당신과 나 사이의……관계……. 으……. 앞에 천생…이 붙어……. 그게 뭐냐니까?" 하자 할머니는 이제야 생각났다는 듯이

"으응……. 천생…… 웬수?"라고 대답하고 말았으니……. 이를 어쩌란 말인가?

할아버지는 자기가 좀 고집스럽고 퉁명스럽게 대했지만 그래도 '천생연분'이건만…살아 왔건만 할머니는 '천생 웬수'로 알고 있으니……. 아무리 게임이라 하지만 웃고만 넘길 문제가 아닌가 싶다.

오죽하면 최근 '황혼 이혼'이란 말이 생기지 않았던가?

우스갯소리로 자기 아내가 장롱에서 '도장' 같은 걸 들고 나오면

남편들이 가슴이 철렁 내려앉는다고 하지 않는가? (행여…… 이혼장에 도장 찍자고 할까 봐서…….)

　남자는 자고로 입이 묵직해야 하며, 함부로 감정을 표현하는 것은 군자의 도리가 아니라고 교육을 받고 자라온 우리 중년의 남자들에겐 감정 표현이 서툴 수밖에 없다.

돌발퀴즈] 감돌이와 갑순이가 사랑은 했더래요 그러나 결혼까지 가지 못한 이유는?

　이런 말 아는가?

　"하루 즐거우려면 머리를 자르고, 일주일 즐거우려면 새 옷을 사고, 한 달 즐거우려면 새 차를 사고, 일 년 즐거우려면 새 집을 장만하고, 평생이 즐거운 일은 당신을 만나는 거야."

　인간관계를 하다 보면 불평하고 싶고 피하고 싶은 일을 가끔 접하게 된다. 그래도 감사거리를 찾아보면 감사할 것이 월등히 많이 있다. 한두 가지 불평거리 때문에 감사할 것들을 잊어버리면 안 될 것이다. 환경이 어떠하든지 감사의 마음으로 보면 그 마음에는 천국이 펼쳐지는 법이다. 그러나 불평의 마음으로 보면 그 마음은 고통과 불행에 휩싸이게 된다. 우리가 어떤 마음을 가지고 어떻게 보느냐에 따라 행복이 좌우되는 것이니 우리는 항상 두 가지 말을 잘하는 사람이 되어야 한다. 하나는 〈미안하다〉는 말이고, 또 하나는 〈고맙다〉는 말이다. "그동안 내가 못해주어서 미안하다"는 말을 자주 하시고, "당신이 잘해주어서 고맙다"는 말을 자주 해 보자.

　천국의 5종 셋트가 '사랑합니다.' '감사합니다.' '고맙습니다.' '미안합니다.' '괜찮아, 그럴 수도 있지 뭐'이란다.

"응급처치 할 줄 아세요?(왜요?)-당신이 제 심장을 멎게 하거든 요!"

"길 좀 알려 주시겠어요?(어디요?)-당신 마음으로 가는 길이요."

인간의 궁극적인 목적은 행복하기 위해서란다. 그런데 가장 행복한 순간은 감탄사가 절로 나온다는 것이다. "와~멋지다", "와~ 맛있다." "와우! 정말 고맙습니다!" "놀라움의 극치입니다. 서프라이즈……."

동물과 인간의 가장 큰 차이는 감탄을 하느냐 못 하느냐의 차이라는 것이다. 소 돼지 말들이 감탄하는 것을 본 것이 있는가?

인간관계에서 감정 표현을 잘 못하는 사람은 비사교적인 사람이다. 반대로 감정을 잘 표현하는 사람들은 사람들을 기쁘게 해주고 행복하게 해줌으로써 주변에 사람들이 모여든다.

사람들로부터 인기 있는 사람이 되려면 감탄사를 잘 쓰는 사람이 되어야 한다. 이를테면

"당신만 보면 가슴이 뛰어요!", "정말 기적과 같은 날입니다. 선생님과 함께하다니요……."

그가 지쳐 보일 때, 조용히 등 뒤에서 안아주라. 그가 우울할 때, 머리카락과 등을 쓰다듬어 주어라. 그가 화났을 때, 손등을 부드럽게 어루만져 주어라. 그가 슬퍼할 때, 가만히 얼굴을 가슴에 안아줘라. 사랑은 안아주고 만져줄 때 더 느껴지는 법이다…….

유쾌한 대화 파트너가 되는 법

어느 사무실에 여직원이 섹시한 미소를 지으며 커피를 들고 팀장에게 다가왔다. "팀장님, 저처럼 예쁘고 말도 잘하고 일도 잘하면 네 자로 뭐라고 하는지 아세요?" 그녀가 기대하는 대답은 금상첨화였다. 그러나 팀장은 망설이지 않고 과감히 말했다. "과대망상!" "아니 팀장님 저를 보고 제대로 말해 주세요." "자화자찬!" 그녀는 힌트를 줬다. "금자로 시작하는 거예요." "아, 금시초문!" 이쯤 되면 아무리 여직원이 강심장이든가 얼굴이 꽤 두꺼울 경우라도 난색해 할 것이다. 이런 상황에서 센스 있는 팀장이라면 "금상첨화"라고 맞장구를 쳐주어야 하지 않을까?

필자가 KBS 교양강좌에서 서두에 말을 풀어가면서 돌발퀴즈를 냈다. "제 나이를 알아맞춰 보세요. 맞추는 분께 선물을 드립니다." 라 했더니 방청석에서 "52세!", "60세!", "45세!"……. 막 쏟아져 나왔다. 그러다가 방청석 중간에서 "39세!"라고 외쳤다. 필자는 그 순간 "좀 더 인심을 세 보세요."라고 했더니 "29세!"라고 외치는 방청객이 있기에 나오라고 해서 선물을 주면서 "살아가면서 우리는 어떤 상황이든 칭찬과 격려 그리고 긍정적 맞장구에 인색한 편인데 돈 들이지 않고 상대방에게 좋은 느낌을 받는다면 인색할 필요가 어디 있겠는가?" 라고 했다.

'나는 말재간이 없어', '무슨 얘기를 해야 할지 모르겠어!' 하는 사람들에게는 말은 곧 관심이라고 말해 주고 싶다. 주변 사람, 주변 사물에 대해 관심이 많은 사람이 결국 표현도 잘할 수 있다. 간단한 몇 가지 키워드만 기억하면 당신도 유쾌한 대화 파트너가 될 수 있다.

♥ 첫말을 가볍게 풀어가라_ 사람들의 사소한 변화를 눈치채 "머리 스타일이 바뀌었네요."라든가 "오늘따라 표정이 밝아 보이시네요." 하고 첫마디를 던지면 그것만으로도 수다를 유연하게 이끌어갈 수 있다. 처음 만나는 상대에게는 "인자해 보이시네요." 하는 식으로 느끼하지 않을 정도의 칭찬을 던진다.

♥ 잘 들어야 잘 말할 수 있다_ "철수 엄마는 4남 4녀를 두었다. 그 아이들의 이름은 일남이, 이남이, 삼순이, 사순이, 오남이, 유남이, 칠순이다. 그렇다면 막내 아이의 이름은 무엇일까?" "정답은 철수다." "왜냐하면 "처음에 철수 엄마라 말했으니까……"

이 문제는 경청하는 것이 얼마나 중요한가를 엿보게 해준다. 이는 듣는 것이 곧 답이라는 말이 된다. 특히 서비스 현장에서 고객의 클레임이 있을 경우 회사의 규정이나 업무 매뉴얼에 대한 설명보다는 그저 고객의 불만을 들어주는 것만으로도 충분히 감정을 누그러뜨릴 수 있으며 설득할 수 있다는 결과는 우리에게 시사하는 바가 크다.

♥ 명함에서 접한 상대의 정보를 활용해 이야기를 풀어가라_ 상대방과 나의 공통점에서 시작하는 것도 효과적인 방법이다. 직장이 있는 위치나 인근 지역 명소 등에 대해 이야기를 시작하면 어색한 분위기가 금방 풀린다. 그러나 다짜고짜 "결혼은 하셨나요?" "서울대 나오셨죠? 학교 후배네" 식으로 이야기를 시작할 경우 거

부감을 주기에 충분하다. 신상에 관한 질문은 삼가는 것이 좋다.

♥ 단답형 대화로 대화를 끊지 말고 대화를 이어가라_ 예를 들자면 상대방에게 '부산행' 영화 보셨나요?" 하고 물었을 때 상대방이 "안 봤는데요" 한다고 입을 닫아버려서는 안 된다. "봤다"는 답에는 "이런 장면 좋았죠?"하는 식으로, "안 봤다"는 사람에게는 "볼 기회가 생기면 이런 점에 관심을 가져보세요" 하는 식으로 이야기를 이어가는 것이 중요하다.

♥ 농담은 농담으로 응수하라_ "지난번 설악산에 갔었는데 어떤 녀석이 흔들바위를 설악산 아래쪽으로 던져놓았다더군."이라고 허풍을 떠니까 듣고 있던 친구 녀석이 "아! 그래. 내가 던져놓았는데 어느 녀석이 다시 갖다 놓았더군. 그놈이 네 놈이었더냐?" 친구들 사이에 농담이 농담으로 연결되어 웃음을 자아내게 하거나 분위기를 한껏 고조시킬 때가 많다. 농담을 센스 없게 받으면 어처구니없는 상황이 초래될 수도 있다.

♥ 과하지 않은 칭찬으로 수다의 '기선'을 잡아라_ "김 양은 예쁜 게 죄라면 교수형 감인 거 알아!", "김 양 아버지는 도둑이셨나 봐요?" "왜요?" "하늘의 아름다운 별을 훔쳐다 눈에 심으셨잖아요." 이쯤 되면 말 한마디로 부하를 흥분시키고, 열정으로 가슴을 뛰게 한다. 비록 유머일지라도 칭찬이면 기분 나빠할 사람이 어디 있겠는가? 상대방의 말에 장단을 맞추고 간단한 질문을 던질 수 있을 정도만 돼도 대화가 훨씬 편해진다. 처음 보는 사람과 말하는 데 어려움을 겪는 사람은 대부분 잘 보이려 하기 때문이다. 똑똑해 보이려, 재밌어 보이려 노력하지 말고 일단 솔직히 자신을 드러내라. 요즘 자신이 몰두하고 있는 주제부터 이야기를 시작해 보라. 상대

방과 눈을 맞추며 이야기를 집중해 들어주는 것만으로도 좋은 '수다 멤버'의 인상을 줄 수 있다. 상대방의 이야기에 가끔 맞장구를 쳐 주되 최신 유행어나 적절한 유머를 섞을 수 있다면 금상첨화다. 단, 상대방이 진지하게 나올 때는 이쪽에서도 진지하게 응해야 한다는 점을 잊지 말아야 한다.

문제가 없는 관계가 문제다

사랑을 확인하고 미주알고주알 말 쫌 하자는 것인데 남편들은 결론적인 말만을 하려 한다.

사실 대화란 것이 거창한 것이 아니다. 미주알고주알 늘어놓는 살림 이야기나 직장에서의 해프닝도 서로를 이해하는 기초가 되는 것이다.

남편들은 아내가 무슨 말만 할라치면

"결론이 뭔데? 결론만 말해봐."

그러나 아내들은 어디 그런가? 오순도순 다정하게 시시콜콜한 이야기를 정답게 나누기를 원하고 있다.

아내들은 어떻게 이야기를 결론만 말하고 하는지 이해가 가지 않는다. 이야기는 결론이 아니라 과정이지 않은가?

결론만 말하라고 닦달하는 남자치고 가정적인 남편 없다.

남편들이여 밖에서 무슨 일이 있었던지 집에 들어가면 자상해져라. '표현하지 않는 것은 사랑이 아니다.'란 말을 실천에 옮기는 일이 가정을 화기를 돌게 하는 지름길.

"당신 아직도 너무 매력적이야."

"여보! 당신은 나의 행복이요."

"자기! 자기는 나의 기쁨입니다!"

아마 살아가면서 이혼을 생각해 보지 않은 부부는 없을 것이다. 그런데 싸우는 부부보다 대화가 없는 부부가 더 무섭다고 한다. 이혼 경험자들은 이혼의 첫 징후로 '대화 기피'를 많이 지적하고 있다.

무작정 덮어둔다고 서로의 마음이 바뀌지는 않는 것이 아니기 때문이다. 오히려 싸움을 회피할수록 서로의 불만은 쌓이게 되는 것이고 결국엔 걷잡을 수 없는 결과를 가져오게 된다. 싸워야 할 때는 싸우고 넘어가는 것도 결혼 생활을 지속시키는데 도움이 되는 것이다.

사랑은 표현하지 않으면 사랑이 아니다, 라는 말이 있다. 사랑은 표현될 때 아름답게 피어나는 것이다.

특히 동양인들은 사랑과 애정의 감정 표현이 서툴다. 직접적인 표현보다는 우회하거나 은유적으로 표현하는 경우이거나 아예 입밖에 꺼내지 않는 경우가 많다.

"사랑해요!", "불쾌해요!", "당신에게 감사해요!", "미안해요!…"

사랑, 감사하는 말을 솔직하게 표현할 수 있어야 한다. 자신의 희로애락뿐만 아니라 자신의 주장이나 감정까지도 표현하는 훈련이 필요하다.

특히 성적 표현에서는 더욱 미숙하다.

잠자리 유도나 심지어는 오르가슴을 느낄 때의 교성조차도 정숙하지 못한 여자들이나 할 짓이라는 생각으로 입술을 깨물고 참는다고 한다.

그런 잘못된 관념 때문에 대부분의 아내들이 남편과의 섹스에서 수동적인 편이므로 부부생활을 통해 남편에 대한 사랑을 증명할 기회를 놓치게 된다.

그러니까 아내들은 섹스에 열린 태도를 가질 필요가 있다. 우선 관계를 가질 때 남편이 주도적이어야 한다는 생각을 버리자. 아내가 주도적일 수도 있다. 예를 들어 애무는 남편이 아내에게만 하는 것이 아니다. 서로가 서로에게 해야 하는 것이다. 침실에서 요조숙녀이기 보다는 적극적인 요부가 되는 것이 훨씬 낫지 않을까?

설거지론과 퐁퐁남_ 설거지론은 '설거지'와 '론'(論)의 합성어다. 이는 연애 경험이 없거나 적지만 경제력을 갖춘 남성이 젊은 시절 다수의 남성과 쾌락을 즐긴 여성과 결혼하는 상황을 비유한 표현이다.

퐁퐁남은 아내의 비위를 맞추기 위해 퇴근 후 설거지로 상징되는 집안일을 도맡는 남성을 가리킨다.

이때 남편의 경제력은 아내와 비교했을 때 훨씬 더 벌고 있어야 한다. 또 자신이 번 돈임에도 불구, 아내에게 경제권을 맡기고 용돈을 받으며 눈치를 보는 남성이 퐁퐁남이라고 설거지론은 말한다.

설거지론에 따르면 퐁퐁남은 아내가 과거에 만났던 남성들에 비해 외모가 떨어지기 때문에 이들 부부 사이에는 스킨십이 점차 줄어들게 된다. 이런 관계로 맺어진 부부가 많이 거주하는 도시는 퐁퐁시티라고 불린다.

돌발퀴즈] 커피에 각설탕을
한 개 넣는 사람은 외로운 사람이고
두 개 넣는 사람은 사랑을 아는 사람이다.
세 개 넣는 사람은 (   )을 아는 사람이다.

살아 있는 소리가 요란할수록 좋은 상태다

모처럼 자리를 같이한 두 남자가 서로 자기 가정생활에 대해 얘기를 하고 있었다. 그들은 둘 다 대단한 공처가였지만 겉으로는 전혀 내색을 않고 있었다.

한 사람이 말했다.

"내 명령은 거의 절대적이어서 아내가 내 말을 거역하는 경우란 있을 수 없지."

"허, 그래?"

"어제만 해도 그래. 내가 물을 데우라고 했더니 아내는 즉시 일어나 물을 데워 주더군."

"그것 한 가지만 봐도 자네가 집에서 얼마나 극진한 대접을 받는지 상상이 가는군."

"그렇다니까. 난 정말 찬물로 설거지하기가 죽기보다 싫거든."

"……"

'여자 목소리가 담장을 뛰어 넘으면 집안이 망한다.'는 속담이 있다. 아니다. 사람이 사는 집안이 시끄러워야 한다. 소통이란 다른 의견과 입장을 조율하기 위한 수단이다. 그래서 이렇고 저렇고 다른 의견들을 내놓다 보면 시끄러워지는 것은 당연한 것이다. 문제가 없는 집안은 늘 시끄럽다. 그래야 사는 맛도 난다. 반대로 문제가 없는 집안은 조용하다. 대화가 두절됐기 때문이다. 이제 더 요구할 것도 기대할 것도 없기 때문이다. 그간 얼마나 많이 요구했고 기대했겠는가? 그런데 그것이 통하지 않게 되니 모든 것을 포기했기 때문이다. 진정한 평화를 얻었다. 그러나 결코 행복할 수 없다.

그 뜨겁던 열정도 찌릿찌릿하던 전기도 끊긴 상태다. 그냥 친구 같은 관계가 되어 버렸다. 처신만 바라면 그냥저냥 산다.

돌발퀴즈 답] 감돌이와 갑순이가 사랑은 했드래요 그러나 결혼까지 가지 못한 이유는 사랑한다고 고백하지 않았기 때문이라고 한다.

이왕이면 다홍치마_ 유쾌함

유쾌함의 또 다른 표현은 바로 편안함이다. 따라서 누군가 여러분과 함께하거나 동행할 기회가 있다면 그들이 편안한 마음을 가질 수 있도록 배려하는 일도 필요하다. 상대방은 당신이 편안한지 아닌지 금세 알아차린다. 그러면 어떻게 해야 유쾌함을 배울 수 있을까?

매사에 안달복달하든 좀 여유 있게 상황을 바라보든 상관없이 시간은 흐르고 상황은 바뀌게 되어 있다. 그래서 흔히 '이 또한 지나가리라'고 하지 않는가? 그렇다면 어떤 상황에서라도 유쾌함을 잃지 않는 자세가 유리할 것이다. 여러분이 유쾌해하지 않더라도 시간은 흐르기 때문이다. 긴장이 필요할 때는 긴장해야겠지만 지나치게 심각할 필요는 없다.

여자는 달콤한 말에 약하다

남자들이 여성을 볼 때 세 가지 기준이 있다고 한다. 첫째, 예뻐야 한다. 둘째도 예뻐야 한다, 셋째도 당연히 예뻐야 한다는 것이다. 성형외과 전문의들에게 어떤 여자가 예쁜 여자인지, 미인의 기준은 무엇인지 묻는 질문을 많이 받는다고 한다. 그 대답이 재미있다. '예쁘게 생겼지만 본인이 예쁜 줄 모르는 여자가 가장 아름다운 여자라는 것이다. 그 다음 예쁜 여자는 못생겼지만 스스로 못생긴 걸 잘 아는 여자, 세 번째는 본인이 예쁜 걸 너무도 잘 알고 있는 예쁜 여자, 맨 마지막은 못생겼으면서 자기가 예쁜 줄로 착각하고 있는 공주병 환자다. 성형외과에는 못생긴 여성들만 오는 것이 아니라 누가 보아도 잘생긴 여성들이 훨씬 더 많이 온다는 것이다. 그것은 애석하게도, 예쁜 여자들은 대부분 지나치게 예쁜 값을 하는 흠이 있다. 한마디로 얼굴값을 하는 것이다. 남자들은 술만 먹으면 조는 여자도 예쁜 여자 축에 낀다는 소문(?)이 있다. 그러나 뭐니 뭐니해도 예쁜 아줌마보다 성격 좋은 아줌마가 장땡이다.

별로 잘나지 않은 남자도 말을 그럴 듯하게 잘하면 미인을 얻을 수 있다. 예쁜 여자에게는 아무리 칭찬해도 이상할 게 없다. 또 예쁘지 않은 여자에게 매력적이라고 해서 손해 볼 일도 없다. 예쁘다고 칭찬을 해줄 때 더욱 의욕이 솟아 더 잘하고 더 예뻐지고 싶은 것이 사람의 심리다. 남편의 손길이 닿는 아내의 모든 부분이 예쁘다고, 부드럽다고, 달콤하다고, 맛있다고, 끝내준다고 칭찬을 하게 될 때 아내가 물먹은 채소처럼 더욱 싱싱하게 살아난다는 것을 남편에게 인식시켜주어야 할 것 같다. 살다 보면 가끔 선의의 거짓말도 살짝 해주어야 한다. 서로의 단점보다는 장점을 찾으려 하고 이를 말로써 표현하고 칭찬해 주는 것이 좋은 관계를 유지하는 데 훨씬 효과적이다. 여자들은 사랑의 맹세 같은 것을 좋아한다. 사랑이 변할 수 있다는 것을 잘 알면서도 지금 이 순간만은 영원한 사랑을 약속받고 싶은 것이 여자의 마음이기 때문이다. 그래서 여자는 남자를 믿지 않으면서도 "사랑해, 영원히 네 곁을 떠나지 않을 거야"라는 말을 듣고 싶어 한다. 사랑의 약속을 듣는 그 순간만큼은 영원하니까.

나 지금 밥 먹으러 왔어

어떤 남자는 매일 점심시간마다 점심메뉴를 고르고 나서 아내에게 전화를 건다. 전화할 동안 다른 사람들은 수저를 챙기고 간단히 물을 마신다. 다른 사람들이 그 남자에게 물었다…….

"매일 같은 시간에 전화하다가 빼먹으면 아내가 뭐라 그래요?"

그 남자는 이렇게 말했다.

"점심시간 1시간 중에 딱 10초만 아내에게 투자하면 아내는 점심 먹는 내내 기분도 좋고 더 맛있게 먹을 수 있다는데 제가 그 10초를 아까워할 이유가 없잖아요!"

다른 사람들도 씨~익 웃으며 다들 휴대폰을 꺼내 아내에게 전화를 한다. 그 남자가 음식이 나올 때까지 기다리는 그 10초간 아내에게 한 말은 매일매일 똑같은 말이었다.

'나 지금 밥 먹으러 왔어, 당신도 점심 맛있게 먹어~'

여자의 행복을 만드는 것은 남자의 큰 노력이나 아이디어가 필요한 게 아니고 작은 거 하나하나에 따뜻한 남자의 마음을 보여주면 되는 것이다.

사람들은 저마다 각각의 개성을 가지고 있다. 좋아하는 것과 싫어하는 것이 다르고, 감정과 표현도 다르다. 상대방을 유혹하고 싶으면 그 사람이 어떤 것을 좋아하는지, 어떤 것에 약한지 파악하는 것이 중요하다. 세계적인 상담사인 게리 채프먼은 사랑의 언어에는 5가지가 있다고 주장했다. 상대방이 어떤 언어에 반응하는지 알면 그 사람의 사랑을 쉽게 차지할 수 있을 것이다.

인정하는 말_ 많은 사람들이 칭찬하는 말의 위력을 알지 못한다. 칭찬하는 말이나 인정이나 감사의 표현은 사랑을 전달하는 강력한 도구이다. 우리는 칭찬을 들을 때 그 말에 보답하고 싶어서 상대방이 원하는 것을 하게 된다. 심리학자인 윌리엄 제임스는 인간에게 가장 깊은 욕구는 인정받고 싶은 욕구라고 말했다. 사랑받고 싶은 사람이 있는 데서, 혹은 없는 데서 다른 사람들에게 그 사람을 칭찬하라. 그것이 그 사람에게 사랑받는 가장 쉬운 방법이다.

함께하는 시간_ 서로가 감정적으로 관심을 집중시키면서 시간을 보내는 것은 아주 중요하다. 이때 서로의 이야기를 공감하면서 듣는 것이 중요하다. 남자에게는 여자의 언어가 외국어를 배우는 것만큼 어려울 수도 있지만 그녀를 사랑하려면 꼭 배워야 하는 기술이다. 대화할 때는 다른 일을 하지 않고, 시선을 고정하고, 상대방의 감정에 주의를 기울이고, 보디랭귀지를 주의 깊게 보고, 상대방의 생각이나 감정을 알아내고 이해하도록 노력해야 한다.

선물_ 선물은 사랑을 나타내는 물질적 상징이다. 선물을 주고받는 과정에서 서로에 대한 생각과 마음이 전달된다. 사과를 건네거나 사랑을 표현하는 방법으로 선물을 주는 것은 가장 간단하고 쉬운 방법이고, 연인의 마음을 움직일 수 있는 가장 좋은 투자이다.

'아' 다르고 '어' 다르다

대체적으로 여성들은 남성보다 약속 장소에 늦게 나타난다. 그것은 시간이 없어서가 아니라 자신이 할 일이 없거나 상대 남성에게 정신을 빼앗겼다는 인상을 주지 않기 위해서다. 이때 여성이 데이트 장소에 늦게 도착하자마자 남자가 시계를 들여다보며 "지금이 몇 신데요?" 하는 것보다 "무슨 일이 있었던 건 아니지요?" 같은 말이 훨씬 좋다. 여성은 남성의 포근하고 넓은 마음을 확인하면 좋아하고 신뢰하게 마련이다.

그런데 남자란 사람이 인상을 박박 쓰면서 "도대체 몇 시야? 한두 번도 아니고……"라고 다그친다면 남성은 성숙한 남성이기보다는 방금 엄마 젖을 뗀 철부지쯤으로 여겨지게 된다. 만약 여성이 자주 늦게 나오면 한번쯤 이렇게 이야기 해봐라.

"늦게 오는 만큼 우리들의 만나는 시간이 줄어든다는 사실을 알아주길 바라."

열이면 열 다 표현 방법이 다르지만, 상대방에게 듣기 좋도록 말하는 센스를 익힐 필요가 있다. 한 여성이 어떤 남성에게 무슨 일인지 꽤나 심각한 분위기로 계속 폭언을 쏘아대고 있다. 옆에서 들어보니 남성의 속이 상할 것 같은 말들을 여성이 계속 쏟아 낸다.

묵묵히 듣고 있던 남성이 여성에게 코믹한 투의 목소리로 한마디 한다.

"이보세요. 김미숙 씨, 예쁘면 답니까?"

그러자 여성이 갑자기 한 방 얻어맞은 것처럼 잠깐 멍한 듯하더니 금세 '하하' 하고 웃음이 터져 나온다.

우리나라 속담 중에 "말로 천 냥 빚을 갚고, '아' 다르고 '어' 다르다"라는 말이 있다. 원래 뜻은 '같은 말이라도 기분 좋게 하라'는 말이다. 같은 말이라도 듣기 좋게, 긍정적으로 하자. 겸손한 마음을 가지고 남을 칭찬하라. 그리고 우호적인 미소를 보내라. 악기를 치면 아름다운 소리가 나오듯이 말을 착하고 부드럽게 하라.

성공하는 사람들은 상대방의 입장에서 말을 해 감동시킴으로써 그들의 마음을 사로잡는다. 이들은 절대 자신이 먼저 결론을 내리지 않는다. 상대방이 결론을 내리도록 이야기의 방향만 조정할 뿐이다.

행복 중에 가장 아름다운 행복은 사랑하는 사람이 행복해하는 순간을 지켜보는 것이다. 사랑하는 사람에게 선물하는 것은 바로 그런 행복을 맛볼 수 있다. 생일이나 기념일을 먼저 알아 선물하는 것은 상대방에게 더 의미가 있는 선물이 될 것이다.

선물은 남들이 다 하는 연말이나 명절보다는 늦여름이나 초겨울의 선물이 더 산뜻하고 신선할 수 있다. 사람은 생각지도 못한 선물을 받았을 때 더 큰 기쁨을 맛보기 때문입니다. 선물 속에는 주고받는 기쁨이 있다.

♥ 인형 선물의 의미는 "나를 안아 주세요." 뭣도 모르고 인형을 덥썩 받았다간, 뭣도 모르고 덥썩 안기는 수가 있다.

♥ 반지는 고대 왕국에서 왕비와 후궁들이 왕의 승은을 입을 때

에 왼손에 끼웠다고 한다. 또 잠자리가 끝나고 왕의 침소를 물러 나올때는 다시 오른손에 반지를 옮겨 끼운 후 물러나왔다고 한다. 왕의 성은을 받고자 하는 여성은 은반지를 낌으로써 언제라도 성은을 받겠다는 표시를 했고, 금반지를 끼움으로 왕과의 잠자리를 면할 수 있는 권리가 있었다고 한다. 그리고 볼에 연지를 찍음으로써 생리 중임을 왕께 알렸다고 한다. 혹시 뜻을 모르고 왼손에 반지를 작용하셨다면 오른손에 반지를 끼도록… 따라서 반지의 의미는 뭐 무식한 말로 "넌 내 꺼야."

♥ 목걸이의 뜻은 아주 야할 뿐만 아니라 직접 걸어 준다면 "당신과 하나가 되고 싶어요."이다. 함부로 목걸이를 선물했다 간 오해 받기 십상이다.

♥ 꽃은 사랑하는 사람과 늘 함께 있고 싶다는 갈망을 나타낸다. 선물의 의미는 "당신과 늘 함께하고 싶습니다." 요즘 결혼 신청할 때 "아침에 일어나서 맨 처음 보이는 사람이 너였으면 좋겠어"라고 말한다는데… 아무 말 없이 꽃 한 송이 내미는 것도 괜찮은 프로포즈이다.

♥ 만년필은 선물에 담긴 뜻은 "당신이 성공하길 바랍니다." 선물하는 사람에게 성공을 빌어 주는 마음, 정말 아름다운 마음이 아닐까?

봉사_ 봉사는 배우자가 원하는 행동을 실천하는 것을 말한다. 예컨대 결혼 초에 아기가 생겼을 경우, 여자가 느끼는 가사부담은 어마어마하다. 그녀를 도와주지 않으면 남편이 자신을 사랑하지 않고, 이기적이라고 느끼게 된다. 또 맞벌이를 하는 경우, 여자들은 집안 살림에 치여서 결혼한 것을 후회하거나, 남자의 섹스 요구를 거절한다. 그것이 반복되면 악순환에 빠지고 결국 이혼까지 가게 된다. 매일 서로에게 받길 바라는 봉사 목록을 함께 계획하고 실천하면 도움이 된다.

스킨십_ 스킨십은 연인의 사랑을 전달하는 강력한 도구다. 머리를 쓰다듬고, 등을 만지고, 손을 잡아주고, 껴안고, 성관계를 맺는 것 등 사랑의 접촉은 스킨십이 중요한 사람들에게는 감정의 생명줄과 같다. 특히 결혼해서 오래된 부부는 스킨십이 식상해지면 새로운 접촉 방식이나 장소를 개발해야 한다. 여자들은 남자들의 행동에 불만이 있을 때 벌을 주기 위해, 혹은 화가 났다는 것을 알리기 위해 섹스를 거절하는 방법을 가장 많이 사용한다. 그런데 남자에게는 스킨십 즉 섹스는 결혼의 이유이자 목적이다. 여자의 거절이 길어지면 남편이 외도하기가 쉽고, 그로 인해 부부 사이에 신뢰가 깨지면 이혼으로 가기 쉽다.

게리 채프먼의 사랑의 언어를 체크해 보면 나와 연인의 사랑의 언어가 무엇인지 확인할 수가 있다. 한쪽은 스킨십을 원하는데 한쪽은 함께하는 시간만을 원한다면 어떻게 해야 할까? 이때는 상대방이 원하는 것을 먼저 해주고 내가 원하는 것을 요구해야 한다. 상대방의 감정 은행에 저금을 해놓으면 언제든 필요할 때 꺼내 쓸 수 있을 것이다.

상대방의 마음에 공감하는 말로 마음의 문을 열어라

충청인의 기질을 논할 때, 인용되는 대표적인 이야기가 있다.

충청도 어느 시골의 5일장 장터에서 시금치, 고구마순 몇 다발, 고추 몇 무더기, 옥수수 몇 개를 길가에 늘어놓고 팔고 있는 사람과 사는 사람 간에 오간다는 대화다.

"이거 팔 거유?"

"그럼 구경 시킬라고 갖고 나왔겠슈?"(예, 하면 될 것을 반드시 이렇게 표현한다)

"월매래유?"

"알아서 주세유~"(절대로 얼마라고 먼저 말하지 않는다)

"1,000원 드리쥬!"(여기서부터가 중요하다. 만일 값이 마음에 들지 않으면 홱 돌아 앉으며…)

"됐슈~, 갖다 돼지나 멕일래유"

이 대화를 보면 팔려고 애쓸 것 없다는 느긋한 태도와 함께 속내를 쉽게 드러내 보이지 않는 충청도 사람의 기질을 잘 나타내고 있다. 마음속에는 계산이 다 돼 있고, 이 계산에 맞지 않으면 거래하지 않으면 그만이다. 하지만 미리부터 1,000원 받으면 될 것을 1,200원이나 1,300원으로 에누리해서 값을 부르지 않는다는 점을 이 대화는 간접으로 말하고 있다.

공심위상(功·心·爲·上)이란 마음을 공략하는 것이 상책이란 뜻이다.

상대방의 마음에 공감을 일으킬 수 있는 에너지가 EQ이다. EQ

는 몇 가지 요소로 구성된다. 첫째 자기 감정을 아는 능력, 둘째 정서를 올바르게 표현하는 능력, 셋째 자신의 감정을 잘 다스리는 능력, 넷째 상대방을 이해하는 능력, 다섯째 감정을 승화시켜 자기 발전의 에너지로 활용하는 능력이다.

EQ지수가 높은 사람은 남과 쉽게 공감을 일으킬 수 있다. EQ지수가 높은 사람들은 온화한 얼굴, 부드러운 시선, 밝은 표정, 애정이 가득 찬 목소리를 소유하고 있다.

화안애어(和顏愛語), 즉 사랑스런 말과 표정은 굳게 닫힌 마음의 문을 열게 한다. 그것은 훈훈한 에너지를 발산한다. 어두운 인생의 길목에 희망찬 한 줄기의 빛을 보내는 것이다.

상대를 움직인다는 것은 상대에게 자기가 생각하는 것과 같은 생각을 갖게 하는 것, 자기가 기대하는 대로 행동하게 하는 것이다.

남편들의 부부싸움 후 해결방법을 위한 보편적인 사고방식은 아내와 동침하는 쪽으로 찾으려 한다. 즉, 성적으로 아내를 만족시켜 주기만 하면 모든 문제는 저절로 해결이 난다고 생각한다. 그러나 아내의 입장은 다르다. 문제를 충분히 이해시켜 주기 전에는 남편의 성적인 접촉을 원치 않는다. 성은 아내가 가장 마지막에 바라는 것이기 때문이다. 아내가 원하지 않는다 해도 대부분의 남편은 지체하거나 자제하지 않는다

아내가 몸을 맡길 때까지 압력을 가하거나 투정을 부릴 것이다. 그럴수록 아내의 마음은 굳게 닫아 버리게 된다. 남편들의 그런 거친 행동을 순수하게 받아들이는 아내는 거의 없다. 비록 그것을 참아 낸 아내라 해도 굴욕감에 차 있을 것이다. 이로 인하여 아내

가 성에 대한 관심이 멀어졌다면 전적으로 남편의 책임이다. 아내의 마음을 움직이는 힘은 햇님 이야기와 같이 남편의 친절함과 다정함이라고 볼 수 있다.

부부 최고의 성(性)기관은 바로 마음이다. 남편의 일방적이고 강압적인 성행위는 아무런 의미가 없을 뿐만 아니라 도리어 아내에게 성에 대한 아픔을 주며 성을 회피하게 만든다. 이것은 아내에 대한 인격의 유린이요, 강간이나 다름이 없다고 생각한다. 물론 아내도 남편의 성에 대한 이해를 해줘야 하지만, 남편이 아내의 성심리를 조금만 이해했다면 그런 아픔을 주지 않았을 것이다.

아내의 성기는 곧 마음과 같다. 아내의 마음을 사로잡지 않고 멋진 성생활을 즐긴다는 것은 있을 수 없다. 아내는 남편의 친절함과 다정한 사랑엔 천성적으로 무한한 반응능력이 있다. 아내는 눈에 보이는 애정의 표시와 속삭임을 원한다. 즉, 행동을 수반한 남편의 사랑을 필요로 한다. 남편이 진심으로 사랑하고 있다고 해도 외부로 나타내 보여 주지 않으면 아내는 만족하지도 않고 행복할 수도 없다.

성은 부부의 전인격을 동원한 잔치라고 볼 수 있다. 남성적인 정력을 과시하려는 남편의 폭력적인 성급함, 유치한 이기심, 경솔함으로 인하여 즐거워야 할 부부의 성생활은 점점 균열을 가져오게 된다.

남편은 첼로 연주자이고 아내는 첼로로 묘사된 그림이 있다. 훌륭한 첼로 연주자의 매너는 어떤 것일까? 훌륭한 첼로의 연주자로부터 아름다운 선율의 음악이 흘러나온다. 부부의 찬란하고 아름다운 성의 파티장에 필수품은 남편의 무분별한 정력이 아니라 아내에 대한 따뜻한 돌봄과 이해와 관심 어린 사랑과 부드러운 격려와 헌신의 하모니리라.

김도이 作

평소에 잘못된 말투가 화근이다

경의를 표하라_ 다른 사람들의 생각과 소망과 말에 경의를 표하라. 비록 그대의 생각과 같지 않더라도 간섭하거나 비난하거나 비웃지 말라. 사람들은 모두 각자의 고유한 개성을 가지고 있나니 그들 자신의 길을 가도록 허용하고 도와주어라.

― 인디언 격언

하루는 부부가 외식을 하러 시내로 나갔다. 식당에 앉았는데 갑자기 아내의 얼굴이 하얗게 질리는 것이었다.

"어머, 이 일을 어쩌지요? 깜빡 잊고 다리미 코드를 빼지 않고 그냥 나왔어요."

아내는 집에 불이 났을까 봐 안절부절못하고 있는데 남편은 아주 여유만만하고 자랑스런 표정으로 말했다.

"여보 절대로 걱정하지 않아도 돼요. 나도 깜빡 잊고 목욕탕 수도꼭지를 틀어놓은 채 나왔으니까 절대로 불은 안 날 거요."

이쯤 되면 건망증으로 문제가 될 수 있지만, 상대의 약점을 잡지 않았으니 부부싸움은 일어나지 않을 것이다. 평소에 잘못된 말투가 불화를 일으키게 마련이다.

♥ 계속 불평한다_ 이것은 저렇고, 저것은 이렇다는 식으로 배우자가 귀담아듣든 말든 계속해서 씹는 것이다.

♥ 다른 사람과 비교한다_ "누구누구 집 남편은 월급이 얼마라

는데……”, 또는 “앞집 여자는 값싼 옷을 입어도 매력적인데 당신은……”이런 식으로 비교하는 것은 부부싸움의 지름길.

♥ “그것 봐요” 식으로 행동한다_ 언제나 제삼자가 되는 것이다. 팔짱 끼고 미소까지 지으며 계속해서 평가만 내리는 것이다. 이왕에 만났으니 잘 살아야되지 않을까.

♥ ‘나—전달법’을 적극 활용하라._ 감정을 부인하거나 폭발시키지 않고 ‘나’를 주어로 해서 표현한다_ “당신이……”로 시작하지 말고, “내가 생각하기에는” “내 기분은……” 이렇게 서두를 꺼내면 같은 의미라도 전혀 다르게 전달될 수 있다. 듣기 싫은 얘기일 때 “닥쳐”라 고 말하기보다는 “계속 얘기를 듣기에는 내 마음이 너무 상했어”라고 말하면 어떨까.

♥ 사실—생각—감정—바람의 순서로 전달한다_ 문제가 되는 사실, 자신의 생각, 감정, 상대에 대한 바람을 각각 구별해서 정확하게 의사를 전달한다. 예를 들면 남편이 늦게 귀가했을 경우 화만 내면서 방문을 닫을 게 아니라 “요즘 자주 늦네요(사실)-좀 서운해요(감정)-일찍 왔으면 좋겠고, 늦을 경우에는 미리 전화로 알려주면 좋겠어요(바람)” 라는 식으로 감정을 정리해서 표현해 보자.

♥ 문제 중심의 논쟁을 하라_ “이번 일 하나만 봐도 당신이 어떤 사람인지 알 수 있어. 저번 일만 해도 그렇잖아. 그 전에는 또 어떻고……” 하는 식으로 문제를 일반화시키지 말고, 당면한 사안에 대해 집중해서 이야기를 해야 한다. 화가 난다고 상대방의 약점을 들추며 전혀 상관없는 방향으로 논쟁을 이어가는 일은 절대 피해야 한다.

평소에 잘하라

한 부부가 부부싸움을 했는데 아내가 몹시 화가 나서 남편에게 집을 나가라고 소리를 질렀다. 그러자 남편이 "나가라면 못 나갈 줄 알아?"라면서 집을 나가버렸다. 그런데 잠시 후 나갔던 남편이 다시 집으로 들어왔다. 아직도 화가 풀리지 않은 아내가 왜 다시 들어왔느냐고 소리를 질렀다. "가장 소중한 것을 놓고 갔어" "그게 뭔데?" 그러자 남편 왈, "바로 당신!" 그 말에 아내는 그만 피식 웃고 말았다. 얼마나 지혜로운 방법인가? 부부싸움 후, 속이 터질 것만 같아도 딱히 행선지도 없는데 집을 나가 보았댔자 개고생이다. 평소에 잘하자.

♥ 친절한 행동에 감사하라_ 부부간에는 많은 부분에서 서로 도움을 주고받는다. 오랜 시간 지내다 보면 어느새 그 모든 친절한 행동들은 당연한 것이 되고 무반응일 때가 많다. "쓰레기 치워준 것 정말 고마워요", "여보 이렇게 도와줘서 정말 고마워요." 작은 일에도 반드시 고맙다는 표현을 해야 한다. 그래야 서로 간에 기쁨이 있고 다음에 또 도와주고 싶다.

♥ 잠재력에 격려하라_ "당신은 가창력이 뛰어나. 한번 주부 가요열창에 나가보지. 잘할 수 있을 거야." 결혼 후 생활을 하다 보면 결혼 전에 가졌던 꿈을 접고 살기도 하고 미처 알지 못하던 재능

을 뒤늦게 발견하기도 한다. 이럴 때 배우자의 격려와 지지가 필요하다.

♥ 정중하게 부탁하라_ 사랑은 상대방에게 부탁하는 것이지 요구하는 것이 아니다. 당신의 바람과 필요를 요구하지 말고 정중하게 부탁하라. 정중하게 부탁하는 것은 상대방의 인격과 가치와 능력을 인정하는 것이며 선택권을 상대방에게 주는 것이다. 정중한 부탁은 사랑을 표현할 수 있는 기회를 주지만 무례한 요구는 그 반대이다. 자기 뜻대로 따라주지 않는다고 짜증을 내거나 회유적인 방법을 사용해서 억지로라도 수락하도록 하는 것은 바람직하지 않다. 명령하는 것은 더욱 좋지 않다.

♥ 금슬을 좋게 하는 부부간의 대화법_ 사랑의 3원칙 '사랑해' '미안해' '고마워'를 실천하라. 배우자를 인격적으로 존중하며 말하라. 배우자의 의견이 틀렸더라도 면박을 주지 말라.

대화에서도 적당한 수위조절이 필요

결혼할 남자와 여느 때처럼 조용한 카페에서 사랑을 속삭이다가 여자가 물었다. "자기 있잖아. 만약에…… 이건 만약이야. 만약에 당신 어머니랑 나랑 배를 타고 가다가 물에 빠지면 당신은 누굴 구할 거야? 물론 한 사람밖에는 구할 수 없어!" 그리고 남자의 얼굴을 살폈더니, 단 한마디로 이렇게 얘기하는 것이 아닌가. "그야 물론 어머니지! 여자는 또 구할 수 있지만, 어머니는 한 분밖에 없으니 어쩔 수 없는 거 아니겠어!"

요즘은 성실보다 중요하게 여기는 것이 창의성이다. 대화에서도 솔직함보다 센스가 더 중요하지 않을까? 다시 말해 본심을 어느 정도 드러내느냐 하는 수위조절이야말로 상대에게 호감과 비호감의 척도가 될 수 있다. 엄마를 따라 과일 가게에 간 아이. 맘씨 좋게 생긴 주인 아저씨가 그 아이에게 "참, 귀엽게도 생겼구나. 저기 앵두가 있으니까 한 움큼 집어 먹어라."고 말했다. 그러나 아이는 머뭇거릴 뿐, 가만히 서 있었다. 이를 본 아저씨, "너 앵두 못 먹어 봤니? 아주 맛있단다." 하면서 커다란 손으로 한 움큼 집어 주었다.

가게를 나오면서 엄마가 물었다. "넌 왜 먹을 거면서 머뭇거렸니?" 그러자 그 아이 왈, "엄마도 참! 내 손보다 아저씨 손이 더 크잖아요."

어수룩하게 보이는 것이 세상살이에서 득을 보는 경우가 많다.

지혜를 다 드러내 보이는 것은 지혜로운 것이 아니다.

소통 능력을 향상시키고 싶은 것이 현대인의 소망임에도 불구하고 그를 방해하는 요인은 많다. 내, 외적인 시각적 청각적 잡음(noise)과 산만함이 장애요인이 됨은 물론이고 타인에 대한 선입관도 큰 장애요인이다. 그러나 가장 큰 장애요인은 나 자신이다. 자기중심적 사고, 방어적 성향, 경험적 우월성, 이기주의, 비교의식 등……. 그중, 자기방어적 성향은 자신감을 갖고 적극적인 커뮤니케이션을 하는 데 벽으로 작용한다. 내 스피치연구소에 처음 오시면 본인의 신상에 대한 노출을 두려워하시다가 자연스럽게 오픈하시면서 소통 능력이 크게 향상되는 경향이 있다. 자아노출이란 스피치를 실행할 때 적절하게 자기 자신이 갖고 있는 은밀한 정보를 드러내면서 하는 말을 의미하는데 이러한 정보는 개인이 갖는 은밀성과 함께 위험성도 있는 정보를 뜻하기에, 자아노출이 지나치면 오히려 역효과를 초래하기도 한다. 자신이 수용하지 못할 정도로 노출시키다 보면 심리적으로 압박감을 받기 때문이다. 하지만, 너무 방어적이고 폐쇄적이면 원활한 소통능력 향상에는 방해가 되는 양면성을 지니고 있다.

자아노출과 함께 주로 사용되는 것이 self-description(자기진술)이 있다. 자기진술이란 나 자신을 있는 그대로 서술, 정보를 전달하는 내용을 뜻하며, 이미 자기 자신에 대해 알려진 사실들을 진술해 나가는 것을 뜻한다. 따라서 스피치 커뮤니케이션에서는 적절한 자기노출을 해가면서 말을 하면 대체로 좋은 평가를 얻게 된다.

사랑을 느끼는 거리와 방향

미국 인류학자 에드워드 홀은 인간관계의 거리를 친밀한 거리(45cm 미만), 개인적 거리(45~1.2m), 사회적 거리(1.2~3.5m), 공적인 거리(3.5m 초과) 등 4가지 유형으로 분류하고 각각의 범주 안에서 가까운 거리와 먼 거리의 차이를 구분했다.

친밀한 거리_ 약 45cm 이내의 거리이며 연인들이라든가 어머니와 아기의 거리다.

개인적 거리_ 약 45cm에서 1.2m 정도의 거리다. 친구와 이야기하기 좋은 거리이다.

사회적 거리_ 1.2m에서 3.5m 정도의 거리다. 회의나 사업상 거래를 하기에 적당하다.

공공거리_ 3.5m에서 7.5m의 거리다. 이때에는 조금 큰 목소리가 필요하며 교실에서의 강의가 적당한 거리다.

개인 공간은 사람에 따라서 약간 차이가 있다. 내향적인 사람은 외향적인 사람보다 다른 사람과의 거리를 더 두려고 한다. 선거 입후보자처럼 친근하고 긍정적인 인상을 받으려는 사람들은 눈길을 마주치고 악수를 하려 든다. 자연 거리가 좁아질 수밖에 없다. 친밀할수록 사람들은 서로 가깝게 붙는 것을 허용하게 된다.

거리 분류에서 결정적 요인은 '그 순간 사람들이 서로에 대해 어떻게 느끼느냐'이다. 어떤 두 사람이 얼마나 떨어져 있느냐는 두 사람이 무슨 관계인가를 은연중 드러낸다. 예를 들면 배우자가 아닌

이성이 가까운 개인적 거리(76cm 미만) 안에 있으면 부적절한 관계일 수 있다.

키스할 때 눈을 감는 이유는 더 경계하지 않아도 된다는 뜻이라고 한다. 심리학자는 살가운 거리로 70~80cm를 말한다. 이는 '얼굴길이의 2.5배'를 말한다. 그 정도가 상대방의 정을 느끼기에 알맞은 거리다. 일본에는 2조반(組半) 문학이 있다. 이는 다다미 두 개 반을 깐 방에서 남녀 단둘이 만나는 것이다. 그 좁은 방에 마주 앉으면 무릎 살이 맞닿는다. 너무 가까워 콧김에서 단내가 나는 거리다. 벌어질 일은 뻔하다. 그래서 2조반 문학은 남녀의 치정 따위를 다룬다. 모델과 화가의 거리도 적당한 거리를 두어야 모델의 특성을 객관화할 수 있다. 더 가까이 가면 치정 관계가 되기 쉽다. 그래서 화가들이 모델과 2.5~3m가량 떨어진 거리에서 그린다고 한다.

섬세한 표정 관찰이 필요하면 팔길이 정도로 가까이 앉아 대화를 나눈 뒤 다시 그림을 그릴 때는 이전의 거리로 돌아간다고 하는데 이는 1m 미만은 시각적 해석보다 감정의 개입이 우세해질 수 있기 때문이란다.

일반 사람과의 관계도 마찬가지다. 그래서 위인들은 측근과 일정한 거리를 유지했다고 한다. 시간과 공간을 사이에 두고 우러러 보이기 때문에 매력적으로 보이기 때문이다. 괴테나 톨스토이처럼 위인이라는 말을 듣는 사람은 고향에서는 잘 알려지지 않은 경우가 많다.

고급 한식당의 4인용 식탁 사이 간격은 93cm로 두 사람이 서로 교차해서 다닐 수 있으며, 4인용과 2인용 식탁의 사이는 64cm로 한 사람의 통행이 가능하다. 서로 다른 식탁에 앉은 사람 사이의 간격은 1.3~1.5m로 개인적 교류가 불필요한 '사회적 거리'에 해당하며 한 식탁에서 마주 앉은 사람 사이는 1.2m로 '개인적 거리의 먼 단계'다. 이는 식당에서 비즈니스 미팅이 많기 때문에 서로 격식을 유지할 수 있고 대화가 옆자리에 들리지 않도록 한 것이라고 한다. 사람이 공간을 만들지만, 거꾸로 공간과 거리는 사람 사이의 관계를 디자인해주기도 하는 것이다.

거리뿐 아니라 위치에 따라 의사소통의 유형도 달라진다. 미국 심리학자 로버트 소머는 캐나다 여자 노인 병동에서 탁자_(가로 1.8m, 세로 90cm)에 둘러앉은 사람들이 위치에 따라 얼마나 자주 대화를 나누는지 관찰했다. 그 결과 탁자 모서리에서 직각으로 마주 앉은 사람끼리 대화가 가장 빈번했다. 서로 잘 모르는 사이인데도 옆으로 나란히 앉은 위치보다 2배, 마주 보는 위치보다 6배 더 대화가 많았다.

사람과 자기가 친밀한가 아닌가를 알기 위해서는 대인 거리 이외의 다른 요인을 고려해야 한다. 눈길 마주침의 양, 화제의 친근한 정도, 그리고 서로 미소 짓는 양이다. 가까이 있는 어떤 사람이 자신과 눈을 자주 마주치고, 미소를 지으면서 개인적인 화제를 이야기한다면 상당히 친밀하다고 할 수 있다.

지하철 좌석 점유 유형을 조사하던 도중 자리가 텅텅 비어있어도 사람들은 가장자리를 선호한다는 사실을 발견했다. 7명이 앉을 수 있는 지하철 긴 의자는 양 끝 가장자리, 그로부터 한 좌석쯤 거리를 둔 자리, 그리고 맨 중앙 순으로 좌석이 찬다. "지하철 좌석의 가장자리, 식당이나 카페에서 벽을 따라 배열된 구석 자리를 선호하는 것은 신경을 써야 할 주변 사람이 적고, 필요하면 '회피'도 가능한 위치이기 때문"이며 "이는 공공장소에서도 개인 공간을 유지하려는 욕구의 표현"이기 때문이라고 한다. 또 화가 났거나 강력한 주장을 펼칠 때 대개 사람들은 가까이 다가서며 목청을 높인다.

대화가 잘 풀리지 않을 때 걸으면서……

"여보, 우리 이야기 좀 합시다."

저녁상을 치운 뒤 거실로 가는 배우자의 소매를 붙잡아 앉힌다. 부모와 자식 간에 대화를 시도하기도 한다.

"뭐든지 다 말해봐. 오늘 다 들어줄게."

이렇게 대화를 하면 문제가 해결될까?

그렇지 않다. 처음 두세 마디는 잘 풀리는 듯하겠지만, 오히려 갈등이 반복되고 언성이 높아지기 쉽다. "내가 언제 그랬냐, 사실관계는 명확히 하자." 이렇게 따지다가 "역시 우린 말이 안 통해"라며 쓸쓸하게 자리에서 일어날 가능성이 크다.

대화가 잘 풀리지 않을 때는 미리 확인해야 할 것이 있다. 우선 나와 상대방의 시선이 어디를 향하는지 점검해야 한다. 이왕이면 같은 방향을 보는 것이 좋다. 시야가 많이 겹칠수록, 즉 같은 곳을 바라볼수록 뇌에서 경험하는 세상이 같아진다. 그래야 생각도 통한다. 그런데 많은 사람이 좁은 공간에서 마주 보며 대화를 시작한다. 같은 공간에 있으니 대화가 잘 풀리리라 기대를 한다. 사실은 정반대다. 마주 앉으면 내 시야에 들어오는 세상은 상대방이 보는 것과 다르다. 내가 보는 것을 상대방은 보지 못한다. 이렇게 눈에 보이는 세상이 달라지면 뇌에서 경험하는 세상이 달라진다. 공감대를 찾기 어렵게 된다.

대화가 잘 풀리지 않을 때는 함께 걷는 것이 제일 좋다. 같은 곳을 보며 같은 시야를 공유하면 깊은 대화가 이루어진다. 주말에 숲길을 걸어보자. 강변이나 호숫가를 걸어도 좋다. 자연 속에서 같은 곳을 바라보며 대화를 하면 이야기가 훨씬 더 잘 풀린다.

걸을 때는 앞을 보며 걷는다. 뇌는 시야에 들어오는 것에 영향을 받는다. 앞을 바라보면 생각도 미래지향적으로 된다. 미국 하버드대와 컬럼비아대의 연구 결과에 따르면 '탁 트인 자세(expansive posture)'는 영향력이 커진 느낌을 주는 동시에 스트레스 호르몬인 코르티솔도 낮춰준다. 고개를 숙이고 걷는 것은 좋지 않다. 계속 땅을 보며 걷는다면 '되씹는 생각(반추 사고·rumination)'이 활성화되어 상황을 비관적으로 해석하기 때문에 우울증에 걸릴 위험성이 높아지기 때문이다.

믿기 어려우면 실험을 해 보자. 정면을 보고 걸어가면서 지나간 일을 후회해보시라. 고개를 들어 따사로운 햇살을 감상하며 계속 불평불만을 늘어놓을 수 있는 사람은 상처가 깊은 분이다. 상담과 치료가 필요할 수 있다. 고개를 숙이고 걸으면 생각이 비관적으로 변한다. 땅을 보는 것은 패배자의 자세이기 때문이다.

인간의 뇌는 눈에 보이는 것을 반영하여 생각한다. 그렇기 때문에 대화를 할 때도 같은 곳을 바라보고 하라는 것이다. 둘이서 같이 앞을 보고 걸을 때는 싸우기 어렵다. 둘이 걸어가면서 이야기를 나누다가 말싸움이 벌어지면 누가 시키지 않아도 몸을 돌려서 서로 마주 본다. 이것은 전투 자세이다. 그럴 때 싸움을 피하고 싶으면 그냥 앞만 보고 내처 걸으면 그만이다. 앞을 보고 걸으면서 대화해 보자. 훨씬 부드럽고 건설적인 대화가 이루어질 것이다. 사랑이란 서로 마주 보는 것이 아니라 같은 곳을 바라보는 것이라고 하지 않는가.

칭찬은 사랑하는 사이에도 먹힌다

여자가 최초로 관심을 갖는 것은 남자의 용모도 아니고, 교양과 두뇌와 같은 소극적인 것도 아니다. 자기를 칭찬해 주는 남자, 자기를 아름답다고 인정해 주는 남자에게 관심이 끌리게 된다.

― 데이트심리학 中

　남자들도 자기가 뻔히 못생긴 것을 알면서도, 남들이 자기에게 멋있다고 하면 그것이 뻔한 거짓말인 것을 알면서도 기분이 좋아지게 마련이다. 하물며 여자들은 어떠하겠는가? 이러한 가장 기본적인 것을 대부분의 남자는 지금까지 무시하고 살아왔다. 한국 남자들이 '잡아 놓은 물고기에게는 먹이를 주지 않는다'는 말을 찰떡같이 믿고 있다가 큰코다치는 경우가 많은데 '잡아 놓은 물고기에게도 먹이는 주어야 달아나지 않는다.'는 말을 전하고 싶다. 왜냐하면 남자는 활력에 넘칠 때 본능에 충실해져 바람이 나지만, 여자는 우울할 때 누군가에게 기대고 싶은 마음에 바람이 난다. 이럴 때는 말솜씨 좋은 남자에게 넘어갈 확률이 높다. 이해한다는 듯, 몇 마디만 토닥여주면 바로 넘어오는 게 여자들의 심리다. 이를 잘 이용하는 것이 제비족이나 플레이보이들이다. 부부간에는 잘한 일이 있어도 말없이 넘어가기 쉽다. 배우자가 없을 때 다른 사람에게 칭찬하라. 다른 사람 앞에서 배우자를 칭찬하라. 기왕이면 최고의 찬사를 동원해서 칭찬하라. 배우자의 칭찬은 다른 어떤 사람의 칭찬보다 크게 들리게 마련이다.

1. 당신 갈수록 더 멋있어.
2. 역시 나는 처복이 많아.
3. 당신은 애들 키우는 데 타고난 소질이 있나 봐.
4. 언제 이런 것까지 배웠어? 대단하네.
5. 당신 보고 있으면 감탄사가 저절로 나와.
6. 당신은 못하는 게 없네.
7. 당신은 뭘 입어도 폼이 난다니까.
8. 여보, 아이가 당신 닮아서 저렇게 똑똑한가 봐요.
9. 내가 장가(시집) 하나는 잘 왔지.
10. 여보, 내가 당신 극성 팬인 것 모르지요?

부모가 자녀에게 하는 사랑과 애정의 말이나 칭찬과 격려의 말은 아이들의 영혼에 내리는 단비와 같다. 그런 말들은 아이들에게 내적인 가치와 안정감을 전달해 준다. 그러나 반대로 부모가 아이들의 말을 가로막거나 인정하지 않고 아이들을 무시하는 말을 한다면 자녀의 자존감과 인격은 다칠 수 있다. 자녀를 격려하고 인정하는 언어들은 다음과 같은 것이 있다.

"너의 일하는 방식이 마음에 들어, 도와줘서 고맙다. 많은 도움이 되었어, 네가 내 자녀인 것이 참 자랑스럽구나. 누구나 처음부터 잘하는 것은 아니란다. 너에겐 좋은 재능이 숨어 있어. 난 네가 그것을 잘하리라고 생각해. 고맙다"와 같은 말들이다. 인간에게 가장 심오한 욕구는 누군가로부터 인정 받고 싶은 욕구이다. 인정은 다음과 같은 언어를 통해 전달된다.

칭찬기술

데이트 상대를 띄워준답시고 "이야, 미스 김, 몸집은 거대한데 어쩜 이렇게 손발이 작고 예쁘지?"라고 하면 미스 김은 핸드백으로 당신의 머리통을 후려치고 자리를 떠날 것이다.두 번 다시 그녀를 당신의 앞자리에 앉게 할 방도는 없다.

우리의 마음은 언어를 통로 삼고 살아간다. 통로 관리는 곧 마음 관리로 연결된다.

칭찬을 차별화시켜라_ '옷이 참 예쁘네요'보다는 '여전히 옷 고르는 감각이 탁월하시네요' 하는 식으로 소유물보다는 재능에 대한 칭찬을, 막연하지 않게 구체적으로 칭찬하면 칭찬에 신뢰감을 높일 수 있다. 너무 빈번한 칭찬은 진정성을 의심하게 하므로 금물!

호칭도 안티 에이징을 원한다_ 주부들이 나이 들면서 가장 민감하게 느끼는 것 중 하나가 호칭이다. '형님'보다는 '언니'로, 'ㅇㅇ엄마'보다는 'ㅇㅇ 씨' 하며 이름을 불러 준다면 젊음까지 선물하는 효과를 노릴 수 있다.

옳은 말 하는 사람보다 이해해주는 사람이 좋다

이성적으로 판단해 아무리 옳은 말이라도 말하는 사람 입장에서 자기 말에 맞장구쳐 주기를 바라는 것이 사람 마음이다. 사람은 옳은 말을 해주는 상대보다는 자신을 이해해 주는 상대에게 끌리기 마련이라는 사실을 기억하자. '듣고 보니, 그건 네가 잘못했네'보다는 '맞아, 나라도 그랬을 거야'하는 식으로 말이다.

자랑은 적당히, 애교 있게 하라_ 자리에 앉았다 싶으면 늘어지는 '자랑'은 주부들 대화 중 빠지지 않는 메뉴이지만, 자랑하는 사람에겐 몰라도 듣는 이에게는 고역이다. 꼭 자랑이 하고싶다면 '나 지금부터 벌금 내고 자랑 좀 할게'라는 식의 애교 있는 양해를 구한 뒤 적당한 선에서 마무리하자.

대화의 1 : 2 : 3 원칙을 활용하라_ 말재주가 없다고 모임을 피하지 말고 '1분 동안 말하고 2분 동안 들으면서 그 2분 동안에 세 번 맞장구 친다'는 대화의 원칙 1:2:3을 활용하자.

비련의 주인공은 노(No)_ '내 아이는 왜 그렇게 공부를 안 하는지 모르겠어' '내 팔자는 왜 이러냐'하는 식으로 얘기할 상대만 있으면 자기도 모르게 습관적으로 튀어나오는 불평불만들. 본인은 스트레스가 해소될지 모르지만 듣는 사람 입장에서는 또 다른 스트레스다. 부정적 감정보다는 긍정적 감정을 전염시키는 사람이 되자.

작은 빈틈이 타인의 마음을 연다_ 이성 간에도 너무 완벽한 사람에게는 접근하기 어렵듯 동성 간에도 자신보다 훨씬 잘나 보이는 사람에게는 다가서기 어려운 것이 인간의 기본 심리다. 늘 행복하고 충만해 보이던 사람이 '실은 나도 고민이 있어'라고 말하며 솔직하게 자신을 열면 훨씬 많은 친구가 모인다.

지금 누군가를 사랑하고 있다면

지금 누군가를 사랑하고 있다면 절대로 많은 것을 바라지 마라. 아니 아무것도 바라지 않는 것이 좋다. 그렇지 않으면 너무 지쳐 버린다. 절대로 그 마음을 감추려 하지 마라. 말하지 않으면 아무것도 알지 못한다. 서로의 감정을 느끼면서도 불안해하며 힘들어하는 건 필요 없는 여백일 수 있다. 그 시간만큼 서로 기뻐할 수 있도록 필요 없는 여백을 두지 마라. 절대로 좋아하는 사람의 일상에 많이 간섭하지 마라. 거부감이 생길 수도 있다. 자유를 갈망하면 그때부터 이별이 시작된다. 절대로 하루에 단 한 번의 연락이 없으면 안 된다. 그 사람이 잘 지내고 있는지, 어려운 일은 없는지 좋아하는 사람의 안부를 알고 싶은 건 당연하고 중요한 일이다. 그것뿐이겠는가? 불안해할 수도 있는 그 사람에게 아직도 좋아하고 있다는 확신을 줘야 한다. 하루에도 몇 번씩, 적어도 한 번은 확신을 주는 건 무척이나 중요하다. 절대로 거짓말은 하지 마라. 신뢰, 이것 또한 무척이나 중요하다. 서로에 대한 믿음과 확신이 없는 만남은 어떤 포장을 하고 있을지라도 가치가 없다. 그 사람을 속이는 것은, 자신을 속이는 것과 마찬가지니까. 속였다는 것에 훨씬 더 마음 아플 수 있다. 절대로 모든 걸 그 사람만을 위해서 하지는 마라. 가끔은 자신을 위한 시간이 필요하다. 그래야, 그 사람이 곁에 없을 때 그 빈자리가 크지 않을 테니까. 가끔은 자신을 위한 일을 그 사람에게 요구해라. 그러면, 오히려 고마워할 거다. 도무지 말로 표현할 수가 없는 고마움을 느낀다. 절대로 한 사람 외에는 사랑하지 마라. 한 사람을 완전히 사랑한다는 것도 굉장히 힘든 일이다. 한 사람 외의 사람까지 동시에 좋아한다는 건 도무지 이해할 수 없다. 한 사람이 좋다면 그 사람에게만 충실해라. 절대로 그 사람의 기쁨이나 슬픔을 그냥 넘겨버리지 마라. 슬플 때는 같이 울어 주고 기쁠 때는 같이 웃어 주도록. 그러면 행복해진다.

제4장

사랑의 기술 뜨겁게 표현하라
성인이라면 알아야 할 육체적 친밀감(방중술)

사랑을 얼마나 아시나요?

정서적, 육체적, 오락적 친밀감으로 열정을 유지하고
책임을 다하는 것이 사랑입니다.
'약입강출', '구천일심', '좌삼우삼', '접이불루', '용불용설'...
'방중술'에서 말하는 이 기술은
처세술에서도 협상술에서도 필요한 기술입니다.

귤을 좋아하는 아내

저는 결혼 8년 차에 접어드는 남자입니다. 저는 한 3년 전쯤에 이혼의 위기를 심각하게 겪었습니다. 그 심적 고통이야 경험하지 않으면 말로 못 하죠. 저의 경우는 딱히 큰 원인은 없었고 주로 와이프 입에서 이혼하자는 얘기가 심심찮게 나오더군요. 그리고 저도 회사생활과 여러 집안일로 지쳐있던 때라 맞받아쳤구요.

순식간에 각방 쓰고 말도 안 하기 시작했습니다. 결국 대화가 없으니 서로에 대한 불신은 갈수록 커 갔구요. 사소한 일에도 서로가 밉게만 보이기 시작했죠. 그래서 암묵적으로 이혼의 타이밍만 잡고 있었습니다. 그런데…… 어린 아들도 눈치가 있는지 언제부턴가 시무룩해지고 짜증도 잘 내고 잘 울고 그러더군요……. 그런 아이를 보면 아내는 더 화를 불같이 내더군요. 저도 마찬가지였구요. 계속 싸움의 연속이었습니다…….

아이가 그러는 것이 우리 부부 때문에 그런다는 걸 뻔히 알면서도요. 가끔 외박도 했네요. 그런데 바가지 긁을 때가 좋은 거라고, 저에 대해 정나미가 떨어졌는지 외박하고 들어가도 신경도 안 쓰더군요. 아무튼 아시겠지만 뱀이 자기 꼬리를 먹어 들어 가듯이 결국 파국으로 치닫는 상황이었답니다.

그러기를 몇 달……. 하루는 늦은 퇴근 길에 어떤 과일 아주머니가 떨이라고 하면서 귤을 사달라고 간곡히 부탁하기에 남은 귤을

다 사서 집으로 들어갔답니다. 그리고 주방 탁자에 올려놓고 욕실로 바로 들어가 씻고 나오는데, 와이프가 내가 사 온 귤을 까먹고 있더군요.

몇 개를 까먹더니 하는 말이 "귤이 참 맛있네" 하며 방으로 쓱 들어가더군요. 순간 제 머리를 쾅 치듯이 하나의 생각이 떠오르더군요.

아내는 결혼 전부터 귤을 무척 좋아했다는 것하고, 결혼 후 8년 동안 내 손으로 귤을 한 번도 사 들고 들어간 적이 없었다는 거죠. 알고는 있었지만, 미처 생각치 못했던 일이었습니다. 그 순간 뭔가 깨달음이 있었습니다.

예전 연애할 때에 길 가다가 아내는 귤 좌판상이 보이면 꼭 1000원 어치 사서 핸드백에 넣고 하나씩 사이좋게 까먹던 기억이 나더군요.

나도 모르게 마음이 울컥해져서 내 방으로 들어가 한참을 울었답니다. 시골집에 어쩌다 갈 때는 귤을 박스 째로 사 들고 가는 내가 아내에게는 8년간이나 몇백 원도 안 하는 귤 한 개를 사 주지 못했다니 맘이 그렇게 아플 수가 없었습니다.

결혼 후에 어느덧 나는 아내가 좋아하는 것에 대해 신경을 전혀 쓰지 않게 되었다는 걸 알게 됐죠. 아이 문제와 나 살기 바쁘다는 이유로 말이죠. 반면 아내는 나를 위해 철마다 보약에 반찬 한 가지를 만들어도 내가 좋아하는 것들로만 신경 많이 써 줬는데 말이죠.

그 며칠 후에도, 늦은 퇴근길에 보니 그 과일 좌판상 아주머니가 보이더군요. 그래서 나도 모르게 또 샀어요. 그리고 저도 오다가 하나 까먹어 보았구요. 그런데 며칠 전 아내 말대로 정말 맛있더군요. 그리고 들어와서 살짝 주방 탁자에 올려 놓았구요. 마찬가지로 씻고 나오는데 아내는 이미 몇 개 까먹었나 봅니다.

내가 묻지 않으면 말도 꺼내지 않던 아내가

"이 귤 어디서 샀어요?"

"응, 전철 입구 근처 좌판에서."

"귤이 참 맛있네."

몇달 만에 아내가 미소를 지었습니다. 그리고 아직 잠들지 않은 아이도 몇 알 입에 넣어주고요…… 그리고 직접 까서 아이 시켜서 저한테도 건네주는 아내를 보면서 식탁 위에 무심히 귤을 던져놓은 내 모습과 또 한 번 비교하게 되었고 부끄러움을 느꼈습니다.

뭔가 잃어버린 걸 찾은 듯 집안에 온기가 생겨남을 느낄 수가 있었습니다. 그리고 그 다음날 아침 아내가 주방에 나와 아침을 준비하고 있더군요……. 보통 제가 아침 일찍 출근하느라 사이가 안 좋아진 이후로는 아침을 해준 적이 없었는데. 그리고 그냥 가려고 하는데, 아내가 날 잡더군요. 한 술만 뜨고 가라구요.

마지못해 첫술을 뜨는데, 목이 메어 밥이 도저히 안 넘어가더군요. 그리고 주체할 수 없이 눈물이 나오기 시작했습니다. 아내도 같이 울구요. 그리고 그동안 미안했다는 한 마디 하고 집을 나왔습니다. 부끄러웠다고 할까요…….

아내는 그렇게 작은 한 가지의 일로 상처를 받기도 하지만 그보다 더 작은 일에도 감동 받아 내게로 기대올 수 있다는 걸 몰랐던 나는 정말 바보 중에도 상 바보가 아니었나 싶은 게 그간 아내에게 냉정하게 굴었던 내 자신이 후회스러워 마음이 무거웠습니다.

이후, 우리 부부의 위기는 시간은 좀 걸렸지만 잘 해결되었습니다. 그 뒤로도 가끔은 싸우지만 걱정하지 않습니다. 귤이든 무엇이든 우리 사이에 메신저 역할을 할 수 있는 것이 주위를 둘러보면 아주 많다는 것을 알게 되었으니까 말입니다.

다시 태어난다면 지금의 배우자와 결혼하겠는가의 질문에 부인
과 남편의 응답

"당신이 다시 태어난다면 지금의 배우자와 결혼하겠는가?" 이 물
음에 대해 결혼한 지 20년 이상 된 부인들 중에서, 예$_{(yes)}$로 응답한
경우가 5%이며, 아니오$_{(no)}$라고 대답한 아내들이 80% 이상이었다.

그러나 아내들과는 달리 남편들은 "지금의 아내를 다시 만나고
싶다"고 대답한 수가 상당히 많았다고 한 갤럽조사가 발표했다.
80%나 되는 아내들이 "지금의 배우자를 다시 만나고 싶지 않다"
고 말한 것은 오늘날 한국가정의 행복지수가 심각한 위험수위에
있음을 입증하는 것이다.

가정에 사랑과 행복을 위해 아무것도 투자하지 않고, 헌신하지
않은 당신이 비극적인 가정의 장본인이 되지 말라는 보장은 없다.

우리는 가정이 얼마나 소중한지를 깨달아야 한다. 당신의 배우자
가 다시 태어나도 당신을 만나겠다고 고백할 수 있다면, 당신의 가
정은 성공한 것이다.

그러나 불행하게도 그 반대의 답변이 나온다면 이제 조용히 당신
의 가정을 반추해 보아야 한다.

햇빛 가득한 대낮

지금 나하고 하고 싶어?

네가 물었을 때

꽃처럼 피어난 나의 문자(文字)

"응"

둥그란 해로 너 내 위에 떠 있고

둥그란 달로 나 네 아래 떠 있는

이 눈부신 언어의 체위

오직 심장으로

나란히 당도한

신의 방

너와 내가 만든

아름다운 완성

해와 달

지평선에 함께 떠 있는

땅 위에

제일 평화롭고

뜨거운 대답

"응"

                          – 문정희의 시 「응」 전문

'응' 자 하나 놓고

'동그란 해로 너 내 위에 떠 있고/동그란 달로 나 네 아래 떠 있는/이 눈부신 언어의 체위' 란 얼마나 놀라운 발상인가. 요즘 같은 평등시대에 너를 '해' 나를 '달'로 표현한 겸손도 감칠맛이 난다. 시는 여기서 멈추지 않는다. '응' 자는 '오직 심장으로/나란히 당도한/신의 방'이란다. 감탄이 저절로 나온다. '해와 달/지평선에 함께 떠 있는/땅 위에/제일 평화롭고/뜨거운 대답'으로 까지 간다. 여기까지 오면 정신이 멍해진다.

뜻 문자가 아닌 소리글자 한자를 놓고 '너와 내가 만든 아름다운 완성' '땅 위에서 가장 평화롭고 뜨거운 대답'으로까지 확대하는 시인의 상상력은 놀랍기만 하다.

"치마" 문정희 – 1947년생 보성 출신 여성시인, 동국대 석좌교수

벌써 남자들은 그곳에
심상치 않은 것이 있음을 안다.

치마 속에는 확실히 무언가
있기는 하다.

가만두면 사라지는 달을 감추고
뜨겁게 불어오는 회오리 같은것

대리석 두 기둥으로 받쳐 든 신전에

어쩌면 신이 살고 있을지도 모른다.

그 은밀한 곳에서 일어나는
흥망의 비밀이 궁금하여

남자들은 평생 신전 주위를
맴도는 관광객이다.

굳이 아니라면
신의 후손인지도 모른다.

그래서 그들은 자꾸 족보를 확인하고
후계자를 만드려고 애를 쓴다.

치마 속에 무언가 확실히 있다.
여자들이 감춘 바다가 있을지도 모른다.

참혹하게 아름다운 갯벌이 있고
꿈꾸는 조개들이 살고 있는 바다
한번 들어가면 영원히 죽는 허무한 동굴?

놀라운 것은
그 힘은 벗었을 때 더욱 눈부시다는 것이다.

"치마"에 대한 답시 임 보 - 본명은 강홍기 1940년생 순천 출신으로 전 충북대 교수

그렇구나
여자들의 치마 속에 감춰진
대리석 기둥의 그 은밀한 신전

남자들은 황홀한
밀교의 광신도들처럼

그 주변을 맴돌며
한평생 참배의 기회를 엿본다.

여자들이 가꾸는
풍요한 갯벌의 궁전

그 남성 금지구역에
함부로 들어갔다가 붙들리면

옷이 다 벗겨진 채
무릎이 꿇려
천 번의 경배를 해야만 한다.

그러나,
그런 곤욕이 무슨 소용이리

때가 되면 목숨을 걸고
모천으로 기어오르는 연어들처럼

남자들도 그들이 태어났던 모천의 성지를 찾아
때가 되면 밤마다 깃발을 세우고 순교를 꿈꾼다.

그러나, 여자들이여,
상상해 보라

참배객이 끊긴, 닫힌 신전의
문은 얼마나 적막한가!

그 깊고도 오묘한 문을 여는
신비의 열쇠를
남자들이 지녔다는 것이
얼마나 다행스런 일인가!?

보라
그 소중한 열쇠를 혹 잃어 버릴까봐
단단히 감싸고 있는 저 탱탱한
남자들의 팬티를!

　어떤 친구가 군대 가서 근무 서는데 결혼한 중사가 사병인 친구
보고 "야~ 너는 여자하고 할 때 팍팍 씨게 하나? 아님 부드럽게

천천히 하나?" 묻더란다. 어떡해야 상대를 만족시켜 주는지 모르겠다는 것이다. 그래서 사병인 친구가 "아니, 결혼한 중사님이 더 잘 알지요." 했단다.

결혼한 사람들은 어디서 누구한테 성교육을 배운 것도 아니고 그냥 야한 비디오 보고, 또는 장미촌에 가서 얼른 끝내라는 다그침 아래 급하게 하는 법만 배워서 결혼해서 합궁을 하니 많은 문제가 있다. 성은 부부간 격차도 있어도 살면서 서로 맞춰 가는 것이 정답이다.

짝 찾기에서 짝짓기. 공존과 화합. 그리고 이별의 순환과정. 그 과정은 피드백을 거쳐서 다시 순환된다. 우리는 그 과정의 하나의 시점에 있다. 누구에게나 짝은 가장 중요한 이슈다…. 짝 때문에 행복하다가 짝 때문에 울게도 된다. '너 없이 못 살아'에서 너 때문에 못 사는 짝은 감정의 화수분이다. 짝은 행복을 결정하는 아주 중요한 변수다. 결혼을 전제로 한 만남은 수천만 가지의 방법으로 지금도 진행되고 있다. 짝에 대한 관심이 지대한 것이 한국의 문화다. 얼마나 관심이 크면 혼인 첫날 문에 구멍을 내고 남의 짝짓기 과정을 적나라하게 지켜보는 풍습이 있는 나라일까?

그런데 짝이 없는 경우가 많다. 내 운명을 결정하는 내 짝……짝의 균열은 위험하다. 지금 우리는 만혼 비혼 졸혼 이혼 등 많은 문제를 표출하면서 혼자 살아가는 경우가 많다. 정말 위험한 신호다. 음양의 조화를 잊고 살아가는 사람들……. 인간의 행복지수를 결정하는 가장 큰 요인은 결국 배우자와의 관계다.

인간도 온 생애에 걸쳐 짝을 찾아 전진하는 동물이나 곤충과 묘하게 닮아 있는 점이 참 많다. 짝 때문에 울고 웃는 파노라마가 전개되는 것이 고통이기는 하지만 음양의 조화는 필요한 것이라는 명제에는 관심을 가져주었으면 한다.

어떤 형태의 짝짓기라도. 음양의 조화를 무시한 것보다는 좋다. 음양의 조화가 깨지면 병이 든다. 음양의 조화를 이뤄야 만사형통할 수 있다.

바다에 사는 해달은 잠을 잘 때 손을 잡고 잔다. 물 위에 누워 떠다니면서 자는데 물살에 떠밀려 서로 헤어지지 않기 위해서다.

해마(海馬·sea horse)는 일부일처제를 지키며 함께 붙어있기 위해 꼬리 부분을 서로 엮고 다닌다.

소에게도 절친이 있다. 해가 뜨나 해가 지나 함께 지내다가 떨어지게 되면 스트레스를 받아 심장박동수가 높아진다. 다시 만나면 금세 정상치로 떨어진다.

젠투 펭귄 수컷은 조약돌을 바치며 암컷에게 청혼한다. 프러포즈를 승낙한 암컷은 그 조약돌을 새끼 낳을 둥지를 짓는 첫째 돌로 사용한다.

바다오리는 일부일처제를 유지하며 평생 짝을 바꾸지 않는다. 새끼를 위한 둥지도 함께 짓는데 화장실용 별도 공간도 만든다.

알은 하나씩만 낳아 암수가 번갈아 40여 일간 품어주고 태어난 뒤에도 온종일 교대로 먹이를 갖다 먹인다.

스위스에서 기니피그를 한 마리만 키우는 건 불법이다. 혼자는 외롭다는 이유로 반드시 짝을 구해줘야 한다.

배워서 사랑하는 사람에게 주자

옛날 어떤 마을에 효심이 지극하기로 소문난 청년이 있었다. 이 청년은 어머니가 돌아가시자 더욱 지극 정성으로 아버지를 봉양하였다. 이런 청년의 행실이 온 마을에 소문이 자자하게 퍼졌고 그 마을의 사또까지 그 청년의 집을 찾아와 청년을 치하하였다.

그러던 어느 날 신임 사또가 부임하게 되었는데 사또는 부임하자마자 마을에서 선행을 한 사람들을 치하하려고 이방에게 적임자를 묻게 되었다.

이방은 소문이 자자하던 효자 청년을 추천하였고 사또의 명에 따라 청년이 불려왔다. 사또가 효자 청년에게 물었다.

"그래, 듣자 하니 네가 이 마을에서 가장 효심이 지극하다고?"

그러자 청년은 겸연쩍은 표정으로 말했다.

"효심이 지극하다니 당치 않으십니다. 저는 그저 자식으로서 제 할 도리를 다했을 뿐입니다."

그러자 사또가 말을 이었다.

"그저 평범한 도리를 다했다면 네가 온 마을에 소문이 자자하게 날 만한 효자는 아니었을 터, 그래, 그동안 네 아비를 어떻게 봉양했는지 한번 얘기해 보거라."

"사또, 저는 그저 돌아가신 어머님을 대신해서 매 끼마다 따뜻한 밥을 지어드리고 빨래 해드리고 잠자리가 불편하지 않도록 잠자리를 돌봐드렸을 뿐입니다."

그러자 사또는 버럭 화를 내며 말하였다.

"네 이놈~~~~ 아니, 저런 불효막심한 놈이 있나?"

그 말을 들은 청년과 주위의 모든 사람들은 어안이 벙벙해서 사또의 얼굴을 쳐다보았다.

"당장 저 불효 막심한 놈에게 물곤장 10대를 쳐서 다스리거라."

그러자 이방이 사또가 뭔가 잘못 판단한 건가 싶어 한마디 거들었다.

"사또, 저 청년이 무슨 잘못을 하였는지 도통 알 수가 없사옵니다."

그러자 사또가 호통을 쳤다.

"저 불효막심한 놈의 잘못을 정녕 모르겠다는 말이냐? 어미가 없으면 새 어미를 구해다 드려야지, 어찌 네가 네 아비의 지어미의 역할을 하였더냐? 당장 물곤장으로 다스려라~~"

곤장을 맞고 집으로 돌아온 청년을 보고 깜짝 놀란 아비가 자초지종을 물었다. 청년이 사또의 말을 그대로 전하자 청년의 아버지가 말했다~~~

"이제야 제대로 된 명관이 부임하셨구먼~~^^"

신이 인간에게 부여한 특권 3가지가 있다. 하나는 웃음과 울음이다. 짐승은 웃거나 울지 못한다. 매미는 땅속에서 나와 찬란한 여름을 노래하며 운다. 여~우~~~~~~ 여우는 밤마다 우는데 무슨 소리냐고 하실지 모른다. 그러나 우는 게 아니라 수컷이 암컷을 부르는 소리라고 한다. '소도 웃겠다'는 말이 있는데 짐승이 못

웃는다고…. 그렇다. 슬퍼서 기뻐서 울고 웃는 것은 인간만이 할 수 있는 일이다. 두 번째로는 망각이 신이 준 특권이라고 한다. 만약에 인간이 나쁜 기억이나 사건을 잃어버릴 수 없다면 머리가 터져 죽을 것인데 대충대충 잃어버리고 살아가는 것 또한 축복이란다. 마지막으로 세 번째는 사랑이라는 것이다. 사랑……. 짐승도 자식에 대한 사랑 모성애 부성애가 얼마나 강한데 그런 말을 하냐고 따질지 모르겠으나 여기서 사랑의 특권은 다르다. 짐승들은 발정기에만 사랑을 할 수 있으나 인간은 365일 모두 사랑을 할 수 있다.

얼마나 엄청난 특권인가? 거기에 Face to Face, 얼굴을 보며 사랑을 할 수 있는 것은 인간의 특권 중 특권이다. 키스를 하며 사랑을 나눌 수 있다니…. 짐승은 뒤에서만 사랑이 가능하지 않은가? 그럼에도 사람들은 짐승들의 사랑을 흉내내려 하고 있으니 얼마나 어처구니 없는 노릇인가?

방중술(房中術)

방중술(房中術)이란 도교(道敎)의 종교적 실제 수행법의 하나로, 규방(閨房)에서 남녀가 성(性)을 영위하는 방법으로 음양(陰陽)사상에 바탕을 두고 있으며, 성의 본능을 부당하게 억압하거나 방종하는 일 없이 이 길을 올바르게 행하면 음양의 이기(二氣)가 조화를 이루어 불로장수할 수 있다고 말한다. 성을 영위하는 방법이나 그때 지켜야할 일, 성과 관계 있는 약의 종류, 불륜의 관계에 대한 훈계 등을 내용으로 하고 있는데, 내용의 성질상 외설한 것이라 하여 특히 유교사회에서는 배척당하였다.

여성의 오르가슴은 차원이 다양하다. 아무리 정력이 약한 남자라도 제대로 성교육을 받으면 1~2단계의 오르가슴은 충분히 선사해 줄 수 있다. 또한 상대방의 호흡이 극도로 거칠어지고 격렬해지고 산꼭대기 높은 곳까지 올라간 신음 뒤에 마침내 핵폭탄이 탁 터지는 쾌감을 느끼면서 상대 여성이 고개를 뒤로 젖히면서 턱을 높이 쳐들며 허리 또한 활처럼 뒤로 확 제끼면서 아득하게 비명을 지르고, 최고의 흥분에서 아득히 추락시킬 수 있다. 거친 호흡으로 마무리를 할 때 그 호흡을 느껴보니, 상대방의 울화통 터진 답답한 가슴이 뻥 뚫리는 호흡이다. 여성이 오르가슴만 잘 느껴도 울화통, 가슴 답답함, 우울증이 해소되고 또 자궁의 노폐물들도 배출되고 온몸의 기혈순환이 좋아져 많은 부인병, 히스테리들이 고쳐지기도 한다고 한다. 1단계는 가벼운 합궁하는 법을 터득해야 한다. 천천히, 천천히, 부드럽게 부드럽게 상대가 애타서 남자 보고 '팍팍 좀 해라'하는 불만이 쏟아져도 아무 상관 없으니 아주 천천히 천천히 상대방을 애타게 약 올려야 한다.

최대한 천천히 살짝살짝 삽입하고 깊이 삽입한 후엔 그 상태로 서로의 몸을 밀착시키고 서로의 치골, 불두덩을 밀착시키고 끝까지 삽입된 상태에서 그냥 몸만 아래위로 까닥까닥 운동을 한다. 남근의 뿌리 부근, 치골을 이용해서 여성의 1차적인 음핵, 클리토리스를 지긋이 압박하면서 자극한다. 천천히 남성기를 꽉 집어넣은 상태에서 빼지 말고, 초보 남성은 금방 사정할 수도 있으니 피스톤 운동도 하지 말고 천천히 서로의 불두덩을 압박 마찰하는데 아래 위로, 상하좌우로 빙글빙글 돌리면서 천천히 상대를 느끼면서……. 금방 여성도 작은 핵폭탄을 터트리게 된다. 천천히 약하게 잘만 해도 상대방이 숨이 할딱거리게 만들 수 있다.

그리고 구천일심법을 염두에 두고 부부간에 서로 협력해서 아름다운 부부의 성을 만들어 가면 된다. 남편은 부인이 최고고 부인은 남편이 최고이다. 옆집 코 큰 남자도 필요 없고, 옆집 이쁜 처자도 필요 없다. 가정의 행복은 부부간의 사랑에서부터……

九淺一深(구천일심), 左三右三(좌삼우삼)
방중술의 삼대 원리이다. 어제 아내와 얘기 중에 나왔길래 자세히 설명해주니
아내 왈 "그걸 왜 하는데"

나 왈 "신선 되려구~"

그러고는 신선이 되는 방법을 주절댔다. 아내의 표정이 시큰둥하길래

나 왈 "근데 나 신선 되는 거 포기했어"

"……."

여기서 이런 잡스런 얘기를 꺼내고자 함이 아니니……. 방중술의 큰 원칙이 따로 하나 있다.

"춘삼 하육 추일 무동"

"??"

다시 "춘3 하6 추1 동0"

"??"

그럼 춘하추동은 계절이고 3610은 부부관계 주기이다!

또 아내 왈 "6이 제일 큰 숫자야?"

음양학을 배우는 우리는 여기서 양의 왕쇠(旺衰)를 가늠해볼 수 있다. 여름의 양기는 가을에 비해 6배나 강하다. 자연의 양기가 그리 강하니 양기의 인간은 헐떡거리게 된다. 봄의 양기는 여름의 절반밖에 되지 않지만, 겨울의 양기가 zero이니 3이라는 숫자는 무한대만큼 크게 느껴질 것이다. 죽은 심장이 다시 소생한 것처럼 벌떡벌떡……

앤드류 카네기와 더불어 자기계발의 쌍두마차인 나폴레온 힐의 책을 보면 이런 구절이 나온다. '성공한 사람들은 모두 정력적이지만 정력적인 사람이 모두 성공하는 것은 아니다'

정력을 유용한 곳에 잘 쏟는 것도 중요하지만 우선은 정력이 강해야 한다. 용불용설을 감히 가져다 쓴다면 건강한 부부관계는 건

강한 성공을 부른다.

사람이 요절하거나 장수하게 되는 원인이 성생활과 밀접하다. 자연의 운행 리듬에 따라 상대를 존중하는 것이 중요하다고 씌어 있다.

유대인들은 아내에게 만족을 주지 못하고 남편만 만족한다면 이는 강간한 것과 같다고 여긴다. 급하게 서둘지 말고 부드러운 말과 애무가 필요하다. 리듬이라 함은

左三右三(좌삼우삼) - 뱀장어가 헤엄쳐 오르듯이 옆을 휘두르고 거머리가 헤엄쳐 오르듯이 아래 위를 휘젓는다. 九淺一深(구천일심) - 아홉번 얕게 한번은 깊게 힘을 다하여…….

여자들이 선정한 '재수 없는 놈 1위'. 1~2분 허걱대다가 끝내놓고 '좋았어? 좋았지?' 자꾸 묻는 놈이란다.

무자도(巫子都)가 말했다. '대저 필부의 음양지도에서 정액이란 진귀한 것이다. 정액을 아껴야만 성명(性命)을 보전할 수 있기 때문이다. 사정을 한 뒤에는 여자의 기(氣)를 취하여 스스로 보충한 후 회복시켜야만 한다.'

여자의 기를 취함이란 구천일심(九淺一深)을 말한다. 먼저 상대의 입과 자신의 입을 서로 합한 다음 코로 숨을 한 차례 내쉬고 입으로 약하게 두 차례에 걸쳐 상대의 기운을 빨아들여서 목으로 삼키지 말고, 생각으로 그 기가 아랫배까지 내려가게 한다. 이는 음을 도와 음력(陰力)으로 삼는 것이다. 이처럼 3번 반복 후에 얕게 밀어 넣는다. 구천일심으로 9·9의 법을 채워야 양의 수(陽數)가 채워진다. 옥경이 강해지면 나오고 약해지면 들어가는데, 이것을 약입강출(弱入强出)이라 한다.'

정액을 아끼라는 건 함부로 배출하지 말라는 뜻이다. 하룻밤에 3번 한다고 3번 다 배출하지 말라는 뜻이다. 그럼 처음 2번은 어떻게 하라는 거냐? 바로 구천일심·약입강출법을 행하라는 거다.

중국의 성의학서인 〈소녀경〉이나 〈옥방비결〉에는 남성의 심볼을 단련시키는 방법으로 단전호흡을 권한다. 호흡법을 통해 우주의 기를 받아들일 수 있다고 보았기 때문인데, 보다 구체적인 심볼 단련법은 구천일심과 약입강출이다.

구천일심은 아홉 번은 얕게 삽입하여 여성의 애를 태우고, 한번은 깊게 삽입하여 일격에 오르가슴을 느끼도록 해주라는 것이다. 약입강출은 부드럽고 천천히 심볼을 전진하다 빠르고 강하게 후퇴하는 것을 반복하는 것인데, 남북조 시대 무성제의 황후 호씨를 녹인 서역의 승려 담헌이 바로 이를 통해 심볼을 단련했다고 한다.

도인술(導引術)에는 호흡이 필수다. 그러니 방중술 구천일심법의 시작은 입으로 상대 여성의 기를 빨아들인 다음 입에 머금은 채, 생각으로 그 기운을 아랫배까지 내려보내는 호흡법을 구사해야 한다. 3회의 의념흡정(意念吸精)이다.

구천일심 2단계 삽입이다. 9번은 얕게 1번은 깊게. 이걸 한 세트로 해서 81세트를 하라는 거다. 왕복운동으로 치면 810회다. 아우들아, 횟수에 기죽지 마라. 방법이 있다. 바로 속도인데 '푸씨푸씨'가 아니라 '워워'다. 천천히 하라는 거다. 얼마나 천천히? 할아버지들의 속도개념은 '몇 초에 몇 번'이 아니다. 거시기가 약간 시들해진다 싶으면 들어가고 빳빳해진다 싶으면 나오는 체감시간이 기준이다. 사람마다 다를 터. 하지만 10분·20분은 그냥 지나간다. 시간만으로도 2번 이상 보내고도 남는다.

그뿐인가 약입강출, 날탕으로 해석하면 정신 나간 소리로 들린다. 축 늘어졌는데 어떻게 들어가라는 말이냐?

바로 돼지 꼬리 천기누설 들어간다. 이건 들어갈 때는 힘을 빼고 나올 때는 힘을 주라는 얘기다. 남자들이라면 다 안다. '이미 서 있는 거시기'에 힘주면 어떻게 되는지. 그러니까 전진할 때는 창을 앞을 향해 겨누고 후퇴할 때는 힘을 주어 하늘을 향해 세우고 나오라는 뜻이다.

바로 여기에 시대를 초월한 초과학적 상승비결이 감추어져 있다. 질 전벽 요도와 방광 사이에 있는 G-스폿 자극이다. 핵심은 자극 방향인데 '밖에서 안쪽으로'가 아니라 '안쪽에서 밖으로' 긁어주듯이 문지르는 게 가장 효율적 방법이다. 그러니 힘을 빼고 들어간 다음 거시기에 힘을 주어 최대한 빳빳하게 세워 위쪽을 긁으며 나오라는 것이다. 아우들아, G-스폿 자극한다고 촌스럽게 중지 함부로 쓰지 마라. 자고로 사내는 세 끝을 진중하게 다뤄야 하느니 혀 끝과 손 끝, 그리고 양물 끝이란다.

들어갈 땐 천천히 부드럽게 깊숙히 쑤욱 넣고, 뺄 땐 순간적으로 당기면서 쏘옥 이걸 잘 활용하면 질을 음압으로 만들어서 질이 음경을 스스로 물게 할 수 있는 약입강출(弱入强出)이다.

九淺一深(구천일심)법의 삽입 기술은 아홉 번은 얕게 삽입하고 한 번은 깊게 삽입하는 방법이다. 아홉 번 얕게 삽입하고 한 번 깊게 삽입하는 방법은 여자 파트너에게 커다란 만족을 준다. 아홉 번의 얕은 삽입으로 뭔가 아쉬운 상태에 있을 때 깊게 한 번 삽입해줌으로써 충만감을 느끼게 하는 것이다. 그리고 여자가 흥분이 고조되면 질이 팽창을 하면서 압력이 뿜어져 나오는데 그것을 한 번의 깊은 삽입으로 밀어 넣어줌으로써 모든 감각을 일깨워주고 성적 쾌감이 온몸으로 퍼져나가게 하는 효과가 있다. 얕은 삽입으로 얻는 효과는 질 내부 윗벽의 4~5cm 정도 되는 곳에 있는 여자의 가장 민감한 부분을 자극해 준다는 데 있다. 그것은 신체의 다른 부분과 더불어 성 기관의 거대한 신경망이 연결되어 있는 곳으로 바로 그라펜베르크 박사가 발견해 낸 G-Spot이다.

많은 남자들이 여자는 흥분과 상관없이 삽입해서 무조건 오래만 하면 오르가슴을 느낀다고 생각을 하는데 이 G-Spot이 개발되지 않으면 삽입된 상태에서 오르가슴을 느낀다는 것이 쉽지 않다. 그래서 이 삽입의 방법으로 여자에게 질 오르가슴을 느낄 수 있게 하려면 먼저 질의 성감을 개발하는 것이 선행되어야 한다.

이 九淺一深(구천일심)법이 많이 알려져 있는 만큼 많은 남자들이 한 번쯤 이 방법을 시도해보지만 막상 여자 입장에서는 흥분도 되지 않고 조금 흥분이 되었다가도 오히려 흥분이 깨져서 이게 뭔가 하는 생각을 하게 만든다. 그것은 남자들이 여자의 흥분을 고조시키지 않고 무조건 삽입을 해서 맹숭맹숭한 상태에서 이런 시도를 하기 때문이다. 그러나 여자의 흥분이 고조된 상태에서 이 九淺一深(구천일심)법을 시도하면 여자는 작은 움직임에도 민감하게 반응하게 된다. 이미 흥분이 고조된 상태이기 때문에 얕은 삽입에서도 찰랑찰랑한 성적 쾌감을 계속해서 느낄 수 있다.

아홉 번을 쉬지 않고 계속해서 얕은 삽입을 한 다음 한번의 깊은 삽입하기를 9회 반복한다. 얕은 삽입이 총 여든한번이라는 말이다. 깊은 삽입을 하기 위해 잠시 쉬는 순간에 남자는 자신의 성 근육을 강하게 수축시켜서 사정 욕구를 잠재운다. 그리고 나서 역동적인 깊은 삽입을 시도한다. 이렇게 해서 최고의 절정을 누리면 사정을 하지 않으면서도 발기력을 유지한 체 얕은 삽입을 아홉 번 하고 잠시 쉰다. 항상 삽입을 할 때는 천천히 하고 빠르게 빼내는 방법을 택하는 것이 좋다.

여자와 성 관계를 가질 때에도 너무 서두르지 말고 천천히 즐긴다는 기분으로 하는 것이 좋다. 빠르고 강한 자극에 의해 여자가 갑작스럽게 오르가슴에 도달하면 쾌락의 즐거움이 여자의 신체 조직 전체로 퍼져나갈 수가 없다. 바로 질에만 국한된다는 말이다. 예를 들면 1~2초 가량 손가락으로 살갗을 꼬집어보면 꼬집고 있는 부위만 따끔하게 아프다. 그러나 좀 더 오랫동안 꼬집고 있으면 아픔은 온몸으로 퍼져나가 뼈 속까지 고통이 느껴지게 된다. 고통의 느낌이 그런 것처럼 쾌락도 마찬가지다.

여자의 흥분이 고조되어 오르가슴 직전의 상태를 오르내리게 되면 어느 정도의 빠른 삽입을 원하게 된다. 커다란 환희를 이끌어줄 격렬한 자극을 필요로 한다는 말이다. 서서히 삽입하고 빠르게 빼는 섹스 방법은 이런 욕구를 충족시켜주면서 여자의 쾌감에 다양한 변화를 주는 묘미가 있다. 그러나 삽입된 성기를 완전히 빼서는 안 된다. 항상 3~5cm 정도의 깊이만 빼내야 한다.

左三右三(좌삼우삼)_ 인삼 농사를 많이 경작하는 어느 중년 부인 남편은 새벽부터 인삼밭에 일하러 가고 홀로 홍삼 만드느라 정신이 없었다. 아침에도 삼 타령, 점심에도 삼 타령, 저녁에도 삼 타령하는 남편을 원망하며 오늘도 이렇게 시간이 가는구나 체념하면서 보기만 해도 징글징글한 인삼을 휙 내팽겨쳤다. 쇼핑을 한번 가나, 영화를 보러 가나, 그렇다고 여행이라도 한번 가나, 이놈의 삼 자만 들어도 울화가 치민다. 그때 전화벨이 울렸다. 아랫마을 잘 나가는 친구다.

"애! 너 그거 아니?"

"뭐,"

"좌삼삼 우삼삼"

정신적인 감정이 육체적인 욕구와 일치되어 진정한 표현을 하는 행위가 섹스이다. 하지만 멋진 섹스가 이루어지기 위해서는 충분한 준비 과정을 거쳐야 한다는 것을 알아야 한다.

섹스란 상호만족을 위한 것이다. 삽입 전에 충분한 전희로 여성기에서 분비액이 흘러나온다면 여자 쪽의 성욕도 자극시켜주고 삽입 시 마찰의 강도와 통증도 줄일 수 있는 방법이 된다.

대부분의 남자들은 열려진 여자의 질 속으로 페니스를 삽입시키면 곧바로 상하 운동에 들어가게 된다. 발기된 페니스를 질에 삽입시킨다는 것만으로 정상적인 섹스를 한다고 생각하기 때문이다. 하지만 여자의 절정감을 위해서는 충분한 전희가 따라야 한다. 따뜻한 애무로써 사랑의 표시와 흥분도를 높여주어 분비액이 어느 정도 나온 후에 삽입을 시키되 그 후에도 바로 상하운동을 시작하지 말고 1-2분 정도 포옹한 상태에서 키스나 가벼운 자극, 손을 이용한 어루만짐으로 사랑을 표시해야 한다. 상대가 이에 대한 즐거운 반응을 보일 때 그때부터 상하운동을 시작하는 것이 좋다.

대부분의 남성들은 성기 삽입 후에 빠른 동작으로 피스톤 운동을 하는 것이 여성들이 좋아하는 줄 알지만, 꼭 그렇지는 않다. 빠른 피스톤 운동은 남성이 조루가 있는 경우는 더욱 좋지 않다. 질 안쪽을 자극해 주는 동작인데 이 방법은 남성들이 알고 있으면서도 잘 안 하는 것 같다. 좌삼, 우삼이라는 말을 들어봤을 것이다. 이러한 방법은 생각보다 훨씬 여성들에게 자극적인 방법이다.

남자들은 대개의 경우 페니스를 삽입하자마자 곧바로 허리를 움직여 상하운동을 시작하고 사정할 때까지 일반적인 동작을 멈추지 않는 것이 보통이다. 그러나 이런 동작으로는 여자의 성감을 고조시킬 수가 없다. 여자 성기의 질에는 미세한 쾌감 포인트가 있다. 삽입된 페니스가 적당히 원을 그리면서 이 쾌감 포인트를 건드리고 자극할 수 있을 정도의 테크닉을 갖고 있어야 한다는 것이다.

남성이 허리를 약간 비틀고 우측으로 세 번, 좌측으로 세 번 하고 상하로 한 번씩 해보는데 이때 위로 할 때는 꼭 눌러서 밀어주는 식으로 해야 한다. 그러면 남성 페니스의 귀두와 여성의 질 안쪽에 자극을 주고 남성의 음모와 살갗으로 돌기된 음핵에 자극을 주기 때문에 여성이 좋아한다.

섹스 중 신음 소리는 일부러 상대를 자극하려고 하는 것인데, 좋으면 좋다, 어디를 어떻게 하니까 너무 좋다는 등의 얘기나, 그 외에 상대를 자극할 수 있는 단어들을 속삭이듯이 해주는 것이 좋다. 섹스를 하면서 행동이나 말이 유치하고 저질스럽다고 생각하는 것은 섹스에 대한 잘못된 생각이다. '낮에는 귀부인, 저녁에는 요부가 돼라'는 옛말은 섹스할 때는 오히려 천박스러운 것이 더 좋다는 말이다. 부끄러워서, 창피해서, 체면 때문에 못 한다는 생각은 버려야 한다. 섹스하는 과정에서는 하고 싶은 대로 소리 지르고 싶은 대로 감정 그대로 서로가 표현해야 한다.

접이불루(接而不漏)_ (성교는 하되 사정하지 않을 수 있는 단계)
'접이불루'는 오래된 성 고전서에 나오는 말이다. 현대 남성들에게
는 다소 생소할 수 있으나 성현들은 오래전부터 이 말을 새겨들었
다. '섹스를 하되 사정은 하지 말라'고 충고한 이유는 뭘까. 그래야
오래 살고 건강할 수 있다는 판단의 근거는 어디에 있나.

발기의 시작이 섹스의 전초 단계라면 사정은 섹스의 완결편이다.
그렇기에 사정을 하지 않는 섹스는 진정한 의미의 섹스가 아니라고
할 수도 있다.

특히 젊은이들에게 이런 접이불루를 시행해보라고 권하는 것은
섹스를 하지 말라거나 자위를 하지 말라는 말처럼 생경스러울 수
있다. 하지만 중년을 지난 노년층은 한번쯤 섹스는 하되 사정을 피
하는 이런 방법을 시도해 보는 것도 괜찮다.

사정을 하면 며칠 동안 성욕이 없거나 발기가 어려운 노인일수록
효과를 볼 수도 있기 때문이다. 하지만 이 방법은 신중을 기해야
한다. 섹스가 나만을 위한 즐거움이 아니고 상대가 있는 유희라는
사실을 잊어서는 안된다.

여성은 남성의 강렬한 사정으로 인해 오르가슴에 오를 수 있다. 사
정 직전 터져 나오는 남성의 외마디 비명소리와 함께 뜨거운 그 무엇
이 깊숙한 질 안쪽을 강하게 타격할 때 느끼는 감정은 매우 크다.

그래서 접이불루는 신중해야 한다. 여성뿐만 아니라 남성에게도
문제가 생길 수 있다. 사정을 지연하거나 하지 않음으로써 욕구불
만이 쌓이고 나아가 전립선에 문제가 나타날 수 있다.

서양에서는 규칙적 성생활이 건강과 장수에 도움이 된다고 믿는다. 규칙적으로 사정을 해야 한다는 것이다. 용불용설이 동원된다. 정액은 계속 만들어지는 것이므로 이를 적절히 배출하는 게 바람직하다는 것이 이유다. 반면 동양에서는 '정은 생명을 유지하는 근본이니 정의 소모를 피하라'고 한다.

동의보감을 쓴 허준 선생은 '보통 남자는 1되 6홉 정도의 정을 몸에 지니고 있다. 전성기에도 겨우 3되에 불과하다. 한 번의 방사에 반 홉의 정이 소모된다'고 한다. 뿐만 아니라 '정을 소모하기만 하고 보태주지 않으면 병이 생기고 수명이 단축된다'는 협박성 말을 서슴지 않는다.

서양에서는 많이 하라는 것이고, 동양에서는 하지 말라고 한다. 그래서 사람들은 '쾌락은 즐기되 정을 아껴라'는 타협안을 차용했다. 이름하여 '접이불루'. 섹스는 하되 사정은 하지 말라. 즉 남자가 사정하려는 순간 마음을 굳게 먹고 PC근육을 조여 정액 누출을 강제로 막으라는 것이다. 그런데 바로 여기에 커다란 오류가 있다. 믿고 싶은 대로만 믿는 한국인 고질적 태도의 산물이다. 이런 오해 때문에 40대 이상 한국 남자의 60%가 전립선 관련 질환을 가진 환자가 된다는 주장을 상기할 필요가 있다. 이미 만들어진 정액의 사출을 괄약근 조임만으로 참는 행위는 전립선액을 역류시켜 전립선 비대나 염증을 일으킨다는 것. '참으면 병 된다'는 속담을 기억하자.

동양의학 또는 양생학은 동양철학을 기본으로 하는 실용학문 중

하나였다. 여기서 '정'이란 분자식으로 환원되는 물질이 아니라 우주 만물의 생멸 주체이자 생명의 기본개념인 정기이다. 그리고 정액이란 바로 이 정기가 포함된 체액을 말한다.

정은 그 형체가 없다. 비물질이다. 생명의 근원 에너지인 정기는 살아있는 우리 몸 안 구석구석에 흩어져 있다. 보고 듣고 말하고 생각하는 것도 모두 정기의 활동이다. 그래서 생명이 살아있음 그 자체가 곧 정기의 소모요, 새어나감 즉 누설이다. 도가에서 말하는 누진통(漏盡通)이란 '새어나감이 다해 더는 정의 소모가 없는 경지'를 말한다. 살아있으면서도 산 것이 아닌 경지다.

어쨌거나 음욕이 동해 방사를 하면 정기가 명문혈(배꼽과 대칭되는 등에 있는 혈자리)에 집중적으로 모여 형체를 가진 체액 속으로 들어가 정액이 된다. 그러니 접이불루의 본래 의미는 정기가 새어나가지 않게, 아예 명문혈에 모이지 않도록 하는 것이다.

오직 기공체육의 한 분야인 방중술을 제대로 익혀 기운조절이 가능한 수준인 남성에게나 해당될 뿐 아무나 쉽게 할 수 없다. 그래서 아예 방사 그 자체를 피하라고 한 것이다.

여기서 우천산풍의 천기누설. 정기가 명문혈에 모이는 시점을 일반인들도 쉽게 알 수 있는 징후가 있다. 체질에 따라 조금씩 다르지만, 대부분의 경우, 정기가 명문에 모이면 곧 등에 땀이 배기 시작한다.

남성들이여, 진정한 접이불루를 원하는가. 그렇다면 잔등이나 허리에 땀이 배지 않을 만큼의 강도로, 천천히 그리고 부드럽게, 그리고 오래오래 해라. 누구에게나 큰 행복은 천천히 온다.

용불용설(用不用說)_ 옛날 어떤 미련한 사람이 한쪽 눈을 늘 가리고 다녔다. 왜냐하면 눈은 하나만으로도 얼마든지 볼 수 있는데 왜 두 개씩이나 필요한가 하고 하나는 쓰지 않고 잘 아껴 뒀다가 나중에 나빠졌을 때 사용하리라 생각한 것이다. 과연 오랜 시간이 지나자 눈이 나빠졌고 그 사람은 이때를 위해 잘 아껴두었던 한쪽 눈을 쓰려고 안대를 풀었다. 그러나 안대를 풀고 보니 눈은 이미 멀어 있었다는 것이다. 그렇다. 다른 신체처럼 성기도 자주 사용해야 강해진다. 남성들 사이에 흔히 오해하고 있는 믿음 중의 하나가 정액 양이 한정되어 있기 때문에 일정 연령을 초과하게 되면 음경은 소변보는 기능 외에는 쓸모가 없어진다고 생각하는 것이다. 그러나 이는 의학적으로 전혀 근거 없는 얘기. 음경은 원래 나이와는 상관없이 그 기능을 쓰면 쓸수록 강해진다고 해도 과언이 아니다. 섹스를 적절하게 하면 성호르몬의 분비가 촉진되어 부부 모두 젊은 육체를 유지할 수 있다. 성적 능력을 지배하고 있는 것은 간뇌의 시상하부인데, 이 부분의 작용은 섹스를 함으로써 활발해지기 때문이다.

남자가 심하게 기가 떨어지면 음중대추가 좋다. 말린 대추를 깨끗이 하여 음중에 넣어 불리면 요즘 말로 로얄젤리 백 배의 효과가 있단다. 원래 대추는 끓여서 먹으면 여러 효과가 있고 여성의 히스테리 증상에도 좋다. 동의보감에 보면 대추는 속을 편안하게 하고 비장을 튼튼하게 하며 오장의 기운을 돕는다. 기와 혈액의 순환을 돕고 몸 안의 체액을 늘린다. 9개의 구멍(눈, 귀, 코, 입, 전음, 후음(항문))을 잘 통하게 한다고 나와 있다. 낡은 기를 토해내는 강장의 원리에는 여러 운동법이 있다. 가장 쉽게 할 수 있는 것중 하나도 하루 종일 일을 한 사람이 물구나무서기를 하면 만성 두통이 낫게 되고 뇌하수체를 자극하여 성욕을 증강시킨다.

환정법(還精法)은 그 즐거움이 극에 달해도 단전에 힘을 주어 사정치 않고 가만히 있는 것으로 불과 물의 조화로운 상태로 단련하면 구십이 되어도 눈과 귀가 밝아지고 피부가 젊은이처럼 된다고 나와 있다. 이때 남자만 증강하는 것이 아니고 여자도 같이 증강한다. 태극권은 평소 잘 쓰지 않는 근육을 운동시켜 온몸의 혈행을 원활하게 하는 일종의 의료 체조이다. 태식법은 코와 입으로 호흡하는 게 아니라 어머니의 태중에 있는 것처럼 깊은 숨을 들이쉬고 참고 조금씩 내뱉는 훈련법이다.

도인술은 호흡과 함께 천천히 움직임으로써 쇠약해진 근골을 강화하고 기혈의 순환과 혈행의 조성을 촉진시켜 내장기관의 작용을 개선하고 질병을 예방해준다. 그래서 매일 꾸준히 한다면 기경팔맥(奇經八脈)이 열리고 근육과 힘줄에 힘이 생겨서 뼈가 바로 잡힌다.

서양의 웨이트 운동이 효과는 빠르지만, 혈기를 손상시키고 부상의 위험이 높다. 그러나 동양의 도인술은 효과는 느리지만, 부상의 위험이 적고 기를 축적하여 심신을 건강하게 해준다. 특히 서양의 체육과 다른 동양의 전통적인 체육에는 기(氣)라는 트레이닝법을 기술하고 있으며, 동양 고유의 철학을 바탕으로 한다. 그렇다면 그 철학적 근거는 어디에 있을까? 도인술의 철학적 배경은 바로 노장사상이다. 장자는 호흡과 도인에 관련하여 다음과 같이 말하고 있다.

"깊은 호흡을 하여 낡은 기운을 토하고 새 기운을 마시며 곰처럼 매달리고 새처럼 날개를 펴듯 하는 것은 장수하기 위한 것일 따름이다. 이러한 도인(導引)하는 선비들은 몸을 기르는(養形) 사람들로 팽조처럼 장수하고자 하는 사람들이 좋아하는 것이다."

'토고납신(吐故納新)'은 몸 안의 묵고 탁한 기(氣)를 토해내고 신선한 공기를 끊임없이 코로 천천히 깊게 흡입하라고 말이다. 사람이 병에 걸리거나 스트레스를 받으면 숨이 짧아져 목에서만 왔다 갔다 한다. 평소에 의식적으로 숨을 깊게 마시고 길게 내뱉는 습관을 가져야 한다.

그러므로 장자는 "진인의 호흡은 발뒤꿈치로 하고, 보통사람들의 호흡은 목구멍으로 한다."라고 하였다. 일반 범인들은 목으로만 깔딱깔딱 숨을 쉬지만, 대자연과 함께하는 진인은 발뒤꿈치까지 숨을 깊게 마신다는 것이다.

그렇다면 노자는 양생에 관하여 어떤 말을 했을까?

"그러므로 성인의 다스림은 그 마음을 비우게 하여 그 배를 채우고, 그 뜻을 약하게 하여 그 뼈를 튼튼하게 하는 것이다. 항상 백성들로 하여금 앎이 없고 욕심 없게 만드니 영악한 자가 다룰 수 없다. 무위(無爲)로 하면 다스려지지 않음이 없다."

특히 노자는 갓난아이를 도를 상징하는 말로 자주 인용하는데, 순수한 자연 그 자체인 아이와 같은 부드러움을 유지하라고 '전기치유(專氣致柔)'를 강조한다. 전기(專氣)는 기(氣)를 전일하게 잘 간직하며 지키는 것이고 치유(致柔)는 몸을 부드럽게 유지하는 것이다.

"그러므로 딱딱하고 뻣뻣한 것은 죽어있는 것이고 부드럽고 말랑말랑한 것은 살아있는 것이다." 사람은 부드러운 갓난아기로 태어나서 나이가 먹을수록 고목나무처럼 몸은 점점 굳고 경직되면서 죽음을 향해 간다. 기(氣)를 온전히 하고 몸을 부드럽게 유지하기 위한 가장 기본적인 방법은 도인과 호흡이다.

진(秦)나라 때 여씨춘추에 보면 이런 말이 있다. "흐르는 물이 썩지 않고 문의 지도리가 좀먹지 않는 것은 움직이고 있기 때문이다."(呂氏 春秋〈盡數篇〉: 流水不腐, 戶樞不蠹, 動也.) 우리 몸도 마찬가지다. 움직이지 않으면 피가 탁해지고 관절과 근육은 퇴화되어 경직되고 녹이 슨다. 그러므로 흐르는 물과 문의 지도리처럼 끊임없이 움직여야 한다.

이제 우리는 우리 스스로 면역력을 길러 온갖 질병을 치유해야만 한다. 그러기 위해서는 깨끗한 물과 맑은 공기, 그리고 올바른 몸동작으로 건강을 되찾고 지켜나가야 한다.

부부싸움에서 임전무퇴 정신도 좋지만, 일진일퇴(一進一退)가 더욱 조화롭지 않을까.

약입강출(弱入强出), 구천일심(九淺一深), 좌삼우삼(左三右三), 접이불루(接而不漏)는 이 지구에 생존하는 한 우리들의 중요한 삶의 전략이 충분히 될 수 있다.

신비스러운 침실을 지켜라

일주일에 한 번 이벤트 만들기

베프 중에 낚시를 좋아하는 친구가 있다. 주중에 밖에서 이런 일 저런 일로 바쁘지만, 주말에는 꼭 아내와 함께 바다낚시를 다닌다. 처음에는 낚시를 가자 하니까 학을 떼던 아내가 요즈음엔 주말만 되면 먼저 낚시도구를 챙긴다는 것이다. 낚시의 손맛과 몸맛을 보면 중독된다고 한다. 그만큼 재미있다고 한다. 토요일 가서 낚시하다가 새벽에는 목욕도 할 겸 가까운 모텔에 들어가서 뜨거운 물로 몸을 녹이고 사랑을 나눈다고 한다. 일주일에 한 번 정기전을 꼭 한다고 한다. 와우, 부럽기 그지없다. 오락적 친밀감을 마음껏 누리다 보면 정서적, 육체적 친밀감까지 함께 따라붙으니 권장할 만하다.

부부간에 골프 등 스포츠나 여행 혹은 요즘 유행하고 있는 캠핑 등을 함께 할 수 있다면 그야말로 환상적인 부부다. 그보다 더 쉽고 좋은 방법이 있다. 그것은 일주일에 한 번 정도 치맥을 하는 것이다. 아, 치맥이 다이어트에 적이라고 생각하는 부부가 있다면 전통차나 커피를 함께하면 된다. 그것도 아이들 다 재워놓고 단둘이 오붓하게 음식을 나누다 보면 사사로운 일들을 대화로 나누게 되니 친밀감을 극도로 높일 수 있는 방법 중 하나이다.

실제로 필자가 운영하는 스피치아카데미에 나오는 회우 중에 얼굴에 화색이 돌고 행복해 보이는 여성분들을 보면 남편과 이런 이벤트를 자주 즐기고 있었다.

골프의 끝은 19홀이라는 말도 있는데 주님을 만나고 나면 자연스럽게 잠자리까지 뜨겁게 이어질 수 있으니 일석이조이지 않겠는가?

사랑하는 사람들이 오래오래 사랑하며 살아가려면 두 가지를 지켜야 한다.

첫째, 대화를 끊지 마라. 대화가 끊긴 가정은 무늬만 부부인 경우가 많다. 아주 작은 일상적인 일들을 표현하고 주고받는 대화야말로 최고의 보약이다.

둘째는 분방하지 말아라. 부부싸움을 했더라도 분방하지 말아야 한다. 그런데 살다 보면 대개 분방하게 된다. 여름에는 덥다고, 회식하고 늦게 들어오면 마늘 냄새, 술 냄새 난다고, 나이 들면 코 곤다고 시끄럽다 하여 내쫓기 십상이니 결국 독침하게 된다. 경고한다. 분방하여 독침하는 부부는 생명이 2~3년 단축된다고 한다. 이유는 피부가 외로움을 타기 때문이란다. 합방하는 부부는 자면서 살을 비비고 부둥켜안고 포옹하고 키스하면 마음의 안정감·정신적 치료를 받는 셈이 되어 장수하게 된다고 한다.

셋째는 최고의 긍정은 포기라는 것이다. 이 세상에서 가장 무서운 사람은 누구일까? 힘이 센 사람 권력가, 재력가, 실력가… 아니다. 상대에게 아무것도 바라지 않는 사람이다. 상대에게 아무것도 바라지 않기 때문에 막말도 서슴치 않을 수 있기 때문이다. 사랑이 깊어지면 이렇게 해달라 저렇게 해달라 요구가 많아진다. 관심과 기대가 많기 때문이다. 더 많은 사랑이 진해질수록 더 많은 사랑을 요구하기 때문이다. 하기야 그때가 좋을 때이기는 하지만 얼마나 피곤한가? 그러나 상대방이 수용해 주지 않으면 하나하나 포기하기 시작한다. 그러다가 급기야는 모든 것을 포기하고 만다. 어쩌면 사랑의 마지막 단계이지 않을까 싶다. 무풍지대를 만나면 만사가 편하다. 그러나 기본은 지킨다.

최근 "성관계가 노화를 늦춰 준다"는 흥미로운 연구 결과가 발표되었다. 스코틀랜드의 한 연구팀은 일주일에 3회씩 성관계를 하는 커플을 관찰한 결과 얼굴은 평균 4년 이상 젊어 보였고 면역성이 높아졌으며 심장질환 발병률이 낮아진 것을 확인할 수 있었다. 성관계가 건강에 도움이 되는 역할을 할 뿐만 아니라 일시적으로 외모를 한층 생기 있는 모습으로 변하게 만들어주는 등 미적인 부분에도 좋은 영향을 미쳤다. 노년으로 접어들수록 성관계가 건강한 삶에 도움이 되기도 하지만 생기를 주어 외모에도 긍정적 변화를 가져온다. 성관계 후 당신의 모습이 어떻게 보이는지 한번 생각해 보자. 아마 붉게 달아오른 양 볼, 분홍빛 입술, 빛나는 눈빛을 하고 있을 것이다. 특히 빛나는 눈빛은 이후에도 며칠간 지속되어 더욱 예뻐 보이게 만들어줄 것이다. 이 외에도 성관계는 피부에 무척 좋은 영향을 미치기도 하며 성관계를 하면서 키스를 많이 하면 구강 건강뿐 아니라 혈액순환과 기 호흡에 긍정적 영향을 주어 젊어지고 장수를 돕는다. 스킨십은 마음의 안정제요, 치료제이기 때문이다.

긍정적인 변화를 만들기 위한 시도를 하라. 먼저 비판적인 시각을 갖지 않고 요구하는 것이 원칙. 배우자가 만족스럽지 못한 애무를 하고 있다면 "그런 식으로 하면 안 된다"고 말하는 대신 배우자가 잘하는 면을 부각시켜 칭찬하고 책이나 비디오 등을 이용하여 서로 배울 수 있는 기회를 만드는 것이 좋다. 그러나 섹스를 원치 않거나 배우자가 요구하는 테크닉을 원치 않을 때는 부드럽게 '아니오'라는 단어를 써서 말하는 것이 좋다. 사람마다 좋아하는 음식이 다르듯이 섹스에 있어서도 그 선호도가 다르다. 만약 배우자가 원하는 섹스가 자신이 원하는 것이 아니라면 배우자를 거부하는 것이 아니라, 그 행위 자체를 거절할 수 있다. 이런 점을 이해시켜라.

내가 원하는 것을 배우자에게 알려라. 좋을 때는 가볍게 신음을 낸다. 더 좋을 때는 좀 더 강한 신음을 낸다. 애무 받기를 원하는 부위에 배우자의 손을 부드럽게 인도한다. 또는 애무 받기 원하는 곳을 자신이 직접 자극하여 배우자에게 보여주어도 좋다. 그러나 자극이 통증을 유발하면 바로 체위를 바꾸도록 일러준다. 자극이 만족스럽다면 적극적인 움직임으로 반응한다.

배우자와 대화를 나눌 때의 원칙을 지켜라. 우선 배우자를 있는 그대로 받아들이며 긍정적으로 반응을 한다. 남편은 아내만큼 감정 표현에 있어서 능숙하지 못할 수도 있다. 남편이 아무리 어색하게 표현하더라도 자기의 감정 표현을 할 때는 긍정적으로 대답한다.

대화를 나눌 때는 남편의 두려움이나 아내의 두려움도 인정한다. 나 혼자만의 두려움이나 욕망, 근심, 걱정 등을 털어놓으면 남편 혹은 아내가 앞으로 나를 얕잡아보지는 않을까 하는 두려움 때문에 쉽게 속의 은밀한 마음을 털어놓지 못하는 경우가 생긴다.

부부가 열린 마음으로 대화를 한다는 것은 배우자에게 이런 두려움도 모두 털어놓는다는 의미를 담고 있다.

사람이 바뀌는 데는 시간이 걸린다는 것을 인정한다. 열린 마음으로 대화를 하기까지는 시간이 걸린다. 아무리 부부간의 숨겨진 감정을 얘기하고 싶어도 터놓고 대화하는 방법을 알게 될 때까지는 시간이 필요하다. 한 번에 모든 것을 다 하려고 너무 성급하게 시도하지 말고 또 대화가 잘 이루어졌다고 해서 바로 모든 문제가 사라진다고는 생각지 않는다. 이것 역시 시간이 걸리기 때문이다.

마찬가지로 문제는 하나씩 해결한다. 문제가 생겼을 때는 먼저 한 가지만 이야기하고 부수적인 문제나 다른 것들은 나중에 이야기한다. 작은 변화 하나에서부터 문제를 해결할 수 있다는 자세를 갖는다. 서로의 잘잘못을 따지기보다는 문제를 해결할 실마리를 찾는데 중점을 두는 것이 중요하다.

일체감을 깊게 느끼도록 행동하라. 평소에 남성들이 이미 체험하고 있는 것이라고 생각되지만 여성은 섹스에서 절정감에 가까워지면 대개의 경우 손발에 상당히 강한 힘을 넣어 붙들고 늘어진다.

엑스터시에 달한 때는 경련과 비슷한 근육의 수축으로 들뜨게 되어 남성을 놀라게 하는 경우가 적지 않다. 이러한 일련의 반응은 심리학적으로 보면 밀착감을 보다 강하게 하고 남성과의 일체감을 더욱 높이기를 바라여 자연스럽게 일어나는 무의식적 행동이라고 설명할 수 있다.

또한 최근의 성과학 연구에 따르면 성교 중 여성이 의식적으로 근육에 힘을 집중시키면 신경의 흥분에 있어서 보다 쾌감이 높아지고 절정에도 쉽게 이른다고 한다. 남성도 배에 힘을 주면 전신의 신경이 흥분하는 것과 동일한 이치다. 그러므로 침대에서 여성이 성감을 느끼고 있다고 말해도 힘을 빼고 있는 상태라면 그대로 믿지 않는 편이 좋다.

또 이 원리에 따라 여성을 보다 고조시킨다든지 엑스터시에 이르게 도와줄 수 있는 방법을 얼마든지 찾을 수 있다. 예를 들면 여성의 흥분이 어느 정도 높아지게 되면 손발을 남성에게 휘감게 하는 등의 리드로 흥분을 한 단계 높여줄 수 있다. 손발에 힘을 들이게 하면 우선 일체감이 강해지고 또 그 힘에 따라 흥분도 그만큼 높아지는 것이다. 또 여성의 성감을 고양시키려 한다면 결합한 채로 침대에서 뒹굴어 보는 것도 좋을 것이다.

정상위에서 측위로, 또다시 원상태로 이렇게 체위를 바꾸어 가는 가운데 성감이 높아질 수 있게 된다. 그만큼 섹스를 즐기고 있다는 실감과 강한 일체감이 생긴다. 따라서 당연히 쾌감이 고조되는 것이다.

남성은 시각으로 여성은 촉각으로 느낀다. 남성들은 사랑하는 여성의 얼굴을 대하면 그 심리적 자극이 즉각적으로 성교의 욕망을 일으킨다. 하지만 여성의 경우에는 애무를 통하여 서서히 흥분이 고조되고 성교의 욕망이 일어나게 되는 것이다. 그래서 남성들은 플레이보이지의 섹시한 모델의 사진만 보아도 바로 발기가 가능하지만, 여성들은 남성의 손이나 입술 등에 의한 접촉이 없으면 욕구가 생기지 않는다.

그 대신 여성은 남성에 비해 온몸이 성감대라고 할 만큼 촉각적으로 민감하다. 그러므로 여성은 상대방 남성의 시각적 취향을 알아야 할 것이며, 남성은 상대방 여성의 민감한 성감대를 애무할 수 있어야 한다.

성감대에 대한 이해가 필요하다. 흔히 성적 감흥을 강하게 느낄 수 있는 감각기관이 성감대인 것으로 알고 있다. 하지만 엄밀히 말하면 그런 특별한 감각기관은 존재하지 않는다. 일반적으로 성감대라고 불리는 곳은 피부 위에 있으면서 감각을 잘 느끼는 부위로 자율신경이 집중적으로 지나가는 곳을 가리킨다. 이 자율신경이란 온각, 냉각, 통각 등에 자동적인 반응을 보이는 신체 부위이며, 성감대라는 것은 이러한 부위가 집중되어 있어 피부 감각이 유난스레 예민한 곳을 말한다.

이 자율신경이 집중되어 있는 이유는 동맥의 보호를 위해서이다. 그 예로 다리 사이와 발, 겨드랑이 밑을 들 수 있다. 특히 다리 사이와 겨드랑이 밑에는 많은 동맥이 지나고 있어 자율신경이 집중되어 있다. 또한 귀와 귀 앞도 자극 감각을 민감하게 느낀다. 흔히 목이 가장 대표적인 성감대라고 알고 있지만, 실제적으로는 목 부위에 그다지 많은 동맥이 지나고 있지는 않다. 다만 목 피부가 아주 연약하기 때문에 민감할 수 있는 것이다. 그러므로 목에 애무를 할 경우 '키스마크'가 생기지 않도록 주의해야 한다. 그 밖에도 무릎의 표면, 발등, 손바닥 등에 동맥이 많이 지나간다. 이러한 대략적이고 일반적인 성감대뿐만 아니라 개인적으로 그 특성이 다양할 수 있으므로 서로의 느낌에 대한 충분한 이해가 필요하다.

남성과 여성의 오르가슴은 성질이 다르다. 오르가슴이란 말은 젖어있다는 뜻의 그리스어 '오르가스모스'에서 유래한 것이다. 오르가슴은 흔히 절정감으로 이해되는데 정확히 말하면 성적 긴장이 극도로 고조되고 그 고조가 급격히 해소되는 순간을 말한다. 이러한 오르가슴에 대해 여성과 남성은 많은 차이를 보인다. 남성의 오르가슴은 직선적으로 급경사를 오르듯이 정점에 이르게 되는데 사정을 통해 달성되고 나면 급격하게 낙하한다.

이와 반대로 여성은 천천히 작은 지그재그 선으로 오르가슴에 다다르고 그 후에도 역시 완만한 하강곡선을 그려 나간다. 그래서 여성은 오르가슴에 다다르기까지 시간이 오래 걸린다. 이러한 차이에 의해 남녀의 오르가슴이 일치하기는 힘들지만 서로 조화를 이루려 노력해야 한다. 예를 들면, 남성이 먼저 사정했을 경우에는 손가락 등을 이용하여 여성을 오르가슴에 다다르게 하는 등의 배려가 꼭 필요한 것이다.

클리토리스와 질을 동시에 자극, 최고의 오르가슴을 느낀다.

여성의 경우 질에 의한 자극으로 느끼는 쾌감과 클리토리스(음핵)에 대한 자극으로 느끼는 쾌감의 성질이 다르다는 것을 알아야 한다. 이 때문에 여성의 오르가슴은 클리토리스가 주체가 된다는 주장과 질이 주도권을 쥐고 있다는 주장이 양립하고 있다. 한편 프로이드는 여성의 성 경험이 적을 때는 클리토리스에 의한 쾌감이 주가 되며, 성 경험이 많아짐에 따라 질의 쾌감이 주가 된다고 하였다. 어쨌든 클리토리스와 질 모두를 자극하는 방법이야말로 가장 이상적이라고 할 수 있는데, 이 자극법으로 여성은 가장 강력하고 가장 빠르게 오르가슴에 오르게 된다.

그러나 클리토리스의 경우 개인적 차이가 있어서 자극을 받아도 전혀 쾌감을 느끼지 못하는 사람도 있다. 클리토리스는 질 입구에서 떨어진 곳에 존재하며 좌우 소음순에 덮여 있으므로 성교에 이르기 전 전희 단계에서 애무나 삽입 후 클리토리스를 자극하기 쉬운 체위를 취하는 것 등이 필요하다.

충분한 전희와 후희는 삽입보다 더 중요하다. 한국 남성들의 남성 중심적 사고는 성행위에서도 여실히 드러난다. 영화에서도 삽입장면만으로 정사가 이루어지고 있는데 실제로 대다수의 남성들이 충분한 전희단계를 거치지 않고 삽입단계로 들어서 여성들은 제대로 느끼지도 못한 채 끝나 버린다. 여성이 흥분하고 있다는 것을 알 수 있는 판단은 그 여성의 음부가 젖어 있는 것으로 짐작할 수 있다.

여성이 '애액'을 분비하여 젖는 경우에는 여성들의 흥분 곡선이 수 초 동안 지속되다가 곧 상승된다. 그래서 수치심이나 경계심 등의 심리적인 제어가 없어지고 자유분방한 관계를 나눌 수 있는 분위기가 조성되는 것이다. 하지만 아직까지도 많은 남성들은 여성들이 페니스를 삽입하는 즉시 희열을 느낀다고 잘못 생각하고 있다. 그래서 수많은 성격 차이(?)를 유발하는 것이다.

그러나 남성과 여성의 특성상 차이점을 생각해 볼 때 분명 전희와 후희는 여성을 위한 단계임이 틀림없다. 남성은 애무라는 중간 단계가 필요 없이 오르가슴에 도달할 수 있는 구조를 가지고 있기 때문이다. 하지만 남성이 전희나 후희를 여성을 위해 일방적인 봉사를 하는 것이라고만 생각한다면 함께 느끼고 즐겨야 할 사랑의 행위를 제대로 나누고 있는 것이라고 한 수 없다.

그러므로 오랄을 이용한 애무 등의 여러가지 전희단계를 충분히 즐기면서 서로의 사랑을 확인해 보는 것이 바람직하다. 또한 오르가슴에 다다른 후 여성이 평상시로 돌아오기 전에 부드러운 애무나 키스 등의 후희를 해줌으로써 함께 벅찬 만족을 느낄 수 있어야 한다.

남성들이 이러한 과정들을 제대로 알고 있지 못하다면 충분하고 솔직한 대화를 통해 여성들이 요구할 필요가 있다. 행복한 나날들을 위해서 불만족이 쌓이지 않도록 말이다.

건강한 성생활을 즐기는 습관을 들여라. 자신의 골반 근육과 허벅지 근육을 수축시키는 운동을 틈틈이 해 본다. 또한 항문의 괄약근을 안으로 오므리는 항문 수축 운동도 도움이 된다. 또한, 소변을 볼 때 한꺼번에 보지 말고 잠깐씩 끊어서 보는 것도 좋은 방법이다. 그리고 양이 많고 적음에 관계없이 술을 마신 상태로는 섹스를 하지 않도록 한다. 술이 중추신경을 억제시키는 작용을 해서 술 마신 기분에 충동적으로 섹스를 하기 쉬운데 실제로 그럴 경우에 성적 능력은 현저히 저하된다. 그러나 포도주를 한 잔 정도 마시는 것은 괜찮다.

채우지 못한 사랑 찾아 헤매는 사람들

옛날하고도 아주 옛날, 호랑이가 담배를 피웠다는 전설의 시대보다도 훨씬 더 옛날에는 아버지는 누군지 모르고 자기를 낳아준 엄마만 알아서 모든 일상생활을 엄마를 중심으로 살았던 시절이 있었다. 이 사회에서는 여성의 사회적 권력과 성(性)의 자기결정력이 절대적으로 여성에게 달려 있었다. 그러나 사회가 더욱 팽창되면서 엄마를 중심으로 살던 씨족공동체가 다른 씨족공동체와 결합과 반목을 거듭하며 갈등이 증폭되면서 다툼과 투쟁과 연합이 빈번해졌다. 자연히 공동체를 지켜내기 위한 힘이 절대적으로 필요해졌고 이 과정에서 남성들의 경제적, 사회적, 정치적 권력은 점차 비대해져 간 반면에 여성들의 지위는 남성 중심에 예속되어지면서 여성의 성(性) 자기결정력은 급속히 낮아지고 남성에게 귀속된 것이다.

우리 세대는 참으로 모든 것을 다 겪어야 하는 역사의 전환점에 서 있다는 것을 느낀다. 어려서 일부다처제인 처첩제도도 아주 자연스럽게 보고 자랐으며 남성우월주의의 혜택도 마음껏 누리며 성장하였다. 그러한 환경 속에서 여성의 경제력 향상과 사회적, 정치적 지위 향상에 따른 사회적 진출 앞에 남성 중심의 사회에서 교육받아 오고 성장한 가치관의 혼란도 동시에 겪어야 했다.

북극 에스키모 부족 중에는 자기 집을 방문한 손님에게 가장 융숭한 대접이 자기 마누라를 하루동안 잠자리 시중을 들도록 해주는 것이다. 이런 것을 보면 우리는 때때로 우리가 알고 있는 것만이 절대라고 믿고 사는 우(愚)를 범할 때가 많은 듯하다.

신라 향가 중 '처용가'에서 처용이 밤새 노닐다가 집에 와 보니 분명 두 다리는 자기 건데, 두 다리는 못 보던 다리라고 노래하며 다시 집을 나서는 대목이 있다. 역사학자들은 주장한다. 역사는 원시반본(原始反本)한다고……. 역사는 직선적인 발전이 아니고 순환성(循環性)의 발전법칙으로 발전한다고…….

여자는 한 남자만을 품는 반면, 남자들은 대체 왜 이 여자 저 여자에게 관심을 보일까? 남자와 여자의 사랑 방식은 달라도 너무 다르다. 결국 사람도 동물이란 점에서 그 이유를 찾을 수 있을 것 같다. 대부분의 동물들은 암컷과 수컷의 행동이 정해져 있다. 암컷은 계속 새끼나 알을 낳을 수 없으니 될 수 있으면 한 번에 좋은 유전자를 가진 수컷을 찾아내려고 하고, 수컷은 자기가 좋은 유전자를 갖고 있건 아니건 될 수 있으면 많은 암컷에게 자신의 유전자를 남기려고 하기 때문이지 않을까?

자기가 안 좋은 유전자를 가지고 있고, 약할수록 다른 강한 녀석들에게 경쟁에서 밀리게 되고, 그 말은 자신의 번식이 어려워진다는 말이니 될 수 있으면 많이 여러 곳에 남기려 하는 것은 동물이나 사람이나 진배없다. 다만, 연애나 결혼생활을 하고 있음에도 불구하고 계속 그런 식이라면 그건 정말 동물과 다를 바 없을 것이다.

암튼, 남자라고 다 그렇게 바람꾼이고, 여자라고 다 일부종사하는 일편단심은 아니다. 자기 입장에서 보기엔 그렇게 보일지 몰라도, 여자 잘못 만나서 패가망신하는 남자도 많고, 문어발 여성에게 낚여서 상처받는 일편단심 남성들도 널렸다. 남자들이 죄다 다른 여자에게 찝쩍거릴 궁리만 한다고 생각하지는 말자.

그럼에도 불구하고 애인신드롬 시대인 듯하다. 요즈음엔 애인 없는 아저씨, 아줌마가 없는 듯하여 씁쓸하다. 연하의 애인을 둔 아줌마는 금메달, 동갑내기 애인이면 은메달, 연상의 애인이면 동메달, 이것도 저것도 없으면 목매달이란다. 요즘 애인 하나 없으면 6급 장애인 이라는 농(弄)까지 있다. 물론 농담(弄談)이겠지만 지금 그 이야기들의 사실 진위 여부에 대한 시비를 가르자는 이야기를 하자는 것은 아니다. 다만 현시대의 상황이 그렇다는 것이다.

요즈음처럼 이혼을 밥 먹듯 하고 이혼녀나 이혼남은 별을 단 듯이 당당하게 과시하는 시대이기도 하니 뭐랄 수 없기도 하다. 앞으로의 미래사회는 가정이란 개념도 결혼이란 제도도 바뀌어 갈 것이란 예측이 가능하다. 섹스는 이제 종족 보존을 위한 신의 인간에게 주신 특권이 아니라 스포츠처럼 즐기는 대상이 되어 버렸다.

인생을 살아가면서 사랑이 없다면 얼마나 씁쓸하고 고적하겠는가? 당신에게 찾아온 사랑이걸랑 마음껏 목숨을 걸고 누려라. 그 사랑을 즐기기엔 인생이 너무 짧다.

자위(masturbation)로 자위(自慰)하라

자위(masturbation)은 손이나 다른 물건으로 자기의 성기를 자극하여 성적(性的) 쾌감을 얻는 행위를 의미한다. 건강은 성욕과 비례한다. 특히 남자의 경우, 아침에 기상하여 아랫도리가 불끈 팽창하면 그걸 바로 건강의 바로미터로 인식한다. 코로나 사태가 장기화하면서 현대인들의 우울증과 불감증도 덩달아 급상승했다.

최근 중년층은 부부간에도 '별방(別房) 신세', 즉 각자 방을 쓰게 되면서 부부관계를 나눈 지가 10년도 넘었다는 이들이 속출하고 있다. 이름하여 섹스리스(sexless) 부부를 말한다. 섹스리스는 직장생활, 육아 등에 의해 성관계를 피하여 생기는 경우도 있지만 부부사이에 사이가 안 좋거나 속궁합이 맞지 않을 때 일어난다. 다만 부끄러우니까 혼자만의 비밀로 간직하고 있을 따름이다. 위에서 마스터베이션의 정의를 기술했다. 홍키호테라고 작가이면서 기자인 친구는 정상적이고 건강한 남자라면 마스터베이션이라도 해서 배설해야 한다고 강조한다. 물론 실제 부부관계를 나누는 사람이라든가 아내 몰래 외도를 하는 일부 한량도 있겠지만 그들은 논외로 하겠다. 남자들은 특성상 풀어야 하는데 풀 데가 없다면 자위라도 해야 한다. 남자들은 그래야 산다. 그러니 여성들이여 남자 파트너의 잠자리를 거부하거나 피하지 말라. 남자라면 성욕도 능력이다. 성욕이 감퇴하면 일의 능률까지 저하된다. 늙은 데다가 병까

216

지 들어서 저승사자가 저벅저벅 다가오고 있는 이에게 있어 성욕은 그림의 떡이자 강 건너 꽃구경에 불과하다. 성욕은 남자가 살아 있다는 증거다. 그리고 남자의 성욕은 유지하고 관리되어야 한다. 그렇다면 평소 어찌해야 탄탄하고 팽팽한 성욕을 유지할 수 있을까. 하루빨리 소위 '천원 숍'인 '다이소'를 찾으시라. 거기서 2천 원을 주고 이른바 '뿅뿅망치'를 사면 된다. 이걸로 틈이 나는 대로 머리에서부터 발까지 50회 이상 두드리면 몸이 바뀐다. 한 달만 꾸준히 하면 그때부터 효력이 발생한다. 건강식품 광고에 "내 건강은 누가 지켜주지?"라는 멘트가 있다.

나 말고는 그 누구도 내 건강을 지켜주지 않는다. 결론적으로 마스터베이션은 무죄다. 단, 아내 몰래 행동하는 게 관건이자 상식이다.

일상생활에서 행복 만들기

돌발퀴즈] 1. 힐튼 벽 색깔이 보라색이라고 한다. 그 이유는 무엇일까?

2. 안방과 호텔 룸과의 차이는 무엇일까?

3. 여성/남성 최고의 성감대는? 답은 이 꼭지 끝에 달았습니다.

같은 일을 해도 어떤 사람은 자기가 하는 일에 짜증과 신경질을 부리는가 하면, 어떤 사람은 휘파람을 불면서 신바람을 내며 일을 한다. 아무리 사소한 일이라 해도 내키지 않는 마음으로 마지못해 일한다면 일의 효율성에서뿐만 아니라 정신 건강 면에서도 좋지 못하다. 작은 마음가짐의 차이가 일과 사랑, 취미의 차이로 이어지게 되고 결국에는 성공과 실패를 판가름한다.

당신이 어디서 무엇을 하는 사람이건, 생활 속에서 스스로 에너지를 만들어 내지 못한다면 아무리 큰 뜻을 품고 있어도 얼마 가지 않아 허사가 되고 말 것이다. 한 번쯤 생활 패턴을 바꿔볼 생각은 안 했는지 자신에게 물어보라.

생활 패턴을 바꾼다는 것은 새로운 인생을 살 수 있다는 것이다. 이제까지의 어설펐던 생활 방법을 하나하나 개선해 본다는 것인 마치 낡은 집을 개조하는 것과 같이 당신의 삶에 변색되거나 내려앉은 구석을 새롭게 보수하거나 개조하는 공사이다. 만일, 삶이 그다지 즐겁지 않다고 느껴진다면 그 이유가 무엇인지 한번 살펴보아야 한다.

오늘은 자유의 날, 긴장감을 풀어라. 그럴듯한 핑계를 대고 직장이나 사무실에 나가지 말고 오늘을 자유의 날로 정하는 거다. 공적인 일들에서 완전히 해방되는 것이다. 물론 그 후유증에 대한 염려나 걱정을 하지 않아야 한다. 오늘 하루, 일에 대한 생각이나 사업에 대한 걱정은 묶어 두자. 오늘은 신(神)께서 당신에게 보너스로 주신 날이다. 아무 일 없이 지내자. 하던 일도 덮어두고 오늘은 잠자리에서 일어나거나, 전화를 하는 일조차 중단하자. 아예 전화 코드를 빼놓자. 뉴스도 신문도 보지 말고 외부세계와 완전히 단절한 채 자신만의 세계에 칩거해 보자. 잠수함이 심해로 잠수하듯 말이다.

느지막이 잠자리에서 일어나면 우선 뜨거운 물로 목욕을 하거나 샤워를 하라. 평소 듣지 않았던 클래식이나 이국적 냄새가 나는 샹송 등을 볼륨을 높여 틀어 놓고 와인이나 차를 한 잔 마시며 최대한 게으름을 피워 보라.

음탕한 하루를 위하여 우선 격렬한 정사 장면이 들어 있는 비디오 테이프를 한 편 즐겨라. 그래도 야한 분위기에 몰입이 되지 않는다면 흘러간 추억의 팝송이나 아주 로맨틱한 영화 한 편을 즐겨도 된다. 아무튼 최고의 흥분된 분위기에 빠져들어야 한다.

다음으로 당신이 기혼자라면 당신의 아내(남편)와 함께 뜨거운 물로 함께 목욕을 하거나 샤워를 하고 서로의 몸에다 비누를 문질러 씻어 주며, 아주 부드러운 수건으로 상대의 몸을 닦아준다.

분위기를 고조시키기 위하여 와인이나 차를 한 잔 나눠라. 오늘 하루는 더 섹시하고 더 유혹적이며 더 매력적으로 만드는 사물들에 대해 생각하라. 그런 다음 침대로 들어가 천천히 오랫동안 서로

제4장. 사랑의 기술 뜨겁게 표현하라

219

껴안아 주라.

당신의 아내가 좋아하는 대로, 당신이 바라는 대로……

몸 구석구석을 탐험하듯 끈질기게 물고 늘어져라. 오늘 당신은 최고의 관능을 맛볼 것이다. 당신의 의식이 약해지고, 당신 앞에 단순하고 영원한 순간만이 놓일 때까지 상상해 나가라. 사랑이 끝난 후 품에 안겨 달콤한 잠에 빠지는 것까지… 어떤가? 가슴이 두근거리고 당신의 두 뺨이 발그레해지지 않았는가?

한결 활력이 넘치는 새로워진 당신을 느낄 것이다. 노파심에서 말한다만 그렇다고 비아그라 같은 강장제는 사용치 말라.

사랑의 대화를 나누어라. 생활에 쫓기고 찌들다 보면 마음에 여유가 없어져 옆에 있는 아내나 친지, 직장 동료나 친구들의 소중함을 망각하고 살 때가 많다. 자! 그렇다고 인정한다면 남편이나 아내, 애인이나 친구와 같이 잘 아는 사람과 새롭게 만나 보라.

약속 장소를 미리 정해 두고 서로 처음 대하는 사람처럼 만나 보십시오. 남편이나 아내라면 처음 선을 보거나 연애하던 감정으로 말이다. 때에 따라서는 경어까지 사용하면서 예전의 모습을 찾아보는 것이다.

결혼 생활에 권태기라는 것이 오면 신혼여행 갔던 곳을 찾는 부부들이 있긴 하지만 좀 더 드라마틱한 방법으로 옛 감정을 복원시켜 보라. 카페이거나, 술집, 식당, 공원, 사무실, 특별한 경우엔 침실도 가능하다. 단, 앉아있기에 편안한 곳이어야 한다. 대화를 매끄럽게 진행하기 위해서 먼저 마음속에 있는 것을 이야기하라.

상대방의 반응을 이끌어낼 줄도 알아야 한다. 장광설을 늘어놓으면 안 되고 독백을 해서도 안 된다. 이것저것 천천히 말하라. 당신의 머리와 가슴을 열어, 잘 들어 보고, 당신의 의견을 제시하라. 가능한 한 정직해야 한다. 당신과 상대방의 듣고 반응하는 능력으로 인하여 대화는 자연스럽게 진행될 것이다.

당신이 마음을 열면 열수록, 말하기가 그리 어렵지 않다는 것을 알게 될 것이다.

과거를 돌이켜보고, 지금 하고 있는 일에 대해 말하고, 미래에 대한 꿈을 털어놓으라.

색다른 패션 연출 평소에 입고 있는 옷이 아닌 다른 스타일로 변화를 시도해 보라. 당신이 늘 정장 차림이어야 하고 사무실에 작업복을 입고 절대로 출근할 수 없다면 한번 스포츠 재킷을 입어보라. 도저히 스타일을 바꿀 자신이 없는 분이라면 하다못해 나비넥타이라도 매어 보라. 숙녀분이라면 늘 신는 굽 높은 구두 대신 편한 구두를 신어 보라.

의상에 있어서 아주 작은 변화도 중요하다. 항상 벨트를 매는 이라면 바지 멜빵을 해보라. 늘 옷깃을 고정시키는 이라면 앞 단추 몇 개쯤 풀어놓고 목 둘레에 스카프를 느슨히 둘러보라. 귀걸이, 스타킹 색깔, 립스틱 색깔도 바꾸어 보라.

세상이 달리 보이지 않는가? 다른 변화도 가능하지 않을까? 이런 작은 변화가 당신에게 더 큰 변화에의 자신감을 불어넣는 것이다.

가벼운 피크닉으로 마음을 풀어라. 당신이 멀리 간다면 더욱 자유로움을 느끼겠지만, 굳이 집에서 멀리 가지 않아도 좋다. 햇살이 밝고 따뜻하여 모든 사람이 편안해하는 곳이면 된다. 돗자리를 펴고 소풍 바구니를 펼쳐 놓으라. 모든 사람이 함께 음식을 준비하여 숲속이나 시냇가에서, 산을 바라보며, 저수지 옆에서, 해변에서 점심 식사를 하라.

기분이 어떤가? 야외에서 음식을 먹으면 맛도 훨씬 좋다. 그러니 음식물을 씹을 때마다 맛을 즐겨라. 식사 후에는 게임도 하고 마음껏 웃고 떠들어라.

집시가 되어 보라. 주말을 이용하여 자동차로 잠깐 달리면 오랫동안 나가 있는 것보다 자연을 더 가깝게 느껴 볼 수 있을 것이다. 먼저 자동차를 손질하고, 캠핑 도구가 없다면 친구에게 빌려라. 슬리핑백, 텐트, 코펠, 스토브, 손전등이면 된다. 다른 것은 필요하지 않다. 살고 있는 곳이 어디이건 간에 몇 시간만 차를 몰면 야영지가 있기 마련이다. 나무들과 새들, 별들, 그리고 고요함이 있는 곳이면 어디라도 좋다.

오늘은 황야에서 잠을 자는 거다. 야외에서 음식을 만들어 먹어 보면 그 맛이 일품이다. 집에서 먹을 때보다 김치찌개나 라면이라도 그 맛이 다르다는 것을 느낄 것이다.

그런 다음 당신이 하고 싶은 일을 하며 시간을 보내라. 자연의 느리고 섬세한 리듬을 느껴보라. 슬리핑백에 들어가기 전에 별들을 바라보라. 조용히 전등을 끄고 꿈나라로 날아가라. 잠에서 깨어났을 때는 뜨거운 커피 한 잔으로 몸을 데우라. 태양이 천천히 지평선 위로 떠오를 것이다. 그 순간 당신은 다가올 또 한 주일을 설계해 볼 수 있다.

당신의 오늘 경험이 사물을 새롭게 보도록 할 것이다. 여기에서 중요한 것은 단순히 낯선 침대에서 잠자는 걸 의미하는 게 아니라, 틀에 박힌 생활에서 잠시 벗어나 보라는 것이다. 예전에 한번도 자 보지 않은 곳에서 잘 때의 기분은 어떤가?

낯선 곳에서 잠을 자면, 호흡처럼 기계적으로 진행되는 생활에서 벗어나 사물을 새로운 눈으로 보게 된다. 가끔씩 친숙한 환경을 낯선 장소로 만들어 보고, 낯선 곳을 친근한 장소로 바꿔보는 것도 재미있는 일이다.

최고의 낭만을 찾아보라. 오늘은 야간 열차를 타고 훌쩍 떠나 보자. 경포대행 열차도 좋고, 정동진의 해돋이를 볼 수 있는 곳도 좋다. 당신이 사는 곳에서 밤새도록 달려 새벽에 도착할 수 있는 곳이라면 어디든 좋다.

남들이 다 잠든 밤! 차 창가에 푹 파묻혀 창문으로 스쳐 지나가는 밤의 신비를 느껴보라. 낯선 곳에서의 불빛, 그런 불빛들이 가끔 밤 기차의 창문을 스쳐 지나므로 밤 기차 여행은 더욱 정감있게 느껴지는지도 모른다.

평소 그렇게도 그리던 새벽 바다에 도착하면 따뜻한 국물과 소주 한 잔. 그리고 촉촉이 젖어드는 지면에서 피어오르는 안개, 멀리서 들려 오는 파도 소리…

따뜻한 커피 한 잔이 곁들여지면 더욱 좋을 것이다. 당신은 정녕 세상에서 제일 행복한 사람이다. 주변이 모닥불을 피울 만한 장소라면 나뭇가지를 구해 불을 지펴 보라. 해변이나 야영장은 모닥불을 피우기에 좋은 장소다. 중요한 건 나무를 긁어모아 불을 피우는 것이다. 마른 잎사귀, 나뭇가지 막대기 등의 불쏘시개를 눈에 띄는 대로 모으라.

불빛이 둘러싼 모든 사람과 사물들을 비출 것이다. 불꽃은 사람들의 시선을 한데 모으게 한다. 서로 이야기를 나누고, 노래를 부르고, 땅바닥에 주저앉아 하늘을 지나는 별들을 바라보거나, 특별한 사람을 꼭 껴안을 수 있다.

당신의 남편, 당신의 아이들을 안아 보라.

좋다면 불을 계속 피워라. 불 옆에 누워 보면 자연을 가까이 느끼게 된다. 선사시대 이후 무수히 많은 사람들이 불 옆에 누워 잠들었다. 당신은 그 행동을 재현하는 것이다.

잡담으로 마음의 체조를 해보라. 슬프고도 괴로운 일을 다른 사람에게 모두 털어놓는 사람은 건강에 별 이상이 없다고 한다. 잡담은 스트레스로부터 우리의 몸과 마음을 지켜주는 중요한 역할을 한다. 이처럼 잡담은 단순한 혀 운동이 아니라 두뇌와 마음의 체조라고 말할 수 있다.

아무튼 남에게 농담을 하면 당신의 기분도 나아진다. 농담을 하고 나면 자신도 모르게 즐거워지고 긴장이 풀려 남들에게 항상 당신이 심각하지 않다는 것을 보여줄 수 있다. 그러나 잡담이나 농담도 때와 장소가 있어야 한다. 어떤 사람에게는 재미있는 말이라도 혹자에게는 기분을 해치는 소리가 될 수 있기 때문이다.

한 번도 농담을 먼저 해보지 않은 사람이거나 잘 모르는 상대방에게 농담을 하기는 어려울 것이다. 그러나 잘 모르는 상대라 할지라도, 그와 더 친해지고 싶다거나 당신의 밝은 성격을 보여 주고 싶다면 농담도 나쁘지 않을 것이다.

　단식은 마음을 살찌운다. 여러분들은 어떤 이유로든지 한 번 쯤은 배고픔의 고통과 설움(?)을 경험하셨을 것이다. 그래서 한 끼만 굶어도 큰일 나는 것처럼 생각하고 있을지도 모른다.

　어떤 이는 한 끼를 굶으면 내 인생에서 다시 찾아 먹을 수 없는 정량(?)을 놓치는 것이라며 마치 식사를 인생의 의무인 양 말하기도 한다. 그러나 하루쯤 아무것도 먹지 않는 기분이 어떠한지 느껴 보라. 그 전날에는 평소대로 먹고 특별하게 다른 행동을 할 필요는 없다. 다만 내일은 3끼를 먹지 않겠다는 마음의 작정을 해 두어라. 그리고 하루 종일 먹지 않고 배고픈 감각이 어떻게 변하는지 살펴보라.

　단식을 포기하고 싶은 마음이 드는가?

　먹지 않으니 오히려 기분이 좋아지는가?

　먹지 않으면 무척 마음이 가라앉아 내적으로 고요한 안정감과 편안함을 느낄 수 있게 된다.

　다음 날 아침에는 신선한 야채 주스나 요구르트와 같은 음식으로 가볍게 식사를 하라. 단식 후에 고기나 지방질이 많은 음식을 먹게 되면 위장이 상할 수도 있다.

　계획된 단식은 자신을 성찰하고 정리하는 중요한 시간이 될 수 있으며 단식에 자신이 생긴다면 의사와 상의하여 10끼 정도 단식에 들어가 보라. 육체적 체질 개선은 물론 인생을 바라보는 마음의 자세까지 변화시킬 수 있는 좋은 경험이 될 것이다.

　믿음이 깊은 종교인들은 단식 기도라는 것을 통해 주기적으로 마음의 청소를 하기 때문에 마음의 평정(욕심과 아집을 버림)을 찾고 얼굴에 근심이 없어지고 잔잔한 기쁨의 미소를 담고 있는 표정을 갖게 되는 것이다.

적극적으로 기선을 제압하라. 자기에게 있어서 중요한 것은 타인이 자기를 어떻게 생각하고 있느냐 하는 것이 아니라 자기가 남들을 어떻게 생각하고 있느냐 하는 것이다. 당신이 접촉한 상대가 당신에게 필요한 인물이라고 판단된다면 타인과는 약간 다른 정열을 주어서 조금이라도 빨리 상대의 마음을 잡는 것이 중요하다.

레스토랑에 가서도 여성에게 먼저 선택하라고 한다거나 데이트 장소를 어디로 할까 하는 우유부단한 남성이 되지 말라. "이 집은 이것이 맛있습니다."하고 넌지시 알려준다거나 "이번 주말엔 정동진에서 일출을 보러 가려는데 어떠세요?"라고 자신의 의지를 먼저 나타내보라. 여자는 필경 속으로 '어쭈, 박력 있는 남자네'라며 좋아할 것이다. 그때, "진주 씨, 아침마다 같은 햇살을 보고 싶습니다."라고 마지막 일격을 가하라.

다른 사람들이 당신을 인정해 주기를 기다리지 말고 당신이 먼저 그들을 인정해 주라. 당신이 먼저 이러한 행동을 한다면 이제껏 당신을 알고 지내던 많은 사람들이 다정한 당신의 태도에 무척 놀랄 것이다.

해돋이를 언제 보았는가?

우리는 일 년 중 해돋이를 몇 번이나 보며 살아갈까? 일상생활의 틀에서 잠시나마 벗어날 수 있는 방법 하나 가르쳐 주겠다.

하늘을 한번 쳐다보라……. 그리고 숨을 한번 크게 쉬어보라…….

우리의 어릴 적 꿈을 한번 되새겨 보는 것이다.

자연과 가까이 하는 삶엔 건강함이 있다.

추억과 가까이 하는 삶엔 순수함이 있다.

자연과 추억은 우리들에게 젊음을 간직하게 한다.

당신의 행동의 한계를 넘어 보아라. 당신이 어떤 행동을 할 때, 그 행동의 한계 수준을 어느 선까지 해야 할 것인가 하는 생각들을 모두 버려 보아라. 당신이 생각하는 행동의 한계선까지 도달했을 때는 그 한계를 뛰어넘으면 된다.

주변에는 가끔 너무 예의에 얽매여 감정에 한계를 짓고 과잉 예절을 표하는 사람이 있다. 그때마다 역겨움과 답답함을 느껴보았을 것이다.

당신의 상사가 당신을 전폭적으로 지지하는데도 고마움을 표시할 방법이 없었다면, 주변의 시선을 무시하고 그의 볼에 키스를 해 보아라.

당신이 매일 책상 위에서 춤을 춘다면 사람들은 당신을 맛이 갔다고 여기겠지만 딱 한 번 책상 위에서 춤을 추었다면 당신에게 아주 신나는 일이 일어났다고 가볍게 생각할 것이다.

마음을 정리하라.

오랫동안 분노의 대상이었던 사람이나 물건에 대해 마음을 정리하라. 당신이 옳은가 그른가 하는 것은 중요하지 않다. 오해가 생긴 이유를 알 수 없다든가, 친한 친구가 통 말을 걸지 않는다든가 하는 문제도 중요하지 않다. 화해를 하든 칼같이 잘라 버리든 적절하게 문제를 해결하라.

사사로운 감정으로 얽매여 시간과 정력을 낭비하지 마라. 그것은 더 이상 당신 인생의 일부분이 되지 않아야 한다. 당신의 마음을 정리하는 것이야말로 정말 값진 결단이다.

〈돌발퀴즈 정답〉

힐튼 벽 색깔이 보라색이라고 한다. 그 이유는 무엇일까?

보라색은 사람을 흥분시킨다고 하여 신혼부부들이 호텔에 들어갈 때 흥분되라고 해서 보라색이라고 한다. 매일 매일 제정신이거나 맹숭맹숭하기보다는 때론 적당히 흥분될 필요가 있지 않을까?

안방과 호텔 룸과의 차이는 무엇일까?

어느 강의장에 가서 이 문제를 가지고 퀴즈를 냈더니 '사람이 다르다?'고 해서 깜짝 놀랐던 일이 있었는데 조명 차이이다. 안방은 천장에 형광등 하나만 덩그러니 달려 있고 호텔 룸은 벽 등으로 황홀감을 준다. 직접조명보다 간접조명이 황홀한 분위기를 만드는 데 제격이다. 안방도 거실도 간접조명으로 운치 있는 집안 분위기를 연출해봄이 어떠할까? 간접조명으로 집 나간 남편을 불러 들여보자.

여성/남성 최고의 성감대는?

여자나 남자의 최고의 성감대는 신체부위가 아니라 '뇌'다. '뇌'를 자극하는 방법은 '가슴'을 따뜻하게 해 주는 것이다. 안아 주라는 뜻이 아니라 귀에 대고 사랑한다고 속삭이면 된다. '내 마음 알지? 당신뿐이라고...' 섹스후 바로 샤워실로 가는 남자는 바보다. 사랑이 끝난후 3~5분간 꼭 안아주는 따뜻한 남자가 되어야 한다. 그리고 G스팟과 항문 바로위 전립선 부분을 주시하라

그녀만 보면 흥분되는 이유는 몰까?

세무법인 오늘 대표 김혜영, 나이가 찼는데도 시집은 안 가고 일에 빠져있다. 최근 세무법인 대표님들이 YCY소통명사과정에 입문 수학하면서 세무사, 회계사들이 얼마나 바쁘게 사는지 알게 되었다. 엄청 바쁘다. 그 와중에도 잠깐 다른 일까지 벌릴 정도였지만 지금은 그 일을 접었다고 한다. 많은 교습비를 내고 말았단다. 그만큼 성숙하고 다져졌으라.

그렇게 바삐 살고 있으니 언제 연애하고, 언제 운동하고, 언제 사랑하겠는가?

어느 정도 시간이 되면 일손을 놓고 인생을 즐기겠다고 하니 다행이다.

그런 그녀를 보기만 하면 흥분되는 이유는 몰까? 스승이 제자를 이성으로 볼 수는 없을 터인데 말이다. 그녀에게 홀릭되는 매력이 있다.

첫째 누구도 모방할 수 없는 열광적인 기질이다. 4, 5년전에 모 대학 CEO과정에 출강을 나갔다가 뒷풀이에 합세했었는데 필자를 찾아와 호들갑스럽게 "교수님, 교수님, 저는 오늘 강의 듣고 존경하게 되었습니다. 제 생애 최고의 명강의였고 완전 감동이었습니다."라며 애교스럽게 익살스럽게 술잔을 따르고 말을 섞었다.

그 열광적인 리액션이 사람을 홀리게 한다.

둘째는 지조이다. 원칙도 기준도 없이 이랬다 저랬다, 왔다리 갔

다리하는 사람들이 얼마나 많은가? 그녀에게는 확실한 원칙과 기준이 있다. 그래서 더욱더 좋다. 그런 그녀에게 YCY소통명사과정을 권면하니 추호도 망설임없이 입문했다. 의리도 있다. 존경하는 스승이 하라니 돈만 내놓고 시간이 없어 수학을 못하고 있으니 안타까울 뿐이지만 올 가을쯤에 꼭 참석한다 하니 그나마 다행이다. 그런 원칙과 기준 그리고 의리가 사람을 홀리게 한다.

셋째는 시대감각이다. 패션부터 마인드까지 젊고 감각적이다. 언제 노래를 배웠는지 최신곡으로 분위기를 압도한다. 무대가 좁을 정도다. 완전 핫하고 압권이다. 시대와 계절감각을 아는 센스가 사람을 홀리게 한다.

30년전에 만났었더라면 프로포즈하고도 남을 정도로 홀리게 하는 그녀는 두고 볼수록 매력이 넘치는 '볼매'다.

남녀 관계 유지법

가정에 사랑과 행복을 위해 아무것도 투자하지 않고, 헌신하지 않은 당신이 비극적인 가정의 장본인이 되지 말라는 보장은 없다.

우리는 가정이 얼마나 소중한지를 깨달아야 한다. 당신의 배우자가 다시 태어나도 당신을 만나겠다고 고백할 수 있다면, 당신의 가정은 성공한 것이다.

그러나 불행하게도 그 반대의 답변이 나온다면 이제 조용히 당신의 가정을 반추해 보아야 한다.

1. 자잘한 일에 핏대 높이지 마라

핏대 올리다 보면 혈압만 오르고 남는 건 성질 더럽다는 소리만 듣게 된다. 늘 물어야 할 질문이 있다면 이것이다. 본질적인 것인가? 비본질적인가? 그러므로 본질적인 것에는 일치를 비본질적인 것에는 자유를 주어라.

2. 습관은 무조건 존중해 주어라

수십 년 동안 안 고쳐진 게 지금 와서 갑자기 고쳐지겠는가? 나에게도 고쳐지지 않은 버릇이 있듯이 상대방에게도 버릇이 있다는 것을 인정해라. 더군다나 습관과 인격은 다르지 않는가?

3. 웬만한 것은 빨리 잊어버려라

이렇게 물어보아라. 무덤에 내려갈 때까지 간직할 만한 가치가 있는 것인가? 그렇지 않다면 미리 털어 버려라. 그것이 정신 건강에 좋다.

4. 싸우려거든 징징거리거나 짜증만 내지 말고 분명히 화를 내라

어설프게 봉합해 놓으면 병만 커진다.

5. 포기할 것은 일찍 포기해라

고름이 오래 된다고 살 되지 않는다. 더구나 내가 싫은 것은 상대방도 싫다. 그러므로 강요하는 습관을 버려라.

6. 바라는 게 있다면 솔직히 이야기해라

어차피 상처받을 일이라면 은근히 기다리다가 스스로 상처받는 것보다 직접 거절당해 받는 상처가 더 떳떳하지 않는가?

7. 나와 다른 것에 속상해하지 마라

항상 부부가 같아야 한다는 것처럼 큰 모순도 없다. 무지개가 아름다운 것은 각기 다른 색이 조화된 데 있다. 더구나 물과 시멘트가 합쳐져서 콘크리트가 되지 않는가 말이다.

8. 역할분담을 분명히 해라. 업무규정을 가지듯 합의된 생활규칙을 가져라

일테면 경제권은 누가 쥐고 용돈은 얼마를 써야 하며 시댁이나 친정에 대해 어떻게 할 것인지 보다 명확하게 하라.

9. 홀로서기를 미리 연습하라

부부도 언젠가는 홀로 된다. 가끔은 떨어져도 보아라. 그리고 남
자들은 요리하는 법을 여자들은 전기나 기구 다루는 것을 배워두
는 것도 나쁘지 않다.

10. 신랑과 신부, 남편과 아내로 보다는 영혼의 친구가 되어라

그때 비로소 서로를 속박하지 않으면서 친밀감은 배가 된다.

케겔 운동은 성감을 예민하게 하는 기능을 촉진해 줄 뿐 아니라
성관계를 할 때 통증을 없애주기도 하고, 방광도 조절할 수 있으
며, 대변 배출 욕구를 쉽게 감지할 수 있게도 해준다. 그래서 이
운동을 열심히 하면 아기를 낳은 여자들의 최대 고민인 요실금을
예방할 수 있고 성 기능도 높여준다. 남자들 또한 케겔 운동을 통
해 발기 강도와 성감 향상에 도움을 받을 수 있다. 케겔 운동은
익숙해지면 아무도 모르게 연습할 수 있다.

1. 우선 변기에 앉아 소변을 보다가 소변을 끊어본다. 이 동작을
여러 번 되풀이하면 어떤 근육을 움직여야 하는지 알 수 있다.

2. 그 근육을 사용해 한 번에 20회 이상씩 하루에 세 번 이상
이 운동을 한다.

3. 숨을 들이쉬며 조이고, 내뱉으며 푼다. 이 운동을 짧게도, 길

게도 거듭 연습하는 것이다.

4. 소변 볼 때 이 운동을 하는 것이 아니라 평소에 하는 것이다. 소변 볼 때 소변 줄기를 끊어보라는 것은 어떤 근육을 수축해야 하는지를 알기 위해서다.

신이 인간에게 부여한 특권이 있다. 그것은 웃음, 울음, 망각, 그리고 사랑이다.

인간만이 웃을 수 있다. 또 울음은 정신적 정화와 치유를 통해 카타르시스를 느끼게 해 주는 귀한 선물이다. 여자가 남자보다 오래 사는 이유 중 하나는 잘 울기때문이라고 한다. 사랑은 사랑을 나누는 방식, 체위를 말한다. 짐승들은 모두 뒤에서 사랑을 나눈다. 인간만이 얼굴을 보며 키스를 하며 사랑을 탐닉할 수 있으니 얼마나 감사한 일인가?

당신에게 주어진 사랑 불같이 뜨겁게 표현하라. 사랑만이 생존의 의미라 하지 않던가. 그 사랑 즐기기엔 인생이 너무 짧다.

마음의 요술

윤보영

사랑이란

눈 감아도 보이고

눈을 떠도 보이는

마음이 부리는 요술

사랑의 힘

사랑은 안정제와 같다. 사랑에 빠지면 정서적 안정을 찾는다. 남자들이 밤거리를 방황하는 이유 중 하나는 짝을 찾지 못했기 때문이다. 사랑은 치료제와 같다. 아플 때나 괴로울 때 사랑하는 이와 함께 있으면 치유가 된다. 사람은 사람에게 상처도 받지만 상처받은 마음의 최고의 치료제도 사람이다. 비를 맞으며 걷는 사람에게는 우산이 필요한 것 같지만 사실, 함께 우산을 쓰고 갈 사람이 필요한 거다. 울고 있는 사람에게는 손수건이 필요한 것 같지만 사실, 손수건을 주며 안아줄 사람이 필요한 것입니다. 슬픔에 잠겨 술을 마시는 사람에게 술이 더 필요한 것 같지만 사실, 함께 잔을 부딪치며 속마음을 털어놓을 사람이 필요한 것이다. 상처받은 마음의 최고의 약은 사람인 것입니다. 이처럼 사랑은 위대하다. 사랑은 정서적으로 통할 때, 오락적 친밀감을 누릴 때, 육체적인 교감을 통해서 완성된다. 스킨십이나 포옹만으로도 위로를 받고 마음의 안정을 얻을 수 있다. 스킨십이나 포옹은 가장 기본적인 사랑의 행위이다. 사랑엔 기분을 좋게 하는 따스함이 있다. 서로의 심장박동 전이는 외로움을 해소하고 불안감을 잠재운다. 혼자가 아님을 본능적으로 인식하기에 두려움을 이기는 매개체 역할을 한다. 자부심을 가지게 하는 긍정의 마인드가 들게 한다. 사랑하는 마음에는 다른 사람도 사랑하고 포용하는 너그러움이 생긴다. 사랑은 간단한 포옹이란 매개체를 통해서 긴장을 이완시켜 주기도 한다. 평온함은 느긋함을 동반하여 불편한 심기를 가라앉혀 불면증을 없애는 효능이 있다. 성장 호르몬 분비 같은 신체 리듬의 박동이 빨라지기에 근육이나 건강증진에 도움을 준다. 스트레스와 욕구불만족인 사람들에게 안정감과 소화 촉진을 돕는 효과가 있다. 삶의 즐거움과 안정감을 동반하는 즐거운 상상의 시간을 만들어 준다.

인간은 원초적인 외로움이 있다. 사랑의 행위인 안아주고 보듬어주는 것만으로도 그 외로움을 달래주고 마음의 아픔과 상처를 치료해 준다. 그리고 사랑하는 이와 '수다'를 떠는 것 또한 그렇다. '수다'란 '쓸다리(쓸데)없는 말'을 나누는 것인데 수다를 떨다 보면 내안에 있는 스트레스, 화, 갈등을 모두 태워버릴 수 있다.

눈물을 흘리는 사람에게 손수건을 건네는 짓은 바보짓이다. 눈물은 눈이 흘리는 게 아니라 가슴이 흘리는 것이다. 가슴속을 닦아주는 손수건이 없다면 말없이 꼭 안아줘야 한다. 그 사람의 가슴이 따뜻해질 때까지 내 가슴을 빌려줘야 한다.

이중표의 '별세의 삶'에서 '모든 것을 사랑으로 해야 한다. 일도 사랑으로 하면 능률이 오르고, 꽃도 사랑으로 기르면 잘 자란다. 봉사도 사랑으로 하면 힘이 안 든다. 모든 것이 다 사랑인 것이다. 우리의 사는 날은 그리 길지만은 않다.'라 했다. 그렇다. 사랑은 존재 이유이며 살아가는 희망이다. 용서와 화해와 새 출발의 에너지가 그 안에 있다. 사랑은 생명력이며, 사람을 살려내는 힘이다. 무슨일이든 사랑으로 하면 다 잘된다. 그러나 애석하게도 사랑할 시간이 그리 길지 않다. 사랑 3요소에는 열정과 책임감, 그리고 친밀감이 있는데 열정에는 유효기간이 있어 시간이 지나면 그 온도가 떨어진다. 그 열정의 온도를 높이는 방법은 친밀감을 높이는 것이다.

연애기술에는 자기개방, 상대중심, 완급조절이 있는데 자기개방은 자기자신을 열어 놓는 것으로 자신의 대한 믿음과 확신 없이는 쉽지 않은 일이다. 자신을 솔직히 열어놓을 수 있을 때 우리는 상대와 교감과 공감으로 소통을 할 수 있게 된다.

또한, 상대중심적으로 사고하고 행동할 수 있다면 당신은 이미 고수로 당신의 삶을 아름답게 격상시킬 수 있는 능력을 갖추게 되는 것이다. 사랑의 테크닉인 '구천일심(九淺一深)', '약입강출(弱入强出)', '좌삼우삼(左三右三)', '접이불루(接而不漏)'로 세상을 살아가는 지혜이기도 하다. 모든 것은 사용할수록 발달하게 되어있는 법이다. 이를 '용불용설(用不用說)'이라고 한다. 많이 사용할수록 사랑은 커지는 법이다.

젊고 건강하게 오래 살려면 손 끝을 많이 사용하라고 한다. 부부가 살다가 할망구가 먼저 죽으면 할방구는 얼마나 더 살까?

"오! 주여! 한 번의 기회를 더 주시나이까? 아멘……."이라며 기뻐할 할방구가 있다면 큰 오산이다. 왜냐하면 기껏해야 2~3년 더 살기 때문이다. 왜일까? 외로움 때문이라고 한다. 할망구가 먼저 죽으면 할방구를 만져줄 사람이 없기 때문이랍니다. 또 자기 혼자선 밥도 못 지어 먹기 때문이다.

반대로 할방구가 먼저 죽으면 할망구는 얼마나 더 살까? 놀라지 말라. 7~12년 더 사신단다. 왜냐면 할방구가 죽어도 할망구를 만져줄 사람들이 많기 때문이다. 손자, 손녀, 며느리, 아들 등등……. 그리고 할망구는 평소에 손끝을 많이 쓴다. 음식을 만들고, 뜨개질하고 살림을 하는데 손끝 쉴 날이 없다. 요즘 스파나 스포츠나 미용, 마사지 가게가 많이 생기는 이유는 사람들이 미용상 피부관리나 체형관리를 위해서 찾기도 하지만 외롭기 때문에 가는 경우도 많아서 수요가 높기 때문이라고 한다. 샵에 가서 특정 부위나 온몸 마사지를 받다 보면 스킨십 효과가 있어 마음의 안정과 위로 나아가 정신적인 치료까지 된다는 것이다. 이처럼 스킨십은 치료의 효과까지 있다. 일상생활에서도 손끝을 자주 사용할 필요가 있습니다. 악수, 허그, 포옹, 애무… 등 다양하게 사용하기를 권장한다.

다음은 혀끝을 자주 사용해야 한다. 곗돈 셀 때만 사용하지 말고, 키스도 많이 하라는 것이다. 키스야말로 젊음의 비결이요, 장수의 비결이다. 또 혀끝은 수다를 떠는 데도 많이 쓴다. 여성들이 오래 사는 이유 중 하나는 수다다. 수다를 떨고 나면 몸이 가벼워지고 정신적 후련함까지 느끼게 된다.

마지막으로 발끝이다. 발끝은 무엇일까? 열심히 땀 흘리며 움직일 때 사용하는 것이다. 탁상공론만 하지 말고 행동을 취하는 것이 최고의 건강과 장수의 비결이다. 또 발끝은 남자의 성기 끝을 의미하기도 한다. 사랑을 하면 예뻐집니다. 건강해집니다. 젊어집니다. 많이 누려야 합니다. 인생이 그리 길지 않기 때문이다. 썩어서 없어지느니 닳아서 없어진다는 말처럼 아낌없이 사용하자.

역사 속 불편한 진실

염라대왕이 하루는 조선 500년의 임금 27명이 저승에 모두 와 있다는 보고를 받고 만찬에 초대했다.

염라대왕은 건배 제의를 한 후, 분위기가 무르익자 곧 질문하기 시작했다. 통역은 세종대왕이 맡았다.

"제일 단명한 임금은 뉘시오?"

"예, 단종(17세)입니다."

"그럼, 제일 장수하신 분과 재임 기간은?"

"영조(21대) 83세에 승하하셨는데, 51년간 재위하셨습니다."

"장남이 왕위를 계승한 임금은?"

"7명뿐입니다. (문종, 단종, 연산군, 인종, 현종, 숙종, 순종 / 26%)"

"자녀를 가장 많이 둔 임금은?"

"태종(3대)으로 부인 12명에서 29명(12남 17녀)의 자녀를 생산했습니다."

"후손을 못 둔 임금은?"

"단종 (6대) * 인종 (12대) * 경종 (20대) * 순종 (27대)입니다."

"안방 출입이 제일 잦았던 임금은?"

"부인 12명인 3대 태종* 부인 12명인 9대 성종입니다."

"폭정을 한 왕은?"

에필로그

"단연, 연산군(10대)입니다"

"제일 선정을 베푼 임금은?"

"예, 통역을 맡은 '짐'이라고 생각합니다."

"염라대왕: 세종은 백성도 잘 보살 폈지만, 밤 정치도 잘해 부인 6명에 22명의 자녀를 둬, 생산공장도 KS 마크라고 들었소이다 ~!!"

"네, 황송합니다……!!"

"조선조 임금 중에서 가장 됐다 한 임금은?"

"예, 사도세자의 아들인 정조대왕인데 태평성대를 구가했습니다."

"조선조 임금들의 평균 수명은?"

"47세입니다."

그렇게 단명한 이유는 무엇일까?

이 세상에서 가장 좋은 것들을 먹고 마시고 즐기면서 오랫동안 살려고 애썼지만, 왕들의 생명은 대단히 짧았다.

이유인즉, 첫째. 10대 전반부터 수많은 후궁들 속에서 과도하게 성생활을 했고, 정력제에 해당하는 보약을 자주 복용하여 독이 몸에 쌓였고, 둘째. 일거수일투족을 다른 사람이 모두 대신해 줘 자신이 움직일 필요가 없어 운동이 부족했으며, 셋째. 일반인들이 생각했던 것보다 훨씬 고달픈 생활을 했기 때문이다. 기상시간은 오전 6시, 하루 일과를 마치고 잠자리엔 밤 11시, 결국은 체력이 달렸던 것이다. 달콤한 사랑도 과유불급이다. 적당한 사랑, 넘치지 않는 사랑, 집착하지 않는 사랑이 아름다운 사랑이지 않을까요?

3

당신에게 묻고 싶은 세 가지 질문

당신은 어떤 일에 미쳐 보았는가?

미친다는 것은 온전히 빠진다는 것이다. 빗방울이 한두 방울 떨어질 때는 조금이라도 젖을까 봐 피하려 하지만 온몸이 젖으면 더는 비가 두렵지 않다. 어릴 적 젖은 채로 빗속을 즐겁게 뛰어다니며 놀던 기억이 있을 것이다. 비에 젖으면 비를 두려워하지 않듯이 사랑에 젖으면 사랑이 두렵지 않다. 희망에 젖으면 미래가 두렵지 않다. 무언가에 빠지면 두렵지 않은 법이다.

어린 아이를 수영장에 데리고 가면 처음에는 물속에 들어가지 않으려고 발버둥 친다. 그러나 한 발 들여놓고 두 발 들여놓고 몸이 물속에 잠기면 그때부터는 물과 친해져 시간 가는 줄 모르고 노는 모습을 볼 수 있다. 한 발만 살짝 들여놓으면 물이 두렵다. '물에 빠지면 어쩌지…' 염려하지 마라. 몸을 물에 맡기는 순간 두려움은 사라지고 물속에서 즐거운 시간을 보낼 수 있다. 그것이 온전히 즐기는 방법이다.

일, 돈, 사랑, 취미, 스포츠……. 미쳐 본 사람만이 다른 일에 미칠 수 있다. 미쳐 보지 않은 사람은 사람이 싱거울 것 같다. 음악이든 예술이든 스포츠든 사랑이든 어떤 일에 미쳐 본 사람이라면 다른 일에도 열정을 뿜어낼 수 있기 때문이다.

난 내 운명을 사랑한다. 그리고 그 운명을 즐기고 있다. 책을 내고 강의를 하고 제자들을 코칭하고 MTB 라이딩하고, 탁구치고……

불광불급(不狂不及), 미쳐야 미친다. 어떤 일이든 미쳐야 그곳 그 목표에 이를 수 있다. 그러나 필자는 불광불낙(不狂不樂)이라 말하고 싶다. 미쳐야 즐거워진다. 미쳐라. 당신의 일을……. 미쳐라. 당신을 인생을……. 미쳐라. 당신의 운명을…….

당신은 목숨이 바쳐 사랑해 보았는가?

인간은 살아가면서 예기치 않은 상황을 만나고 장애를 만난다. 그 속에서 인간은 스스로를 발견해 내는 것이다. 사랑해 보지도 않고, 아픈 이별을 해보지 않고는 인생의 깊이를 알 수가 없다. 아무런 시련, 아무런 고통, 아무런 슬픔 없이는 인간은 자신의 내면을 들여다볼 필요를 느끼지 못하기 때문이다. 고민 없는 인간, 고통 없는 인간은 동물의 상태를 벗어날 수 없다. 죽을 만큼 사랑을 해보지 않고는 그 가슴 속에 떨리는 전조음의 의미를 느끼지 못한다. 인생을 깊이를 알려면 사랑으로 뜨거워진 마음이 있을 때 마음껏 사랑하라. 한 사람을 사랑한다는 것은 어느 누구도 대신할 수 없는 아픔이고 마음이라는 것을 깊이깊이 느낀다. 진정한 사랑을 해본 사람만이 인생을 논(論)할 수 있을 뿐이다.

예술은 사랑의 기록이다. 누군가가 무엇인가를 너무나 사랑해서 미치도록 빠져들어 만들어 낸 것이다. 『신곡』을 쓴 단테는 750년 전에 이런 답을 남겼다. 만약 이전과는 전혀 다른 새로운 세상을 열고 싶다면 그 첫 번째 열쇠는 "돌체 스틸 노보" 즉 "달콤하고 새로운 스타일"로 생각하는 것이라고. 여기에서 달콤한 방식이란 어떤 것일까? 결국 내가 찾아낸 '달콤하게(Dolce)'의 진정한 뜻은 '사랑'이다. '사랑의 눈'으로 보면 보이지 않던 것을 비로소 볼 수 있는 것이다.

언제 왔다 갔는지 모르게 오는 사랑도 있지만, 가슴에 깊은 상처를 남기는 사랑도 있다. 사랑을 해 본 사람이 인생의 깊은 맛을 알 수 있다. 그저 그리움과 아쉬움으로 가득찬 사랑, 보고 있어도 보고 싶은 사랑, 찢어질 듯한 아픈 이별과 가슴 저미도록 처절한 그리움에 밤을 새워 본 사람이라면 진정 사람을 그리워할 줄 알고 사람을 섬길 줄 알게 된다. 사랑은 진정한 어른으로 거듭나게 하는 과정이다. 피카소는 일곱 명의 애인이 바뀔 때마다 사조가 바뀌었다고 한다. 사랑은 영혼을 깨우는 행위이다. 피카소는 72세에 27살의 자클린을 만났다. 자클린은 임종을 지킨 마지막 애인이었다. 이처럼 피카소는 나이와 상관없이 젊고 아름다운 아가씨를 사귀었으며 애인을 자기 예술의 세계로 끌어들였다. 사랑은 인생을 바꾸어 놓은 삶의 터닝 포인트가 되기도 한다. 사랑하라. 목숨을 바쳐서… 두 번 다시 못 할 것 같은 사랑을……

다시는 재기하지 못한 실패를 경험해 보았는가?
'여기까지 잘 오셨습니다.' 김창옥 님 강의 제목이기도 하다. 독자 여러분! 정말 여기까지 잘 오셨습니다. 태어나 공부하고 경험하고 취업하고 결혼하고……. 수많은 고개를 넘어오면서 넘어지고 깨어지고, 낙담하고 좌절하고……. 죽음을 생각해 보지 않고 어른이 된 사람이 있을까? 있다면 미성숙 어른일 것이다.

쇠가 단단해지기 위해서는 담금질이 필요하고 배추를 절여 김치를 담그면 숙성시키고 발효시키는 과정이 필요하듯 인생 또한 마찬가지다.

실패를 두려워 마라. 고난을 두려워 마라. 이별을 두려워 마라. 그만큼 무르익어 가는 과정이다. 진정한 어른이 되어 가는 과정일 뿐이다.

아파 본 사람만이 건강함에 감사할 줄 알고, 불행에 처해 본 사람만이 행복을 알고, 이별해 본 사람만이 사람의 소중함을 알게 된다.

괴테가 "눈물 젖은 빵조각을 먹어 보지 않은 자는 인생을 논하지 말라"고 말했듯이 고통과 고난의 긴 터널을 지나 보아야 평범한 일상의 소중함을 알게 된다. 일상이 기적이고 일상이 행복이다.

에필로그

4

나이 탓 시대 탓 운명 탓하지 마라

현재 101세 연세임에도 활동을 멈추지 않은 김형석 교수님은 "나에게 사랑이 다시 찾아 온다면 그 사랑 누리고 싶다"고 고백했다. 얼마나 정열적이고 아름다운 모습인가?

아직도 젊음을 과시하듯 저술 활동과 강연 등으로 우리에게 존경받고 계신 이어령 교수, 세시봉으로 활동하는 송창식, 윤형주, 김세환 등 국민의 사랑을 듬뿍 받는 그들도 나이 탓하지 않고 그들만의 아름다운 삶을 누리고 있지 아니한가?

'나 그대에게 모두 드리리'란 히트곡을 낸 가수 이장희님도 70세가 넘었다. 그가 어느 방송에서 나와 "자연인처럼 살고 싶다"고 인터뷰한 내용을 보며 크게 공감했던 기억이 난다.

사회자가 "어떻게 사는 것이 자연인처럼 사는 것입니까?" 물으니….

"웃고 싶을 때 마음껏 웃고, 울고 싶을 때 마음껏 울며 사랑의 감정이 생기면 사랑한다고 말할 수 있는 사람이야말로 자연인입니다."

그렇다. 감정을 꽁꽁 묶어놓으면 병이 된다. 한국인만의 유일한 병중의 하나가 화병이다.

싫으면 싫다, 좋으면 좋다고 표현하는 사람이 보기에도 시원스럽고 화병도 안 생긴다. 또한, 감정을 표현을 적당히 표현할 줄 아는 사람이 호쾌한 멋쟁이 리더이다.

한국전쟁 직후인 1955년부터 1963년 사이에 태어난 세대를 베이비붐 세대라고 하는데 독재정권에 저항하여 민주주의 회복 운동을 벌이면서 얼마나 국가 발전에 기여했는가?

나이듦을 부끄러워 마라.

여기까지 오시느라 얼마나 고생하셨으며 얼마나 수고가 많으셨는가?

누가 이분들을 천덕꾸러기로 박대하겠는가,

이분들을 존귀하게 대접해 주는 풍토가 없는 게 새삼 아쉽다.

이제 남은 삶을 좀 더 여유 있게 건강하게 아름답게 누리시는 여러분 되시기 바라며 시들해져 가고 있는 노인존경과 효 문화를 회복해야 한다고 이 연사 강력히 외칩니다.

5

러브 호텔을 이용하라

식구들과 멀리 떨어져 혼자 지방에 내려가 근무하는 한 사내가 있었다. 몇 달 만에 아내가 찾아왔다. 그래서 부부는 남편의 자취방에서 회포의 정을 풀었다. 오랜만에 만나서인지 두 사람은 금세 뜨거워졌다. 그때 갑자기 벽을 쿵쿵 두들기며 옆방 사람이 소리를 쳤다.

"여보슈, 좀 적당히 할 수 없수! 잠 좀 잡시다. 이거야 원 밤마다 시끄러워서……."

며칠 전 만난 친구 녀석이 괴상망측한 소리를 한다.

"나 요즘 '러브 호텔' 다닌다."

"그래? 누구랑?"

"누군 누구야, 아내지."

"아니, 웬일로!"

놀란 나에게 그 녀석은 어색한 듯 고백 아닌 고백을 하는 것이었다.

부모님을 최근 자기 집에 모시게 되었는데 도무지 기회가 안 생긴다는 것이다.

"아, 그래서 러브 호텔을, 재미가 어떤데?"

"그야 물론 연애하는 기분이지. 흐흐흐…"

"그래, 이유야 어쨌든 괜찮은 이벤트구나!"

"자네도 그런 기회를 만들어 보라고!"

전혀 새로운 곳에서 하룻밤을 지내보자. 당신에게 사물을 새롭게 보도록 하는 계기가 될 것이다.

여기에서 중요한 것은 단순히 낯선 침대에서 잠자는 걸 의미하는 게 아니라, 틀에 박힌 생활에서 잠시 벗어나 보는 것이다. 침식이 제공되는 여관이나 방갈로도 좋고 들판에서 텐트를 치는 것도 좋다.

낯선 곳에서 잠을 자면, 호흡처럼 기계적으로 진행되는 생활에서 벗어나 사물을 새로운 눈으로 보게 된다.

연애하듯 살아라

'행복하세요?'

'대답하지 마세요.'

'사람의 얼굴을 보면 행복한지 아닌지를 금방 확인할 수 있습니다.'

'아, 행복하시군요?'

'왜 행복하시죠?'

'돈, 성취, 건강, 가족… 뭐니 뭐니 해도 돈보다 관계이지 않을까요?'

사랑에 빠지면 세상이 다 아름다워 보인다. 설레임, 그리움, 아쉬움 등 감정의 온도가 높다.

연애를 하면 예뻐진다는 말이 있다. 그것도 의학적으로 명확한 근거가 있는 말이라고 한다. 연애를 하거나 이성에게 빠져 있으면, 우리의 몸은 행복 호르몬인 세로토닌을 활발하게 분비한다. 세로토닌은 스트레스를 크게 완화시켜 몸에 각종 트러블이 생길 확률을 현저하게 낮춰준다. 또한 세로토닌 분비가 촉진되면 숙면을 취할 가능성 역시 높아지는데, 숙면 중 분비되는 멜라토닌이 몸의 구석구석을 회복시켜 피부와 몸에 결정적인 영향을 준다. 뿐만 아니라, 연애를 하면, 도파민 분비 활성화로 뇌의 시상하부가 활발해진다고 한다. 이 시상하부는, 여성 호르몬인 에스트로겐 분비를 담당하는데 이 에스트로겐 분비가 활성화되면, 여성의 피부와 머리카락 등에 한층 더 윤기와 활기를 공급한다. 사랑을 하면 희망, 감사, 행복 충만하게 되는 것이다.

연애에 빠지게 되면 그리움과 기대감으로 설레게 되고, 흥분하고 황홀경에 빠지게 된다. 사랑은 열정, 책임감, 친밀감으로 구성되는데 열정의 유통기간은 300일에서 3년으로, 식어가는 열정을 충전시키기 위해서는 친밀감을 높여야 한다. 친밀감에는 정서적, 육체적, 오락적 친밀감이 있다.

연애에도 자기개방, 상대중심, 완급조절이 필요하다. 우주는 음양의 신비한 조화로 운행되고 있는데 음양의 차이를 알아야 한다. 게리 채프먼의 사랑의 언어가 있다. 인정하는 말, 스킨십, 선물하기, 봉사의 손길, 함께하기 등이 그것이다.

스탠버그라는 학자는 사랑에는 열정, 우정, 헌신의 세 요소가 있고, 완벽한 사랑에는 저 세 요소가 모두 있어야 한다고 말했다.

사랑하는 연인에게 불타는 열정으로 다가가면서도, 친구처럼 상대방을 이해하고 교감하는 것을 잊지 않아야 한다.

또한, 연인과의 관계를 유지하기 위해 헌신과 책임을 다할 준비도 되어야겠다.

사랑의 세 가지 중요한 요소인 열정, 친밀감, 헌신을 모두 갖춘 당신은 진정한 사랑을 하는 사람이다.

에필로그

열정은 말 그대로 활활 타오르고 뜨겁고 솟구치고 하는 그런 것들이고, 우정은 서로를 잘 알아가고 친밀해지고 하는 것이다. 헌신은 관계가 깊어지면서 서로 신뢰하고 이 관계를 지켜가야겠다는 다짐-책임감 같은 것이다. 보통 연애 초기에는 열정이 매우 높다가 시간이 지나 열정이 사그라들게 되면 우정과 헌신이 관계를 지켜나가는 기둥이 된다고 한다.

연인에서 가족이 되는 과정이라고나 할까. 결국에는 서로 편하고 의지할 수 있는 친구가 되는 것이다. 혹시 좀 오래 되서 권태기 같은 게 아닐까, 라는 생각이 드시는 연인이 계시다면 '친구'가 되어가는 과정은 아닐까? 라는 생각도 한 번쯤 해보시기 바란다.

스피치나 비즈니스나 인생이나 연애하듯 할 수 있다면 정말 멋진 인생, 행복한 인생, 성공적 인생이 될 수 있다고 자신한다. 연애기술에는 세 가지가 있다. 그것은 상대중심, 자기개방, 밀당이다. 상대중심적일 수 있다면 이미 성공한 인생이나 진배가 없다. 이것을 관점전환능력이라 말한다. 고객 중심, 상대중심, 세상 중심으로 바꿔야 한다. 상대가 필요한 것을 채워줄 수 있다면 상대 만족과 감동을 넘어 감탄과 감격을 줄 수 있게 된다. 하여 스피치에서나 인생을 살아가는 데 박수를 받는 방법은 세상 중심적이게 관점을 바꾸는 것이다. 다음은 자기개방이다. 조금씩 조금씩 자신을 열어가며 상대방과 공통분모를 만들어 가는 재미는 설레임 그 자체다. 마지막으로 밀당을 잘해야 한다. 처음부터 다 주면 고마운 줄 모른다. 조금씩 조금씩 감질나게 주어야 합니다. 무슨 일이든 밀고 당기는 완급조절이 최고의 고수 전략이며 연애의 테크닉이다.

소녀경에서는 이를 구천일심(九淺一深), 좌삼우삼(左三右三), 접이불루(接而不漏: 사랑은 하되 사정하지 않을 수 있는 단계)란 테크닉으로 소개하고 있다. 접이불사, 좌삼우삼은 사랑뿐 아니라 비즈니스나 삶에서도 필요한 기술이다. 모든 상황에 이 기술을 적용할 수 있는 테크닉인 것이다. 사용해 봐야 그 기술이 는다. 용불용설(用不用說)인 것이다. 물론 용불용설은 진화론을 바탕으로 합니다만….

사랑의 구성의 3요소는 열정과 책임감 그리고 친밀감인데 친밀감은 다시 정서적 – 心적 친밀감, 육체적 – 體적 친밀감, 오락적 – 樂적 친밀감으로 나뉜다.

사랑은 음과 양의 조화이다. 우주의 신비이며 하모니이다. 그 차이를 잘 알고 응용할 줄 알아야 하는데 대표적으로 뇌의 차이가 있다. 멀티형이냐 모노형이냐의 차이, 성감대의 차이도 있다. 남자는 시각적인 반면 여성은 청각적이라는 차이도 있지요. 남자는 누드에 약하고 여자는 무드에 약하다는 얘기도 있다. 소통하는 방식에도 차이가 있는데, 과정 중심적이냐 결과 지향적이냐는 것이다. 가장 큰 차이는 남성은 육체적 친밀감으로 사랑을 느끼고 여성은 정서적 친밀감으로 사랑을 느낀다는 것이다.

'표현하지 않는 사랑은 사랑이 아니다'라는 말처럼 아름다운 사랑은 끊임없이 표현하고 온전히 느껴야 한다.

에필로그

김도이 作

7

미친 듯 사랑하라

사랑만큼 아름다운 모습이 어디 있겠는가? 사랑하면 세상이 다 아름다워 보이고, 사랑에 빠지면 다 예뻐 보이고, 아파도 아픈 줄 모르고, 먹지 않아도 배고픈 줄 모른다. 그게 사랑이고, 사랑은 그 만큼 위대하다. 그 사랑의 과정이 연애라면 연애하는 순간은 모르 핀을 맞은 것처럼 황홀경에 빠지게 된다.

사랑은 미친 짓이다. 사랑의 대상밖에 보이지 않기 때문에 사랑 에 취할수록 보이는 것이 없다. 얻는 것만큼 잃는 게 많다. 옆을 볼 줄 모른다. 아니 뵈지 않는다. 몰입은 위대한 에너지지만 빠져들 게 마련이니 형평성을 잃는다. 그래서 그 후폭풍도 생각지 않을 수 없다. 기쁨만큼 아픔이 뒤따르는 것이 세상 이치다. 세상은 질량 불변의 법칙이 적용되기에… 그래서 사랑은 기쁨을 가져다주는 만 큼 아픈 법이다.

"그래 길들여진다는 게 어떤 뜻인지 알지는 못하겠지만, 네 친구 의 선택도, 네가 친구와 이별하고 혼자 살아가야 하는 운명도 알 것 같아. 아주 어렴풋하겠지만 말이야. 나는 계속 여행을 떠나야 해. 네가 나에게 길들여지지는 못하겠구나. 어디선가 네 친구를 만 나게 될지도 몰라. 아마 나는 네 친구를 한 번에 알아볼 것만 같

아. 이유는 모르지만 그렇게 될 것 같아. 만약 만나게 된다면 너는 누군가에게 길들여졌던 과거가 그립니? 라고 꼭 물어볼게. 그 말을 듣고 내가 여행을 마치고 돌아오는 길에 너를 만나면 네 친구의 이야기를 다시 전해줄게. 어쩌면 그때는 내가 길들여짐의 뜻을 알게 되었을지도 모르잖아." 어린 왕자가 말했다. "안녕" "안녕"

생텍쥐페리의 『어린왕자』란 책에 '길들여짐'의 의미가 다가온다. 길들여짐 뒤의 이별을 준비해야 하기 때문이다.

길들여짐 뒤에 오는 이별의 아픔을 얘기해야 한다.

신이 인간에게 부여한 세 가지 특권이 있다. 그것은 웃음과 망각과 사랑이다. 물론 소나 돼지도 웃는다. 그것은 특이 현상이다. 인간만이 호탕하게 웃을 수 있는 법이다. 그리고 잊어버릴 수 있는 것도 특권이라 한다. 만약에 망각할 줄 모른다면 미쳐버리고 말 것이다. 슬프고 아쉬운 일도 시간이 지나면 자연스럽게 잊을 수 있으니 천만다행이다. 그리고 사랑이다. 물론 짐승도 사람 못지 않게 모성애가 있다. 그러나 face to face_얼굴을 마주보고 사랑할 수 있는 것은 인간뿐이다. 짐승은 뒤에서 사랑을 나눈다. 이처럼 얼굴을 보고 입을 맞추고 사랑을 나눌 수 있으니 인간은 얼마나 축복받은 존재인가?

손끝으로 상대의 몸을 만지고 혀끝으로 달콤한 키스를 나누고 얼굴을 보고 아름답고 깊이 있게 사랑을 나눌 수 있을진대 할 수 있을 때 마음껏 누려보자.

연애하듯 산다면 그리움, 기대감, 설레임, 아쉬움으로 감성 에너지가 많이 소모된다. 열정적으로 사랑의 에너지를 동원하다 보면 아름답고 정열적인 삶이 될 수 있을지도 모르지만 그 뒤의 쓰디쓴 이별을 준비해 놓지 못한다면 이겨내기 힘든 고통의 순간을 맞이할지도 모른다. 이 세상에 영원한 것 없으니 아이러니하지만 아름다운 끝을 생각하며 치열한 사랑을 해야 한다.

메멘토 모리, 카르페디엠이다. 그래서 아모르 파티해야 한다. 그게 사랑이고 연애이며 이별이다. 사랑과 연애와 이별은 연속적인 일이고 자연의 이치다.

특별한 초대

　오늘 특별한 사람으로부터 특별한 점심을 초대받았다. 'Hot하게 뜨고 있는 함께하는 연합회 김 대표', '자동차 부품업체인 유 대표', '법무법인 배 변호사'로부터의 초대다. 만나자마자 첫 질문이 "박사님 이번 주 금요일 저녁 '뜨거운 감자'란 모임이 있는데 참석해 주실 거죠?" "뜨거운 감자? 핫이슈!…" 아무튼 발상이 기발하다. 점심을 먹고 '벨라 떼아뜨로'로 향한다. 둔산동 법조타운 변호사들 사이에 맛있는 로스터리 숍으로 유명 커피 산지의 원두를 직접 로스팅한 더치커피와 드립커피 및 에스프레소를 맛볼 수 있다. 차를 마시면서 듣고 싶은 질문을 했고 필자는 거기에 답변을 해야 했다.

　배 변호사] 2014에 처음 뵙게 된 윤치영 박사님은 저의 성장과 변화의 발단이 되시는 분으로 지역의 주요 인물들을 많이 지도하시는 분이기도 하며 저는 2019년 2월 초 입문, YCY 명강 과정 1기를 수료하였고 지금도 YCY 수요/토용 CEO과정을 80주 차 수강하고 있습니다. 오늘 윤치영 박사님을 모시고 점심과 함께 귀한 시간 갖게 되어 기쁩니다.

　김 대표] 꼭 가지고 가고 싶은 한 단어가 있다면 소개해 주세요.

　윤 박사] 음, '행복(Happy)'입니다. 삶의 궁극적 목적은 행복입니다.

무슨 일을 하든 행복하게 해야 하고 행복해야 합니다. 행복하기 위해서는 무슨 일이든 해야 합니다.(I do) 그 일을 하다 보면 이해하게 됩니다.(I understand) 그리고 이해하는 것만큼 즐길 수 있게 됩니다.(I enjoy) 즐기다 보면 응용력이 생기게 마련인 것이죠.(I apply) 그렇습니다. Apply_ 나만의 색깔, 나만의 스타일, 나만의 영역을 구축해야 합니다. 그 Apply는 행복(Happy)할 때 가능한 것이죠. 그래서 저는 살아가면서 하나의 단어를 집으라면 행복(Happy)입니다.

유 대표] 저는 청년회의소 지구회장직을 맡아 오면서 변화와 발전을 주기 위해서 무엇이 필요할까요?

윤 박사] 무한 긍정이라고 생각합니다. 제가 30여 년간 스피치를 강의하지만 스피치의 스킬을 강요하지 않습니다. 스피치는 마인드가 중요합니다. 마인드가 바뀌면 스킬은 저절로 풀리는 것입니다. 마인드를 바꾸기 위해서는 토설(吐說)을 통한 자기개방을 해야 합니다. 토설은 스피치의 5가지 힘, 각인력, 견인력, 성취력, 치유력, 창조력에 의해 어마어마한 변화를 가져옵니다. 그리고 긍정을 넘어 초 긍정을 넘어 무한 긍정이 필요합니다. 어떠한 상황이라도 뒤집으면 무한 긍정이 됩니다. 긍정의 에너지가 사람들을 조직을 세상을 바꿀 수 있습니다.

법무법인 배 변호사는 40초반 나이에 4명의 동료 변호사들과 법무법인을 만들었습니다. 배 변호사의 생활방식과 철학 그리고 주변이 이미 성공을 향해 가지런히 정렬되어 있습니다. 이제 가속만 하면 엄청나게 성공가도를 달릴 것입니다. 배 변호사에게 저는 세 가지를 주문했습니다. 첫 번째가 조화석습(朝花夕拾)입니다. 저는 좋아하는 꽃이 조화(朝花)입니다. 아침에 떨어진 꽃……. 저는 떨어지는 꽃잎, 떨어진 꽃을 좋아합니다. 봄에 만개했다가 비바람에 떨어지는 벚꽃을 보노라면 가슴이 시릴 정도로 아프면서도 진한 감동을 받습니다. "아, 아름다운 꽃, 아, 아름다운 세상……." 살아 있음을 실감하며 바다 위를 걷거나 하늘을 나는 것이 기적이 아니라 이렇게 땅위를 걸을 수 있다는 것이 기적이란 사실을 실감하게 됩니다. 조화석습(朝花夕拾)은 아침에 떨어진 꽃잎일지라도 그 꽃잎에 아름다움과 향기가 살아있다면 그 아름다움을 음미하다가 저녁에 거둔다는 의미를 담고 있죠. 그런데 현대인들은 조급증에 서두르고 덤빕니다. 서둘러서 안 될 일이 되지 않고, 덤벼서 될 일이 없습니다. 덤비지 말고, 서둘지 말고 때를 기다리고 때를 만들어야 합니다. 스피치도 관계도, 비즈니스도 모두가 그러합니다. 필자는 수많은 사람들을 가르치고 지도했지만 배철욱 변호사야 말로 이 진리를 가장 먼저 받아들이고 실천에 옮겨 체질화시킨 사람으로 그야말로 칭찬하고 싶은 수제자입니다. 두 번째 주문은 3F입니다. 3F는 Fast, Friendly, Frank입니다. Fast는 순발력이며 위트, 재치, 해학 등의 의미로 웃길 수 있어야 한다는 것이며, Friendly는 친밀감이 있어야 한다는 것으로 좀 더 살가운 사람이 되어야 하며 Frank는 솔직함입니다. "배우가 되고 싶은 연기자 조달환입니다."

라고 자기를 소개하는 연기자 '조달환' 씨는 아직 배우가 되지 못한 이유는 연기력이 부족해서도 아니고 인맥이 닿지 않아서도 아니며 오로지 인간미가 부족하기 때문이라고 세바시 동영상을 통해 고백했습니다. 그렇습니다. 인간적인 것이 필요한데 그것이야말로 솔질함에서 출발합니다. 그중에서도 배 변호사께 Friendly를 강조하고 싶습니다. 좀 더 살갑게 좀 더 친근하게 다가서 주시기 바랍니다. 저에 대한 호칭도 박사님, 스승님 보다 치영이 형~으로 호칭 한번 해 보세요.

　마지막으로 몰입(immersion)을 얘기했습니다. 성공의 비결도, 행복의 비결도, 사랑의 에너지도 다 몰입(immersion)의 힘에서 나옵니다. 무슨 일이든 자기가 하고 있는 일에 올인(All-In) 하십시오. 그럼 몰입력(immersion force)으로 사랑도 행복도 성공도 다 이룰 수 있는 것입니다. 거기에 반전(反轉)을 줄 수 있다면 더욱 흥이 나겠지요. 반전은 기대치를 뒤집는 것입니다. 생후 4~5개월 된 젖먹이에게 온 가족이 박수를 치면서 성원을 보냅니다. 그 애는 젖 먹던 힘을 다해서 배 뒤집기에 성공합니다. 그땐 온 가족이 환호합니다. 천하장사 씨름판에서도 막판뒤집기에 관중이 열광합니다. 사람이 살아가면서 수많은 기회를 포착해 반전을 이루는 것은 자신뿐만 아니라 주변 모두를 열광시킵니다. 삶에도 반전이 있어야 생기가 돕니다. 말에도 역시 반전이 있어야 귀를 기울입니다. 삶이든 말이든 뒤집으면 뒤집힙니다. 오늘 음식이 맛있어서가 아니라 의미 있는 자리에 초대해 준 세 분에 감사드립니다. 잊지 않겠습니다. 고맙습니다. 사랑합니다.

에필로그

9

사랑의 기술로 사업도 성공하시고 달콤한 인생 누리세요

♥ 사랑이란 책임을 다하는 것이다. 상대가 행복하게 할 수 있도록 칭찬과 격려와 애정표현을 끊임없이 하라. 잡아논 물고기에게도 먹이는 주는 법이다. '예쁘다'고 '감사하다'고 수시로 표현하라. 그럴수록 애정은 깊어만 간다.

♥ 사랑도 행복도 성공도 몰입이다. 이성을 어장에 잡아 놓고 관리한다는 어장관리는 어불성설이다. 사랑은 볼록렌즈로 빛을 모으듯이 한 곳이 집중하는 것이다. 그래야 불꽃을 만들 수 있다.

♥ 친밀감을 나눠라. 사랑을 유지하는 비결은 친밀감을 함께 나누는 것이다. 대화로 정서적 친밀감을, 온봄으로 육체적 친밀감을, 오락이나 레져, 혹은 스포츠 등 취미 문화 예술활동을 함께 함으로 오락적 친밀감을 톡톡히 느낄 수 있는 것이다.

♥ Love is space_ 무관심이 최고의 관심이란 말이 있는데 때론 무관심으로 놓아 줄 필요가 있다. 사랑은 집착이 아니라 상대방의 자율권을 보장해 주는 것이다. 때론 고집이나 주장을 버리고 포기하는 아량도 필요하다.

– 화술경영 윤치영 박사 생각

사랑은 책임감, 열정, 친밀감을 근간으로 한다. 책임이 따르지 않는 사랑은 사랑이 아니라 쾌락을 추구하는 불장난에 불과하다. 사랑은 반드시 책임감이 따라야 한다. 사람이 사랑하게 되면 열정적으로 에너지를 쏟아붓는다. 사랑은 한 곳에 몰입하는 것이다.

그래서 사랑에 빠지면 옆도 잘 보이지 않는다. 몰입되어 있기 때문이다. 사랑하는 대상에 깊이 빠지기 때문이다. 발정난 강아지처럼 이 놈 저 놈 혹은 이 여자 저 여자 건드리는 작태는 사랑이 아니라. 바람난 난봉꾼에 불과하다. 사랑은 정신적 교감이 일어나야 한다. 코드가 맞아야 사랑을 시작할 수 있다. 이를 정서적 친밀감이라 한다. 짚신도 짝이 있다는 말이 아마도 이를 두고 하는 말을 것이다. 겉으로는 도저히 맞을 것 같지 않은데 콩깍지가 씌운 것처럼 빠져 드는 것도 바로 이 정서적 친밀감이다. 생각이 같은 것이다. 종교적, 사상적, 이념적인 관점이 같으면 깊은 대화가 가능해진다. 제 눈에 안경이라 하지 않던가? 굳이 고차원적, 형이상학적인 차원이 아니더라도 정서적 교감이 필요하다.

다음은 육체적 친밀감이 있다. 남자는 몸이 간 다음 마음이 가고 여자는 마음이 가야 몸이 간다고 하는데 아무튼 이성적 사랑에는 몸정(肉情)이란 것이 있다. 만지고 애무하고 빨고 삽입하고 사정하는 것 모두 육체적 교감인 것이다. 결국 사랑은 종족보존을 위한 자연의 섭리이지 않은가? 육체적 교감 없이는 사랑이 완성될 수 없다고 본다. 사랑에는 반드시 육체적 친밀감이 따라야 한다. 그리고 육체적 교감은 사랑을 무르익게도 하지만 장수와 건강에도

에필로그

265

도움이 된다고 하니 손끝으로 보듬고 전희하고, 혀끝으로 키스하고 애무하고 칭찬하고, 성기로 삽입하고 약입강출, 좌삼우삼, 구천일심하는 즐거움을 한껏 누려야 한다.

마지막으로 오락적 친밀감을 누려야 한다. 사랑은 유통기간이 있다고 하지 않던가? 그 유통기간은 바로 열정이란 에너지가 시들기 때문에 나타나는 현상이다. 열정의 불꽃은 시들기 마련이다. 이 불꽃을 되살리고 지속시키기 위해서는 오락적 친밀감을 만들어야 한다. 함께 잠자고, 함께 맛있는 음식을 나누고, 여행을 하는 것은 물론 레저 스포츠를 즐기는 일 또한 오락적 친밀감을 누리는 방법이다. 필자가 진행하는 스피치리더십강좌에 참여하는 다양한 분들의 얼굴을 보면 가정 분위기를 읽을 수 있다.

"얼굴이 행복해 보이세요."

"네 교수님, 주말에 남편과 치맥하는 시간이 즐거워요."

부부간에 주말 저녁에 치맥이라도 한잔하는 부부들은 그래도 행복하다. 스포츠나 레저 혹은 여행을 함께 하는 부부라면 정말 행복한 가정이랄 수 있다. 신혼이나 결혼 초기에는 없으면 못 살 것 같던 부부도 세월이 지나면서 닭 쫓던 강아지처럼 지붕에 올라간 닭 보듯 하는 부부들이 얼마나 많은가?

요즘은 할 것 다해 놓고 황혼에 이혼하는 부부들도 많아지고 있는 이때에 행복하려면 오락적 친밀감을 위해 함께 할 공통분모를 많이 만들어 놓으시길 바란다.

그렇다면 사랑의 기술이란 무엇인가? 필자는 기술이란 단어를 좋아하지 않는다. 기술도 마인드(마음)를 바탕으로 하기 때문이다. 마음이 없는데 기술은 먹히지 않기 때문이다. 책임을 다하겠다는 다짐과 이곳저곳 한눈팔지 않고 열정을 집중하겠다는 마음과 정신적 육체적, 오락적, 친밀감을 누리기 위해 자기개방과 상대중심 그리고 밀당을 할 줄 아는 지혜가 필요한 것이다. 자기개방이란 자신의 생각과 생활을 속속 열어놓는 것이다. 거짓 없이 솔직하게 하나하나 소소하게 대화로 나누고 공개하고 공유하는 과정이 사랑이다. 알아가는 재미 또한 고소한 묘미다. 폐쇄적인 상태에서는 사랑을 공유하거나 지속할 수 없다. 통즉불통 불통즉통(通則不痛 不通則痛)이다. 다음은 상대 중심적이여야 한다. '무엇을 먹을까?', '어떻게 해줄까?', '어떻게 하지?' 끊임없이 묻고 확인해서 상대가 원하는 대로 만들어 가는 것이 사랑이다. 상대중심이 관계의 성공비결이다. 기업에서도 고객중심이고, 교육에서도 수용자중심이 성공의 관건이다.

마지막으로 밀당이다. 밀당이란 밀고 당기는 기술이다. 완금을 조절하는 능력이기도 하다. 한꺼번에 쏟아 놓으면 기대감도 사라지고 부담을 왕창 주기 십상이다. '구천일심(九淺一深)', '약입강출(弱入强出)', '좌삼우삼(左三右三)', '접이불루(接而不漏)' 등이야 말로 밀당 중 밀당이다. 무슨 일이든 때란 것이 있다. 때에 맞게 하나씩 하나씩 풀어 놓아야 한다. 그것이 사랑의 기술이며 사랑하는 마음가짐이기도 하다.

사람이 사람에게 줄 수 있는 최대의 감동은 한결같음이다. 이 모든 것들이 사랑에만 통할까?

세상은 이렇게 덧없이 흘러서 간다. 일상 생활에서의 작은 일들이 모여 인생이 된다.

평소의 작은 관심, 작은 배려가 세상을 따뜻하게 만든다. 이를 테면 시간 약속을 잘 지키는 일, 반갑게 인사하는 일, 의자를 내주는 일, 고마움을 표시하는 일, 그리고 상대의 크고 작은 일에 관심을 가져주는 일, 상대의 마음을 헤아려 함께 감정을 나누는 일, 기쁘고 슬픈 일에 직접 만나 길흉화복을 나누는 일 등은 사람의 마음을 감동시키고 신뢰를 갖게 하며 사람을 따르게 하는 덕목(德目)이기도 하다.

사람을 기다려 줄 줄 아는 사람, 계산을 떠나 가끔 손해도 볼 줄 아는 사람, 상대의 잘못도 감싸 주고 슬픔을 함께 나눌 줄 아는 따뜻한 마음을 가진 사람, 작은 것이든 큰 것이든 무엇이든 주려고 하는 사람, 대화할 대 지루하지 않고 흥미있게 말하려는 사람, 비난과 힐책의 말보다 축복과 행복을 전하는 말을 하려는 사람, 모든 일에 자신감을 갖고 웃을 줄 아는 사람, 한번 말한 것을 자주 번복하지 않는 사람, 계획성을 갖고 일에 임하는 사람, 선한 눈빛을 가진 사람... 그래서 이 세상을 좀 더 따뜻하고 아름답게 만들어 가는 일에 일조하는 사람이 되자!

한 번밖에 없는 인생, 늦기 전에 자신의 삶의 방식을 되돌아보자. 그리고 좀 더 너그럽고, 좀 더 여유롭고, 좀 더 행복한 삶이 되도록 노력하자.

미안하오, 정말….

아침에 등산을 하면 산의 정기(精氣)를 받아 아들을 낳을 수 있다는 설이 나를 솔깃하게 만들었다. 꼭 아들을 보리라는 욕심보다도 아침 운동은 건강하게 하루를 열 수 있다는 마음으로 동료들과 가까운 보문산을 등산하기를 3여 년…….

그런데 정상에서 만나는 사람들은 각양각색이다.

10여 년을 비가 오나 눈이 오나 이곳 산을 탔다는 사람이 있는가 하면 나이 60이 되어도 아침에 텐트를 치지 않으면 인생이 끝난 거와 진배없다고 자신의 정력(?)을 자랑하시는 분이 있다.

대개 이른 아침에 보문산을 등산하시는 분들의 코스 중에는 하산할 때 '보문 보리밥 집'을 들려 야채에다 보리밥을 고추장에 비벼 먹고 난 후 걸직한 숭늉을 한 사발 들이킨다. 그러면 1년 내내 감기한 번 안 걸리고 건강하게 보낸다고 한다. 한때 그렇게 행복했다.

가을

어느

오후...

세발 자전거를 타고

언덕빼기를 내려오다가

우연히 하늘을 발견했지요.

이 세상에

저렇게 파랗고 맑은

하늘이 있었다니요.

놀란 저의 동공은

하늘을 모두 담을 만큼 커져 갔어요.

에필로그

이처럼 아름다운 하늘이

존재했다니요?

그것도

내 머리 위에, 내 가슴 속에...

생생하게

길가에 핀 코스모스는

놀란 나를 향해

평소와 다름없이

손을 흔들고 있었답니다.

결혼 초의 일이다. 그동안 운영해 오던 학원을 옮겨야 할 상황에 처했다. 그러나 자금 사정이 여의치 않아 궁여지책으로 신혼방이 던 아파트의 전세금을 빼내어서 새로운 건물로 이전하기로 마음먹고 구 건물에 있는 학원 시설물을 하나 하나 철거해서 신 건물에 시설을 해야 할 입장이었다. 자금 마련 때문에 어쩔 수 없이 살던 아파트 전세금을 미리 빼내야 했기 때문에 신혼 살림살이 짐을 몽땅 구 학원 교실 한쪽 칸으로 옮겨 놓고 구조물을 뜯기 시작했다.

밤에는 신혼 가구로 넓은 공간을 막아 바람과 추위를 피하고 낮에는 또 아이들을 가르칠 수 있도록 살림살이 가구와 짐보따리를 한 곁에 몰아 놓고 하면서 한 달을 그렇게 생활했다.

침대 놓을 자리가 없어 밤에는 스티로폼 한 장을 반으로 잘라 밤이면 붙여 놓고 간이 침대로 사용했다.

80여 평의 뻥 뚫린 학원에서 우리 부부는 허리가 부러져라 꼭 부둥켜안고 잠을 자곤 했다. 아침에 일어나면 너무 껴안고 자서인 지 뼈마디가 아플 정도였다. 그렇게 어수선한 생활 속에서 빨리 새 건물로 이전하고 싶은 욕심만으로 낮에는 수업과 공사를 해 가며 약 한달 보름간을 그렇게 보냈다.

3월 신학기가 시작되기 전 우리는 고대하던 새 건물로 모든 시설을 끝내고 이사를 했다. 주위 사람들을 초청해 조그만 이전 개원식도 갖고 신규 입학생들 입학식도 치르고 나니 그때서야 추위와 외로움 속에서 지내던 한 달 보름간의 생활들이 떠올라 우리 부부는 얼마나 울었던가?

여보!

아이들이 쑥쑥 자라

지난 세월이 짧지 않음을 느끼겠구려.

쫓기고 쫓는 하루의 고단함으로

서로의 애정을 확인하는 시간이

너무 부족했던 것 같소.

아침에 일어나 밤이면 잠자는

무표정한 타성적인 생활이였소.

당신은 가정적인 남편을 보면

부러워진다 말했지요.

무신경, 무관심, 무배려 …

그간 얼마나 추위를 타고 있었는지

짐작이 가는구려.

그러나 서로간 포기나 방관은 아니!

아껴 주고 이해해 줄 수 있는

아름다운 변신을 위해

끊임없이 노력해 가도록 합시다.

여보!

늦은감이 없지 않지만

당신을 위해 바람 막이가 되어 주려오.

우리 아이들과 당신을 위해

흔들리지 않는 버팀목이

되어 주겠소.

당신이 그리울 때

난 가장 아끼는 옷을 입겠소.

나는 당신이 그리는

그런 모습으로 다가 서겠소.

애틋한 마음을 전달하기 위해 …

당신은 나의 애인,

나는 당신의 사랑이려오.

그때 사랑의 기술을 알았더라면

에필로그

눈물나도록 시린

윤치영

좀 더 자알 살 수 있었는데...

좀 더 사랑하며

좀 더 가까히

좀 더 솔직하게

좀 더 표현할 것을...

후회없는 나날이기를

관심으로

함께함으로

진중함으로

사랑한다고...

눈물이 납니다

대전 와동아파트에서 시작된 신혼생활, 부족한 것이 많았지만 콧노래 부르며 퇴근하곤 했다. 앞집에 사는 새댁이 그런 나를 보고 '콧노래 신랑'이라 불렀다. 그때 사랑의 기술을 알았더라면 좀 더 지혜롭게 살 수 있었을 텐데 후회가 앞을 가린다.

이 책을 읽는 독자들을 위해 다시 한번 사랑의 기술을 정리해 본다.

자기개방_ 일상을 소소하게 나누었어야 하는데 바깥일은 바깥일 이란 일념으로 말하지 않았다. 남자는 강해야 한다는 일념으로 강한 척했다. 남자에 주방에 얼쩡거리면 체념 떨어진다는 생각에 손끝에 물 한 방울 묻히지 않았다.

상대중심_ 상대가 원하는 것을 해줬어야 하는데 내 중심이었다. 친구들과 지인들에게는 그렇게 자상했으면서도 아내에게만큼은 그렇게 인색했다. 한 번도 칭찬하거나 헤아려 준 적이 없는 쫌생이였다.

완금조절_ 정강히 땡기고 놓아줄 줄 아는 밀당으로 서로 기대감을 갖게 하고 팽팽한 긴장감을 갖게 했어야 했는데 늘 불평불만이었다.

2년 동안 쫓아다니며 구혼을 청할 때의 마음은 어디로 팽겨쳤는지 모른다. 구혼 시 아내의 마지막 조건은 교회에 나오는 것이었다. 그래서 그때부터 지금껏 일요신자가 되었다. 지금도 아내는 아침에 일어나면 기도하고 찬송가 부르고 설교 듣는 경건한 생활을 하고 있다. 필자는 주로 밖에 나가 등산하고 친구들과 저녁문화에 빠져 있었다. 첫딸을 낳고 둘째 아들을 낳기 위해 아침마다 동료들과 보문산에 올라 기를 받았다. 그때 그 기쁨은 천하를 얻는 듯 했다. 아내는 학창시절 장학금을 받을 정도로 명석한 머리에 다소곳한 에의범절에 매인 몸가짐과 말씨가 예뻤다. 보는 이마다 예쁘다고 칭찬을 아끼지 않았다.

아내는 신혼 때 말고는 침실에서 같이 자는 것을 그렇게 좋아하지 않았다. 그런 아내가 늘 불만이라면 불만이였다. 속궁합이 맞지 않았나 보다. 그래서 육체적 사랑을 만족하지 못했다. 결국 각자 방을 쓰게 되었다. 그것이 화근이였지 않았나 생각된다. 싸워도 각 방을 써서는 안 된다고 하는데 각 방을 쓰다보니 섹스리스 부부가 되어 버리고 말았다. 부부는 뭐니뭐니 해도 육체적 친밀감이 있어야 하는데 속정을 쌓질 못했다. 아내는 늘 경건했고 나는 늘 바깥일에만 바빴다.

아내는 처녀 때부터 몸이 약했다. 위가 좋지 않아 늘 힘들어했다. 가끔 부부동반으로 등산이나 야유회를 다녀오고 나면 며칠씩 끙끙 알았다. 그래서 운동이나 여행 등을 그렇게 많이 해 보지 못했다. 물론 아이들이 어렸을 때는 자주 캠핑이나 야유회도 다녔지만 아이들이 크면서는 같이 하는 시간이 그리 많지 않았다. 그나마 아들이 군대가기 전 가족간 추억을 쌓자며 호주를 다녀온 것과 딸이 결혼하기 전 슬로우시티 청산도 여행 말고는 기억에 별로 없다. 그래도 끝까지 무던히 옆에게 필자를 도와주었기에 책을 쓰고, 강의를 하고, 학원을 잘 꾸려 왔던 것이다.

아내는 수십 년 자기 명의로 부어온 적금과 연금 보험금을 타서 자기 명의로 아파트를 한 채 사더니 또 딸과 공동 명의로 아파트를 구입했다. 스스로 노후준비를 그렇게 해 놓았다.

결국 아내는 천안에 있는 딸에게로 갔다. 사위는 감정평가사고 딸은 교육공무원인지라 손주를 돌보기 위해서다. 가는 김에 짐도 정리하고 재산도 정리했다. 이제 아들과 단둘이 살아가야 한다.

아들 뒷바라지가 끝나지 않았다. 쉐프가 되겠다고 호주로 유학을 준비하던 중 코로나19가 터지는 바람이 발이 묶인 상태다. 대학도 중퇴한 마당에 진로가 걱정이 된다. 아무튼 아들의 진로를 잘 잡아 주는 일만 남았다. 그리고 지금하고 있는 저술활동과 강연 그리고 아카데미 운영을 혼자 맡아야 한다. 홀로서기가 시작된 것이다. 어자피 혼자 왔다 혼자 가는 인생, 지금부터 준비하자. 딸네 집으로 간 아내가 잘 살아 주길 바란다. 이제 손주와 사위와 딸이 있는 곳으로 가면 편히 쉴 수 있을 것 같아 다행이고 감사하다. 늦었지만 아내의 건강과 행복을 위해 기도 드릴 뿐이다. 좀 더 잘 해 주었어야 하는데 아쉽고 애달프다.

가끔은 한 번쯤

전하경

가끔은 한 번쯤

큰 소리로 웃어보자

행복한 순간을 느끼기 위해서

가끔은 한 번쯤

가슴 저리도록 통곡해 보자

슬픔과 원망이 사라질 때까지

가끔은 한 번쯤

깊은 밤에 촛불을 켜보자

내면의 속삭임을 듣기 위해서

가끔은 한 번쯤

달 밝은 밤에 오솔길을 걸어보자

자연의 신비에 감싸이기 위해서

가끔은 한 번쯤

우리 주변을 둘러보자

나 이외에 누가 사는지 살펴야 하니까

이 시에 담겨있는 삶의 도구가 다섯개 있다. 이 시 속에 담긴 다섯 개의 도구로 사랑의 유통기간이 지나기 전에 사랑의 열정을 뜨겁게 높여 보자.

첫째, 웃음이다. 웃으면 행복해진단다. 그런데 웃을 일이 있어야 웃지. ㅎㅎ 그러나 걱정하지 마시라. 웃다 보면 웃을 일이 생긴다는 것이다. 웃자. 웃자. 행복하기 위해서…… 행복해서 웃는 것이 아니라 웃다 보면 웃을 일이 생긴다는 것이다.

둘째, 울음이다. 마음껏 울다 보면 원망도 슬픔도 사라진다는 것이다. 그러나 강해야 하는 남자가 울 수 있으랴. 참자. 참아…… ㅎㅎㅎ…… 그래서 눈물 많은 여성보다 빨리 죽는다. 울고 싶을 때 울고 웃고 싶을 때 웃는 자연인이 되자. 마음껏 울다 울다 웃는다. 마음껏 웃다가 웃다가 엉엉 운다. 웃음과 울음은 결국 하나다. 스트레스와 화를 태우고 마음을 다스리는 안정제며 치료제다.

셋째, 촛불잔치다. 우리는 최소한 일 년에 한 번은 한다. 촛불의식을…… 케이크에 촛불을 켜고 생일을 축하한다. 경건하게 의미 있게…… 연애시절엔 자주 했는데 세월가면서 생략해 버린다. 그래서 관계가 드라이해져 간다. 촛불을 켜고 내면의 속삭임을 나눠보라. 애정이 새롯새롯 돋아난다. 기적처럼.

넷째, 오솔길이다. 피톤치드가 온몸을 파고 든다. 쏟아지는 별빛을 보노라면 자연의 신비에 빠져든다. 창문을 열면 솔솔 불어오는 바람이 싱그럽다. 오 이 자연을 보고 듣고 느낄 수 있으니 감사로다.

다섯째, 주변의 사람들이다. 평소에는 고마운 줄 모른다. 그 자리에 그 사람이 없을 때 빈 자리가 커보이는 법이다. 있을 때 잘해야 한다. 한번 가면 쉽게 올 수 없는 것이 마음이다. 이 세상에 영원한 것은 없다. 사람도 마음도 산천도 다 변한다. 그래서 지금 이곳 이 시간 그리고 함께해 주는 당신이 귀하다.

마지막으로 독자들에게 묻고 싶다. '사랑의 반대말이 무엇인지?' 그렇다. 무관심이다. 미움이 아니라 무관심이다. 무관심은 사랑의 독약과 같다. 끊임없는 관심이 필요하다. 무슨 생각을 하고 있는지 무엇을 원하는지 물어야 한다. 그리고 그것을 채워주려고 노력해야 한다. 사랑은 관심이다. 그리고 사랑은 존경심이 깃들어야 생존이 가능하다. 상대를 무시하거나 업신여기면 사랑은 말라 죽는다. 상대를 인정해 주고 존경해 줘라. 그래야 사랑의 꽃이 시들지 않는다. 인정하고 존경하는 방법은 칭찬하는 말이요, 격려하는 말이다.

"역시 당신이요."
"여전히 아름답소!"
"당신 덕분이요."

그래도 부부로 35년을 함께 살아왔는데… 되돌아보니 후회만 남는다. 그간 잘해주지 못한 것이 뼛속까지 시린다. 주변인들은 속도 모르면서 얼굴이 빠져 보여 젊어 보인다고 칭찬을 하지만 아내의 빈자리가 너무나 크다. 가족은 마음의 안식처요. 창고였는데…… 마음이 아프다. 허전하다, 어디에다 마음을 두어야 할지 모르겠다.

몸은 떨어졌지만 수많은 세월동안 만들어 놓은 기억들은 쉽게 떨칠 수가 없다…….

앞만 보고 쉼없이 달려왔던 나날들이 주마등처럼 스쳐 지나간다. 신혼 때의 스티로폼 한 장으로 잠을 자며 허리가 부러져라 부둥켜안았던 그 따뜻함이 생생하다.

할 말이 많지만 다 할 수 없는 현실이 또 가슴을 아리게 한다.

아내의 빈자리가 커보여 학원구조를 변경했다. 다 하지 못한 말을 털어놓고자 작은 공간을 마련하였다. 이름하여 수다토크방이다. 언젠가 가슴속에 있는 말들을 털어놓을 날 있으리라 믿으며…… 강의 외에 소그룹 미팅이나 차 한잔하며 마음을 드러내는 공간으로 활용되기를 바라본다. 월요명사, 화요명사, 수요저녁스피치, 토요오전스피치 강좌가 끝나면 이곳에서 간단한 뒷풀이도 할 참이다. 옆방에는 Zoom 강의, 녹화, 생방송이 가능한 스튜디오(studio)실을 갖춰 놓았다. 언제든 나오시면 차를 마시면서 인터뷰도 가능하다. 'YCY수다토크방'에서 평소에 털어놓지 못하는 답답한 애기를 속시원히 털어놓아 보자. 배경으로 째즈음악을 잔잔

히 깔아 놓았다. 클라우드 칠성사이다 맥주와 오리온의 꼬북칩
도 준비해 놓겠다.

　물론 동행한 분들과 수다도 있지만 필자와 수다를 떨게 된다면
'긍정적이고 열린, 미래, 탐색, 가정, 소유, 관점전환' 등 감정코칭의
질문법으로 평소에 털어놓지 못하는 답답한 얘기를 속시원히 털어
놓게 될 것이다. 쌓아논 내면의 소리를 털어놓으면 후련해진다. 문
제가 해결되고 창조적 발상이 나온다. 놀라운 언어의 유희를 통
해 삶을 디자인하는 시간이 될 것이고 외로움, 두려움, 원망과 슬
픔 등 부정적 생각과 스트레스를 태우는 시간이 될 수도 있다.

　'미안한 마음대신 감사한 마음으로' 많이 미안해서 많이 아파했
다. 죽고 싶을 만큼…… 사랑의 반대말은 무관심이라고…… 무관심
이 한 사람을 얼마나 많이 아프게 했을까?

　남자가 세상에 태어나서 세 번 운다고 한다. 한 번은 태어날 때이
고, 또 한 번은 군대 갈 때이며, 마지막 한 번은 부모님 돌아가실
때라고 하는데 나는 한 번 더 울었다. 십수년간 함께 한 아내를 잡
지 못하고 보낼 때 마음속으로 두고 두고 울었다. 생각할수록 미
안했다. 용서가 될지 모르지만 용서를 구하고 싶다. 아프게 해서,
외롭게 해서, 미안하다고…… 혼자 밥을 먹을 때, 혼자 걸을 때,
혼자 있을 때 울꺽울꺽 복받쳐오는 미안함으로……

　그러나 이제 아파하지 않기로 했다. 미안해하지 않기로 했다. 대

신 감사함으로 보답하기로 했다. 함께해 줘서 고마웠고, 참아줘서 고마웠고, 미워하지 않아서 고맙다고 그 고마움 마음이라도 전하고 싶다.

그나마 교육공무원인 딸과 감정평가사인 사위 곁으로 갔기에 다행이고 감사하다. 아들은 세프가 되기위해 호주유학을 준비했는데 코로나로 발목이 잡혀 주저앉아 있다. 그 아들이 세상에 잘 자리잡도록 도와주어야 한다. 아들아 믿는다. 대기만성을……

태어나고 죽는 것, 만나고 헤어지는 것, 모든 것이 자연사이니까. 이 세상은 영원하지 않으니까…… 있는 그대로 받아들이기로 했다.

햇빛도, 바람도, 생사도, 앞에 놓은 멸치국수도 그냥 감사하며 받아들이기로 했다.

아파한다고, 슬퍼한다고 되돌릴 수 없다면 집착하지 않기로 했다. 얽매이지 않기로 했다. 순응하기로 했다. 있는 그대로 온전히 받아들이기로 했다. 측은지심으로 용서하며, 감사하며, 고마워하며 살기에도 짧은 인생이란 것을……

그리고

설레이고

아쉬워하고

그렇게 사는 게 인생이다

바로 정이다

에필로그

바로 사랑이다

바로 함께함이다

그리움, 설레임, 아쉬움

우리네 인생의 트라이 앵글이다

　'환골탈태$_{(換骨奪胎)}$' 아내가 앉았던 'ㄷ'자 접수대를 없애고 수다방으로 꾸몄다. 처음엔 아내의 빈자리가 감당할 수 없을 만큼 커서 시작한 일이 학원 전체를 바꾸는 역사로 이어졌다.

　상담실을 스튜디오실로 바꾸고 메인강의실과 보조강의실, 탕비실에 불필요한 물건들을 정리하고 정돈했다. 그리고 기념으로 화분 몇 개를 놓았다. 그때 스폰해 주고 응원해 준 세종FM방송 임성만 회장, 퀸이사입주청소 이호남 총괄위원장, 문무를 겸비한 이영수 (주)도시건설산업 대표, 이 책 제목 글씨와 삽화를 주신 어반스케치 김도이 작가, 이번에 시를 주신 경기도 광주, 성남, 강원도 춘천 윤보영시가 있는 길 조성중인 윤보영 시인, 추진력과 의리의 김일권 산대장과 이상봉 YCY맛트래킹여행 회장, YCY골프클럽 회장 최준규 알프스투어&골프 여행사 대표, YCY전차MTB 조용만 회장과 심완보 라이딩대장, 한선규 카드뉴스 대표, 마지막 장에서 어디까지 노출할 것인가를 함께 고민해 준 권순진 명상지도자, 유일하게 필자와 디스치는 전국매일신문 총괄본부장 정은모 기자, 어렵다 하니 우정으로 수강료 내놓고 출석도 하지 않는 한국외식업

조합 유성지부장 이권재 숯골원조냉면 대표와 유성스크린 조광연 대표, 그리고 대한민국 최초 배달앱 기업 제트콜 박현철대표, 변함없이 되어주시는 강원도민 송재웅 회장, 윤치영 존재의 산 증인 전학수 한의학박사께서는 2000년도 대전대학교 외정원에서 시작한 파워스피치강좌를 수강한 분, 마케팅박사 김선규 돌돌말아 친구, YCY골프클럽총무 김효은 아이누리공인중개사, 예빛인테리어 정윤진 대표, 오충 세종시교육청 교육코디네이터, 취재해 준 홍경석 기자겸 작가께 감사드린다.

그리고 PC용과 모바일용 홈피를 비더스토리에서 랜딩형 웹사이트로 개편 중이다. 또 다음블로그와 네이버블로그 대문을 한선규 카드뉴스 대표께서 업그레이드시켜 주셔서 웹사이트에 링크시킬 것이다. 그 작업이 다음 주말쯤 완성된다.

대전시게시대용 플래카드도 30장 준비해 놓았다. 매달 1일 24시에 인터넷으로 서구, 유성구, 대덕구, 중구에 30곳에 신청해야 한다. 이 광고는 10여 년 이상 해 왔지만 3월달 한 달은 쉬었다. 쉬고 있는 것이 또 있다. 다음과 네이버 키워드 광고다. 랜딩형 웹사이트가 서버에 탑재되면 곧 키워드광고도 진행할 것이다. 요즘은 '관록'보다 '키워드'로 검색하고 찾아온 시대이다보니 'online'상의 '점유'도 중요하다.

3월 25일 금요일 저녁 6:30, 3월 26일 토요일 오후 2:30부터 '당당한스피치 강좌'가 '세종예술고등학교'에서 7회 진행된다. 다행히 20명 정원에 만석이다.

이처럼 윤치영과 면접스피치학원은 변화에 주파수를 맞췄다. 그리고 이달 중 출간되는 『사랑의 기술 연애하듯 살아라』 책 북펀딩과 출간기념 북콘서트를 준비할 것이다. 그동안 도와준 최석화 한국여성경제인협회 대전지부장님을 비롯해 박화용 라이온 총재, 오연겸 오마켓 대표, 김성식 회계사, 이익배 박사, 윤해서님, 최정규 한국교통장애재활협회장, 진건강원 유정원 대표, 명숙 선생, 김희숙 유성 선병원 간호사, 이규명 전)한밭대학교 기획팀장, 민경석 경찰관께 감사 드린다.

웹사이트 URL은 uplife21.com이고 문의 전화는 042)365-6400, 010-2409-4200이다.

모두 덕분입니다. 감사합니다. 윤치영, 아자~ 아자~ 살아 있네~

사랑은

눈부시두아름답기도하지만
가끔은
눈부시두 벗어져 연하두아름다와서

가슴속 뜨거운불덩이
에아는눈물한칸도없이
깊은저으로울컥삼켜내눈일

심장메남텅이를이둑
눈엌게하는일등

출간후기

평생 젊음의 비결,
사랑의 힘으로 살아가는 방법

| 권선복
도서출판 행복에너지 대표이사

　처음 사랑을 하게 되었을 때 가슴 떨리는 경험은 많은 독자 분들도 한번쯤은 해 보았을 경험일 것입니다. 하지만 이러한 가슴 떨리는 행복도 잠깐, 시간이 지나며 사랑이 식어 관계가 단절되는 경우도 적지 않습니다. 그렇다면 이러한 첫사랑의 행복, 연애 시절의 행복을 결혼 후에까지 유지할 수 있는 방법은 없는 것일까요?

　이 책 『사랑의 기술 - 연애하듯 살아라』는 남성과 여성의 심리적 특성을 이해하고, 서로의 특성에 따른 관계 맺기와 대화 방식을 통해 평생 동안 연애 초에 가지고 있었던 떨리는 마음과 뜨거운 열정을 간직하며 살아갈 수 있도록 돕는 책입니다. 저자 윤치영 박사는 건국대 언론홍보대학원 외래교수이자 윤치영 YCY

290

스피치면접교육원 대표강사로서 청와대, 중앙공무원교육원, 대기업, 여러 대학교 등을 포함하여 3천 회 이상 출강하여 화술과 소통의 비법으로 많은 사람들의 호응을 받은 바 있는 스타강사이자 화술경영전문가입니다.

이 책이 말하는 '사랑의 기술'은 크게 두 가지로 나뉩니다. 하나는 '인정을 원하는 존재'인 남성과 '사랑을 원하는 존재'인 여성의 본성을 이해하고 여기에 윤치영 박사가 고안한 '상대 중심의 화법', '세상 중심의 화법'을 활용하여 친밀감과 열정을 쌓아 올리는 커뮤니케이션 스킬입니다.

두 번째는 인간 탄생의 근원이자 사랑의 표상임에도 불구하고 그 누구도 쉽사리 이야기를 꺼내지 못하는 남녀 간의 육체적 관계에 대한 스킬입니다. 윤치영 박사는 특히 많은 남성들이 파트너와 육체적으로 건강하게 교류하지 못하는 것을 아쉬워하며 도가 사상의 방중술을 기반으로 한 '파트너를 만족시키는 육체적 커뮤니케이션 방법'을 소개하며 부부/연인 간의 건강한 육체적 관계는 신비로우면서도 소중한 존재임을 강조합니다.

개인주의의 시대, '사랑 전도사' 윤치영 박사가 들려주는 사랑과 열정의 커뮤니케이션 비법을 통해 남녀노소를 막론하고 더 많은 사람들이 미움과 증오, 갈등보다는 사랑과 이해로 교류하기를 소망합니다!

출간후기

MEMO